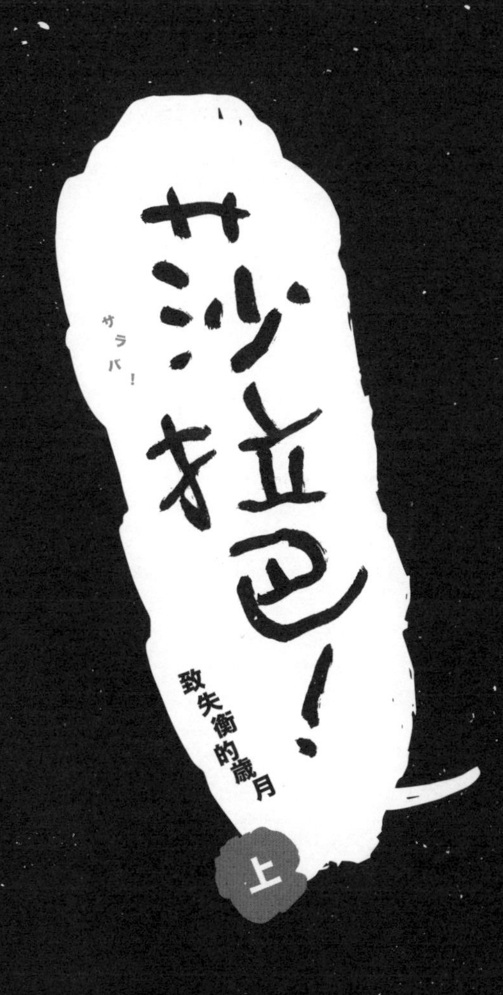

莎拉巴！
サラバ！
致失衡的歲月
上

莎拉巴！致失衡的歲月（上）

莎拉巴！致失衡的歲月（上）／目次

莎拉巴！致失衡的歲月（下）／目次

第一章

獵奇的姊姊，與我的幼年時代

I

我來到這個世界時，是從左腳先登場。

據說我是輕輕地，真的是輕輕地，將左腳伸出我媽的體外，然後才慢吞吞地伸出右腳。

兩腳出來之後，我並未迅速展露全身。那個狀態保持了一陣子，想必是在測量與新空氣的距離。醫生牢牢抓住我的肚子後，據說我這才安心地完全現身。之後，我渾身顫抖，到了大家都開始有點擔心時，我才終於哭了出來。

我認為這是極有我個人風格的出場方式。

面對未知的世界，我沒有那種欣然縱身投入的開朗。我有的，首先是恐懼。我能否適應那個世界？能否活得下去？恐懼令我的身體靜止片刻。然後，那種靜止終於解除，推我一把的，是認命。反正我也只有這個世界，只能在此活下去了——這種看開的態度，在我呱呱落地的那一瞬間，就以緩慢的速度，和「已經被生下來了」的事實確切地連在一起了。

彷彿暗示我日後人生的這次生產，是在距離日本相當遙遠的國家伊朗發生的。就在位於首都德黑蘭郊外的伊朗梅赫爾醫院，我發出來到人世的第一聲。

我媽當時全身麻醉，所以對那一瞬間發生的事，好像完全不記得。我的胎位不正、頭上腳下，所以才採取這種處置，在那家現代化的醫院，似乎沒把生產當成自然行為，而是認為它和輕度疾病一樣需要動手術。所以，全身麻醉的生產，好像並沒有那麼不自然。

實際上，我媽進入分娩室時，據說醫生也是戴著口罩，罩住頭髮，把戴手套的雙手高舉至臉部，一邊做出那種「在電影和電視會看到的手術場景」的動作，一邊走進來。

「現在要麻醉，還有兩個小時就會幫妳把孩子生下來，我只記得對方說了這兩句，其他的，我什麼也不記得了。」

說這番話的媽媽，其實對伊朗的官方語言波斯語和英語一竅不通。就連我先伸出左腳，繼而伸出右腳的生產經過，據說也是她事後從醫生那裡聽說的，所以到底是真是假，並不確定。不過，原本聽不懂的語言卻聽得懂，雖無法說明這是什麼大腦迴路造成的，但我自己卻有著某種東西排山倒海傳來的感覺，所以我決定相信我媽。

在派駐地點的伊朗，我媽懷疑自己懷孕時，我爸本來想讓她在日本，或醫療技術先進的德國生產。但是我媽第一次做完產檢回來後，就對我爸說，她想在伊朗生孩子。據她表示，因為負責產檢的醫生是個很棒的人。

那位醫生的名字叫做奧斯特巴爾。遺憾的是並沒有留下他的照片，不過據我媽說，他的身材很好，有雙溫柔的眼睛，一看就知道是個值得信賴的人。

我媽的人生幾乎都是靠這種直覺。尤其在評價人物時格外顯著。

比方說，看到出現在電視上的人，我媽還不知道那人是什麼身分，就幾乎全憑直覺決定「喜歡」或「討厭」了。想必世上也有人像她這樣武斷，但我媽的問題是，之後她絕對不會改變，即使知道了那人的作為，也完全不會動搖，這是她的過人之處。一開始就覺得討厭的人，縱使捐了一億圓做好事，保護了許多小貓咪，她也會一直「討厭」下去；一開始就覺得喜歡的人，即使逃稅，在嬰兒面前抽菸，她還是會一直「喜歡」下去。

我的名字「步」也是她取的。在德黑蘭確定懷孕的那一瞬間，她就已經決定即將誕生的孩子將是男孩，而且名字叫做「步」。如果她的直覺準確果真是男孩，「步」就念成「阿優穆」，如果是女孩也可以念成「阿優咪」，是個很有彈性的名字，可惜我們是單姓「圷（Akutsu）」，加上「步」也是單名。而且兩者的發音都是以「阿」開始。我覺得這個名字其實還有商榷的餘地，但以我媽的個性絕對不可能推翻直覺。所以我還沒出生就已注定是「圷步」了。

決定我爸外派伊朗工作，也是出於我媽的直覺。當時，據說公司叫他在墨西哥和伊朗這兩個派駐地點之間選一個。我爸拿不定主意只好回去問我媽，據說我媽當場就回答「伊朗」。

「因為我覺得那是非常棒的地方。」

當然，之後我媽的這種心意並未動搖，日後也從來不曾後悔外派到伊朗。不僅如此，它還被當成我們全家最幸福美好的時光，永遠陳列在記憶的展示架上。

唯獨對我爸，我媽似乎無法貫徹那種信念。她顛覆了自己的直覺，兩人日後步上分手的命運。

不過，在我來到這個世界時，兩人還沒有離婚。不僅沒離婚，還深深相愛。

在伊朗梅赫爾醫院前，媽媽抱著我，爸爸則摟著媽媽的那張合照，是我那當時年僅四歲的姊姊拍攝的，所以鏡頭嚴重歪斜，焦距模糊。不過，照片洋溢著令我們日後有點臉紅的幸福感。

那是一九七七年五月的事。

我媽雖然剛生完孩子，卻穿著露大腿的迷你洋裝，頭上包著同是鮮綠色的絲巾。最驚人的是，她還穿著白色的高跟鞋。

伊朗梅赫爾醫院是所謂有錢人的醫院，幾乎沒有人會徒步前來。所以，基於馬上就上車，也就沒有人會責怪媽媽穿那種鞋子吧。

不過，歸根究柢，我之所以會胎位不正，很可能就是因為我媽懷我時，走在街上跌了兩次跤，而且睡覺時一再翻身，因此她就算稍微注意一點也是應該的吧？照片的焦距太模糊，所以我無法確定，但我媽的嘴唇好像塗得豔紅，也就是說，她是那種即便當了媽媽也不會改變自己穿著打扮的人。想穿迷你裙就穿迷你裙，也不會把高跟鞋換成平底鞋。

站在旁邊的爸爸，身穿褐色西裝，頭髮一絲不苟地梳到腦後。看他戴著淺色太陽眼鏡，足蹬白色尖頭皮鞋的模樣，會覺得他不愧是我媽的丈夫。

我媽身高一六四公分，穿上高跟鞋後變得更高。她的眼睛內雙，而且黑眼珠特別大，鼻子微微向上翹，渾圓的嘴唇肉嘟嘟。我認為她長得很像漫畫《小鬼Q太郎》裡的妹妹P子，但所有的五官都小一號，不過她的個子高，所以看起來就是個美女。尤其照她本人的說法，在歐洲旅行時特別受歡迎。在日本被認為不怎麼起眼的長相，對歐美人而言大概反倒成了「充滿東方風情足堪憐惜」的女人。

我媽是二十七歲時生下我。因此已經不算太年輕了。但我的朋友們每次都說我媽很漂亮，就算不說漂亮，也絕對會說她很年輕。

而我爸，身高足足有一八三公分。就我記憶所及，他一直很瘦。總之，他從來不會津津有味地吃東西，他給人的印象是只要有食物送到眼前就默默塞進嘴裡。不過，他會去登山、游泳，熱愛運動，所以一點也不胖。

彷彿拿刀子割開的細長眼睛，堅挺的鼻子，又薄又大的嘴唇。爸爸雖然長得不英俊，但我認為那才是真的一眼就覺得值得信賴、充滿誠實感的長相，不過因為奧斯特巴爾沒留下照片，所以無法比較。

我爸比我媽大八歲。我媽短大畢業後到相機公司任職，他們兩人是在那裡相遇的。當時，我媽今橋奈緒子二十一歲，我爸圷憲太郎二十九歲。

我問我媽當時對我爸的印象，她回答「就是個子很高的人」，問我爸同樣的問題，他回答「臉很小的女孩子」。看來並非天雷勾動地火的邂逅。但是，總之兩人還是在某種情況下成為情侶，步入結婚禮堂。今橋奈緒子變成了圷奈緒子。

結婚照上的兩人，即便在我這個兒子看來也會為之驚嘆，是標準的俊男美女。身材修長的爸爸，雖有點削肩但看起來很英勇；穿著日式傳統白無垢禮服的媽媽，不起眼的五官在此刻特別顯眼，塗抹一點朱紅的櫻唇，看起來的確楚楚可憐。

婚事決定後，我媽立刻辭職，我爸也換了公司。新東家是石油方面的公司。雖與相機差了十萬八千里，但只要有某種程度的學歷，在那年代要跳槽到大企業也不是問題。我爸是國立四大名校的畢業生，之前任職的相機公司也赫赫有名。在那個經濟急速起飛，講求終身雇用制、以年資計算薪水的世界，我爸幾乎是過得一帆風順。

我爸一到新東家就主動要求去海外工作。可惜他的英語不太靈光，只好暫時在國內工作。

等他學了英語，在公司也累積某種程度的成績，終於如願派駐海外時，已經又過了三年。地點是伊朗。

就在那三年當中，我姊出生了。

日後以各種方式把我家搞得天翻地覆的，就是姊姊貴子。打從她出生那一刻便已顯露出跡象。她在我媽肚子裡，比預產期提早兩週前來報到，我媽還沒抵達醫院，在計程車上時她已通過產道。等我媽衝進醫院時，據說已經可以看見一部分的頭部了；但這時候，我姊好像反而不急著出去了，據說她文風不動硬是僵持了兩個小時之久。

若是在我出生的伊朗梅赫爾醫院，那種情形肯定不可能發生。奧斯特巴爾醫生八成老早就抓著我姊的腦袋把她拽出來了。但是，當時堅持自然分娩的我媽選擇的那家醫院很尊重嬰兒的意願。害得我媽備嘗生不如死的痛苦。

對於世界做出的反應，在我是「恐懼」，在我姊想必是「憤怒」。我姊恐怕在產道就已察覺世界的危險氛圍。而且在呱呱落地之前，她就已經一肚子氣了。若無憤怒這種積極的感情，她也不可能僵持兩個小時之久吧。

長大之後，我姊的態度也總是有著想要找人吵架的態勢。那或許是我姊特有的防身之道，但我認為追本溯源應該是她出生時與我媽的關係造成。我媽說她當時在狂怒之下一再大叫：

「快給我滾出來！」

熱度等同小混混吵架時罵的那句：

「有種出來單挑！」

當然，我媽絕對沒有要和出生的姊姊單挑的意思，但是當時待在產道的姊姊，或許把那句話解釋為我媽在放話「出來單挑」。

我媽的辯解是這樣的：

「生產很痛苦，這我當然早有心理準備。但她既然在產道僵持不肯出來，那她幹嘛提早兩週報到？她如果不想出來，繼續待在我肚子裡不就好了。」

我可以理解，急著提早報到是出於我姊與生俱來的好奇心，以及她好動不安分的性格。而她突然改變主意賴著不肯出來，就我這個熟知姊姊個性喜怒無常的人而言，也不難理解。但是，遇到善變的傢伙賴在產道不走的確很讓人抓狂。我沒有產道，所以縱使可以用想像的，頂多也只是「便便已到了肛門口卻擠不出來」的程度，但我還是可以理解那的確難以忍受。

「都到這個地步了，為什麼就是不出來？」

在終於落地的瞬間，姊姊就陷入暴怒。

她發出的不是嬰兒的哭聲，倒像是母貓生氣時的嘶吼，據說還朝護理師踹了一腳，可見有多厲害。害得護理師咬掉一點點舌尖。咬掉的舌頭，混在姊姊出生時一同滴落的體液和血液中，再也找不回來。

姊姊因為在產道停留太久導致皮膚青黑，腦袋也被擠成蠶豆形。當我媽看到自己的女兒以那種外型發出憤怒的咆哮，還抬腳踢中護理師下巴，她的第一句話是：

「以後會變得可愛一點嗎？」

那顯然不是什麼感動的初次會面。我姊一定也對那句話火冒三丈。

或許是因為有那樣的經驗，我媽斷然告別之前堅持的自然分娩，在她懷我時，已轉為打麻醉、剖腹也在所不惜的態度。

「雖然大家都說母親會特別疼愛辛苦產下的孩子，但我並不這麼認為。肚子越痛，越煎熬，越想在孩子身上討回那種疼痛與苦楚。你懂嗎？你算是運氣好，在那個人麻醉之後毫無知覺的情況下噗通就生出來了，所以她沒必要找你算帳。你看你，完全沒有被期待對不對？可是我呢？雖然我毫無記憶，是個無辜的受害者，但我畢竟狠狠折磨了那個人一頓，對吧？所以那個人想從我身上討回這筆帳。比方說心裡會想：當時生得那麼痛苦，起碼該是個可愛的孩子，或優秀的孩子之類的。未能如她所願，我也很抱歉。」

我姊說到媽媽時，向來是這種調子。

小時候，姊姊應該也喊過「媽咪」。但長大之後，她在我面前一律用「那個人」代稱媽媽，要與媽媽說話時，就用「那個」或「喂」叫她，總而言之，她絕對不會喊「媽媽」之類的稱呼。

姊姊的創意，不只發揮在稱呼上。

我們一家人長住在大阪。自家人說話時，自然習慣用關西腔。但是，唯有姊姊非要使用標準語，頑強抗拒關西腔。她並不是討厭關西腔。在標準語此起彼落的日本人學校，她用連我們都不用的老式關西腔說話，回到日本後，甚至做出英語夾雜日語的荒唐舉動。

總之，我姊傾注全力讓自己成為每個場合的少數派。那想必是在表露她渴望「受到關注」的心態，歸根究柢，或可歸因於她出生的瞬間就令母親失望的這段往事。不過，我並不喜歡把人的言行舉止全都與過去的經歷扯上關係。姊姊就算是在萬千寵愛中出生，肯定還是姊姊。

姊姊的容貌有點問題。

雖有那樣的父母，她卻談不上可愛。眼睛不是我媽那種黑多白少的大眼睛，而是我爸那種瞇瞇眼。輪廓也不像我媽那樣弱質纖纖，遺傳了我爸的勇武壯碩。只有身高遺傳到父母的優點，但或許是骨架子像爸爸，她那種粗壯結實的體型，日後得到「神木」這個綽號。

像我姊這樣的女生，除了她之外當然還有別人。有的女生被人戲稱「猩猩」，還有的女生被稱為「幽靈」，甚至更直接的被罵「醜八怪」。那些女生肯定也都受到了傷害。但是我姊不僅有那種容貌，還要被加上「明明媽媽那麼漂亮」這個多餘的附帶條件。

像我姊這麼纖細敏感的人，即便別人沒有挑明，比方說只要一句「妳長得像爸爸吧」，肯定也會讓她受傷，就算沒有被人那樣說，光是別人先看一眼我媽再看她的視線，想必已讓她察覺那種含意。結果，早在進入所謂的青春期之前，姊姊就已試圖用她自己的方式抵抗那種視線與處境。

她徹底迴避可能會被人說「可愛」，以及涉及「女性化」的事物。

她試圖讓自己與因女性特質明顯，而被稱讚的母親有所不同。

首先，我媽買回來的可愛衣服她絕對不碰。反倒穿上我爸的舊夾克（當然對她來說太大。姊姊穿那件夾克時，看起來就像科學怪人），或者穿故意割破的牛仔褲（鬆垮垮的褲腰，用她不知從哪找來的繩子綁住）。

對我媽而言，姊姊是個莫名其妙、令她束手無策的孩子。打從出生時就是。而媽媽自己也是，她不是那種會乖乖收回「以後會變得可愛一點嗎」那句發言的人。媽媽希望姊姊變得可愛一點，在姊姊面前也從不掩飾那種願望。

我爸很溺愛我姊。然而，不論他再怎麼誇獎姊姊「可愛」，對姊姊來說，爸爸終究是「選擇媽媽的男人」。姊姊也愛爸爸，但是她最心愛的爸爸，最後居然選擇了充滿女人味的媽媽，這個事實令她說什麼都無法容忍。

所以在我們玶家，「媽媽與姊姊對立，爸爸夾在中間搖擺不定」的模式，長年來一直堅如磐石、屹立不搖。爸爸要安撫有點歇斯底里的媽媽，又要認同行為誇張的姊姊，想必他也累壞了。世間許多事皆因有愛方可忍耐，但是更多的例子是忍耐到最後也把愛情消耗殆盡了。因此日後爸爸離開我們家，露出如釋重負的表情時，我無法責怪他，而我這唯一留下的男人會想「那傢伙居然溜了」，也是無可奈何的事。

對於姊姊與媽媽的對立，我貫徹冷眼旁觀的立場。

說來抱歉，我完全繼承了我媽的優點。小臉蛋，滴溜溜的大眼睛，修長的脖子，光滑的肌膚。個子高挑這點倒是和我姊很像，但我的體型不像她那麼粗壯，線條比較柔和。換言之，非常女性化。我很討厭那點，遲早會像姊姊一樣努力去除「女性化」，不過那個容後再述。

我長得像媽媽這點，肯定令姊姊不滿，而且爸爸離開後，對媽媽而言我和拋棄她的爸爸同是男性。換言之，我只要稍微傾向某一方，就有可能遭受另一方蠻不講理的攻擊。

我在家中，盡量讓自己安分、不起眼。以我這種長相，只要稍微裝可愛立刻就能讓人更加喜愛。對我來說因愛生妒純粹只是麻煩的事。

即便聽到媽媽抱怨姊姊，姊姊訴說對媽媽的憎惡，我能說的也只有「真辛苦」這種沒營養的感想，之後我幾乎只是默默點頭，或者發呆，直到兩人厭倦我淡薄的反應主動離開。媽媽說我「整天不知道在想什麼」，姊姊也說我是「沒有主見的男人」。我覺得這樣很好。

但在當時，四歲的姊姊，與零歲的我，尚無從得知會有那樣的未來。姊姊雖已大大展現怪胎的跡象，但她當時多少還保有喊媽媽「媽咪」的可愛，也乖巧地穿上媽媽替她挑的衣服。比方說檸檬黃的塔夫綢短裙，綴滿蕾絲的珍珠白小洋裝。其實不算好看，但幼小的女童，憑恃著純真的心靈能趕走任何邪念。姊姊當時是可愛的，我希望我能那麼想。

媽媽其實也竭盡所能地疼愛姊姊，至於爸爸，對於姊姊，以及新生的我，更是寵溺有加。

在離日本非常遙遠的伊朗，我們四人，是非常幸福的一家人。

接下來，我從伊朗梅赫爾醫院初次踏上返家之路。

我們乘坐的是酒紅色的賓士轎車，還有專屬司機。司機名叫艾布拉希姆，有顆毛茸茸的大腦袋，滿臉鬍子，是個瘦子。一如奧斯特巴爾醫生，我完全不記得艾布拉希姆，但不同的是，艾布拉希姆有留下照片。照片中的他一副「這才是中東男人」的威嚴表情，把姊姊抱在膝上。時值冬天。姊姊穿著火紅如辣椒的毛衣，灰色法蘭絨裙子，褐色褲襪在膝蓋處擠出皺痕。不愧是姊姊，她把自己的右手整個手掌都塞進嘴裡。據說她在拍完這張照片後大吐特吐。

我不知道艾布拉希姆當時幾歲，但想必很年輕。為何只有那麼含糊的資訊，那是因為爸爸是從前任同事那裡接收艾布拉希姆和另一名女傭。在駐外人員之間接收前任同事雇用的司機與女傭並不稀奇，所以大多不清楚他們的底細和年齡。說好聽點那是因為信賴對方，但是想必只要肯替自己工作，身分來歷根本不重要，這才是一般人的真正想法。

日本人本來就沒有使喚女傭、雇用司機的習慣。因此在接收他們時，才會疏忽了在日本堪稱理所當然的事。既沒有重新面試，甚至也沒詢問對方的住址及家族成員、年齡。這在日本一定難以想像。但是，「住在國外」，甚至「雇用司機」、「雇用女傭」這種非日常行為，擾亂了正常的判斷。就像是出國旅行時，在日本絕不容許的行為，有時會變得可以輕易容許。與其說是入境隨俗，毋寧說是不知所措。

那種「不知所措」，也體現在對待他們的方式上。就結果而言可以大略分為兩種，一種是覺得自己身為雇主，所以超乎必要地自大，瞧不起他們；另一種是對他們小心翼翼，採取低姿態。

我和爸爸，顯然屬於後者。像我們這類人，永遠無法習慣使喚別人。爸爸好歹是上班族，所以應該早有身為上位者使喚部下的經驗。但是，隸屬同一間公司的部下，和自己雇用的僕人，兩者有巨大的差別。說穿了使喚部下的不是自己，是公司，因此自己只是在教導部下。

問題不在於教導的感覺，而是使喚的感覺。爸爸主要使喚的對象是司機艾布拉希姆，但在地理環境及開車技術方面，他比爸爸更嫻熟。爸爸好像永遠無法習慣使喚比自己厲害的人。而且爸爸是「一人駐外代表」。派駐伊朗的日本企業有好幾家，大抵都是被稱為大企業的公司，在派駐人員方面，每家公司也至少都有三個家庭當代表，但爸爸公司的派駐人員只有爸爸一人。他無法向任何人求救，一切都得自己決定。對那樣的爸爸而言，姑且不論艾布拉希姆在工作上的表現，他至少比自己了解伊朗，是不得不尊敬、依賴的對象。所以爸爸很敬重想必比自己還年輕的艾布拉希姆，請他開車時，坐的也不是後座而是副駕駛座。

那樣的爸爸，好像被其他公司的人當成笑柄。但是，我非常理解爸爸的心情。日後我們一家搬到埃及的開羅，對於女傭和司機，我表現出超乎必要的感謝，扮演著在他人面前時截然不同的「好孩子」模樣。那是依循爸爸坐副駕駛座的做法。總之，我們父子永遠是卑微的雇主。

我媽對待他們的態度最自然。無論在德黑蘭或開羅，媽媽對他們該依賴時就依賴，但是不行的也會明確說不行。那種態度太過自然，簡直令人懷疑媽媽是否從以前就有女傭服侍，但我媽的娘家很窮，不可能雇得起女傭。

想必，是她天生的率直個性使然。她沒有那種超乎必要地討好別人或是傲慢以對的習性。所以她那堪稱直來直往的性格，我猜實際上或許並不怎麼受到男人歡迎。至於我自己，因為她是我媽，所以我在她身上壓根感覺不到所謂的性感。性感這種東西，是來自藏有某種程度的祕密，以及捉摸不定的神祕感。

說到捉摸不定，我姊堪稱第一名，可惜她那種捉摸不定的氣質太強烈，已經顧不得性感。我姊不管什麼事，都不懂得「適可而止」。面對女傭時，她的複雜難搞也令女傭們困惑不已。緊跟在人家屁股後頭，一再詢問對方當日本人的女傭有何感想，沒想到下一秒卻把自己關在房間不肯出來，好不容易出來後又忽然開始怕生。總之姊姊永遠無法穩定地與人相處，所以一般人會把我姊歸類為「那種人」，對她敬而遠之。那更加煽動姊姊的饑餓感，令她偏激地做出莫名其妙的行動試圖引人注意，形成一種惡性循環。

對於伊朗的女傭巴姿兒，姊姊的「快看我！」欲望也不知收斂。巴姿兒似乎是以她個人的方式疼愛姊姊，但姊姊複雜的脾性還是常常令她叫苦連天。

或許因為如此，巴姿兒特別溺愛從醫院返家後的我——再不然，就是對在伊朗出生的我抱有特別的感情。

據說打從媽媽要生產的那一刻起，巴姿兒就在廚房煎了很多荷包蛋。那意喻「像下蛋一樣噗通就生出來」，是巴姿兒的一種咒語。看著滴溜滑過平底鍋落進盤子的那些荷包蛋，

「我認為你打從出生前就已受到寵愛。」

我姊說。

「跟我不同。」

她也沒忘記補上這句。

伊朗梅赫爾醫院是一家現代化的醫院，這我前面已提過。正因為如此，禁止姊姊同行，理由是幼兒帶有許多細菌。於是在爸媽一同趕往醫院後，姊姊和巴姿兒留在家中。

不知是想吸引拚命禱告的巴姿兒注意，還是看不順眼我從出生前就備受寵愛，抑或——最惡劣的——是出於單純的好奇心，我姊把巴姿兒煎的荷包蛋一片一片排在地上，做出輕盈走過那上面的誇張舉動。巴姿兒發現後暴跳如雷，據說她把姊姊拉進浴室關了幾十分鐘。她不是因為姊姊糟蹋食物才生氣。她是氣自己的咒語被搞砸了。

巴姿兒經常用把我姊關進廁所這招來懲罰她，所以我媽也了解。我媽自己也好不到哪去，她根本不知道該如何責備舉止誇張的姊姊。比方說，姊姊無法停止吃家中盆栽泥土的行為，也無法停止把玄關所有的鞋子從陽台丟下去。畫圖時不是畫在紙上而是牆上，而且用的不是蠟筆而是媽媽的口紅，還有家裡的錄影帶與錄音帶，她非得把帶子統統扯出來才甘心。

即便生了孩子，我媽也希望盡量保持自己原有的生活模式，正因如此，她也想盡量尊重孩子的意見。她本來打算不要壓抑孩子，當然也絕對不會不分青紅皂白就罵孩子，她希望讓孩子自由自在地成長。但是，我媽的理想，被我姊暴躁過動的個性和好奇心輕易粉碎。

總之，年幼的姊姊，並不在「好好溝通之後就會理解」、「滿懷關愛去對待她就會理解」的範疇內。不管怎麼告誡或哄勸，姊姊還是不斷搞出新花樣，弄得我媽幾乎神經衰弱。

現在想想，幸好我媽身邊還有巴姿兒。巴姿兒是七個孩子的母親。孩子做錯時，她會毫不客氣地揍小孩，也禁止花樣年華的女兒隨便外出。她能夠理直氣壯地說「父母很偉大」，也知道自己身為爸媽的代理人，可以毫不客氣地罵我姊，這樣的巴姿兒，對我媽來說算是為人母的大前輩，也沖淡了我媽的罪惡感。

每當我姊惡作劇或發脾氣哭鬧，巴姿兒就會說「惡魔降臨了」。她說，不是姊姊的錯，是惡魔的錯。然後，她會把我姊關進浴室，直到惡魔離開姊姊身上為止。

我家有兩間浴室。就算把我姊關進浴室，她也會把水龍頭扭到最大到處噴水，還想把爸爸的刮鬍刀放進嘴巴，因此姊姊關禁閉的浴室，是完全沒有浴室功能的第二間浴室。水龍頭用鐵絲纏得死緊，浴缸也無法儲水，洗臉台上方的櫥櫃空空如也。

我姊是被關進完全無機質的白色場所，就算她在狂怒之下拉屎拉尿，地上鋪著油布地板，也可以擦拭得乾乾淨淨。她想跳樓沒有窗戶，想上吊也沒有繩索之類的東西。對巴姿兒和我媽來說，再沒有比這裡更適合關姊姊的地方了。

「你從來沒有被關進浴室的經驗吧？」

日後，我姊曾如此忿忿不平地對我說。在她心中，「那間浴室」除了虐待甚麼也不是，是自己不受寵愛，以及，只有我受到寵愛的明確證據。

然而，那只不過是因為我沒有像她那樣，把昂貴的海苔貼在牆上，或是把盆栽的泥土撒得屋裡到處都是，還企圖把家裡的布料浸泡在放滿水的浴缸。我是個乖寶寶，非常乖。

據說巴姿兒第一次看到我時，恨不得朝我白饅頭似的臉蛋啃一口。她喜極而泣，呼喊神明的名字，一把從我媽懷裡把我接過去。然後，一次又一次地以臉磨蹭我的臉頰。

巴姿兒代替產後身體失調的媽媽一心一意地照顧我。當然家事也得處理，因此巴姿兒提早一個小時來上班，早早打掃完畢後就守著我。期間，我媽彷彿要找回之前被我姊哭鬧或突然怪叫吵得睡不著的時間，鑽進被窩呼呼大睡。

聽到我媽是在國外生產，大家通常都會對她說：「當時一定很辛苦吧？」但是實際上我倒覺得應該比在日本生產更安心。因為帶小孩和做家事、教訓我姊，都有巴姿兒一手包辦。而且我這個新生兒夜裡也不會哭鬧，真的是非常聽話的乖寶寶。

巴姿兒經常哄我。她會坐在沙發上，伸長雙腿，把我放在她伸長的腿上晃來晃去。然後，她會唱：

「阿——穆——奈伊奈——伊。」

我媽教她的「阿優穆」這個名字的發音，對她來說似乎太難了。不知不覺變成「阿穆」。至於「奈伊奈——伊」，八成是巴姿兒自創的歌詞。那種時候，肯定會來搗蛋的，當然還是我姊。

她會掐我的臉頰，用蓋過「奈伊奈——伊」的大音量吼叫「不在不在（Inaiinai）！」總之姊姊卯足全力展現她「渴望重回嬰兒時代的欲望」來挑釁。每次巴姿兒都會暴跳如雷大喊姊姊的名字，但被巴姿兒一喊，貴子（Takako）聽起來像是「笨蛋（Takko）」。

「阿穆奈伊奈——伊」這首歌，以及「笨蛋！」的怒吼聲，就是我幼年的搖籃曲。

我姊當時已經上幼稚園了，那是美國人辦的國際學校。園童幾乎都是住在伊朗的美國小孩，但其中也有伊朗人。會讓自家小孩上那種學校的伊朗人，多半生活西化，而且非常富有。他們幾乎都是伊斯蘭教徒，但是幼稚園辦聖誕節活動時也會讓小孩參加，而且對於兒女講得一口比自己更流利標準的英語似乎頗為得意。

至於日本小孩，除了我姊還有兩個人。自己不是唯一一個，顯然違反我姊的期望，幸好，那兩個都是男生。而且，是非常乖的小孩。

他們三人在幼稚園是少數派。萬聖節時不得不被迫穿著日本浴衣唱歌，還得教大家摺紙，總之被過度要求「日本的東西」。

在別人越要求就越不肯做這方面，我姊向來比貓咪更清高自傲，但若是因為身為少數派才被要求，她倒是欣然接受。她穿著浴衣唱日本童謠《故鄉》，靈巧地摺紙，給伊朗女生看自己的臍帶，博得驚愕的叫聲（事後被我媽痛罵一頓）。保留臍帶的這種文化，似乎只有亞洲才有。附帶一提，在伊朗出生的我，臍帶老早就被丟掉了。生產後，等我媽從麻醉清醒過來問起這件事時，據說護理師甚至一臉訝異。

我姊在這段幼稚園時期，學會了英語和波斯語。後來她忘了波斯語，但這三語時期，想必是她為數不多的黃金時期。幼稚園時期的姊姊，表現比較穩定。不過，偶爾還是會冒出難以抑制的衝動做出標新立異的行為，弄得幼稚園的老師們困擾不已。畫畫時她不畫在紙上偏要畫在地上，老是想把鄰座小女生的辮子含在嘴裡，打從某一天起，突然就再也不肯和美國籍的伊莎貝拉老師說話。

姊姊做出那種事時，幼稚園的老師並沒有每次都請家長來。而我媽，對我姊的事，不管是體罰也好、關禁閉也好，一概任由園方處置。幸好——或許可以這麼說，也有別的女生（加拿大籍的娜塔莎）和我姊一樣粗魯好動，而且幼稚園小朋友本來就都很粗魯好動，所以我姊的行為並未被當成太大的問題看待。

她是坐幼稚園的娃娃車上下學。去那個距離我家三條街的娃娃車停靠站接送她上下學，是巴姿兒的任務。

等我頭抬得起來，可以把我揹在身上後，巴姿兒去接我姊時也會帶我一起去。但是，巴姿兒往往費了半天工夫還沒走到停靠站。因為她會向路上遇到的每個人展示我。雜貨店的大叔，正要去買菜的大嬸，乃至正在指揮交通的警察。好不容易抵達停靠站，同樣來接小孩的女傭們還要輪流湊近一睹我的臉。阿穆、阿穆，許多人如此喊我的名字。我聽到那個聲音就會做出反應，咕嚕咕嚕轉動眼睛，看到我的反應，又吸引更多人靠過來看。

聚集在娃娃車停靠站的女傭們，幾乎都是替美國家庭工作，但其中也有富裕的伊朗家庭。在日本家庭工作的只有巴姿兒，巴姿兒對此似乎頗為自豪。比方說去買菜時，比起她一個人去，揹我去時可以拿到更優惠的折扣，也可以插隊擠到前頭。

如果我沒出生，帶給她種種好處的本該是姊姊。實際上，巴姿兒以前也經常給姊姊穿上漂亮的衣服帶她出去買東西。姊姊最想要的就是別人對她另眼相看，所以在買東西時她非常開心，而巴姿兒，也很高興有姊姊同行。但我出生後，巴姿兒就不想帶姊姊去買東西了。因為姊姊為了吸引巴姿兒注意，往往會突然跑開，或者把店頭陳列的水果自行放進嘴裡。

我在德黑蘭只待到一歲半。本來，爸爸是要在德黑蘭派駐四年，但因為某些緣故不得不提早返國。

那個原因就是魯霍拉．穆薩維．何梅尼主導的革命爆發。不，說是何梅尼主導或許不正確。是將何梅尼視為精神支柱的反政府勢力發起的革命——這麼說或許比較好。因為，何梅尼在革命爆發前，因其反政府的態度遭到鎮壓，流亡土耳其與法國已有十五年之久。一九七九年，伊朗國王巴列維流亡海外，立基於伊斯蘭原理主義的「伊朗．伊斯蘭共和國」成立後，何梅尼終於在睽違十五年後重返故土，成為伊朗這個國家的最高領袖。

我們還在當地時，革命前的伊朗受到巴列維「白色革命」的影響頗為西化，對我們這些外國人而言是個生活舒適的國家。我媽對當地的印象也是「坡道很多，是非常美麗的城市」，雖是伊斯蘭教國家，但我爸媽好像照樣喝酒參加派對，過著華麗的駐外生活。

但是，對伊朗國民而言，急速西化造成的強烈貧富差距，以及巴列維或許過於高壓獨裁的做法，激起了人民的反彈。我當然對那種事毫無所知，就連我媽，甚至我爸，恐怕也都是如此。至於我姊，她早已沉醉在「革命爆發迫使全家返國」這個戲劇化的主題中。

照我姊的說法，打從住在伊朗時，她就感到伊朗人投來的憎恨眼神，也深切感受到革命遲早會爆發的氛圍。

這就奇怪了。

首先，她說伊朗人投來憎恨的眼神，但據我爸媽表示，伊朗人，至少，我們一家人接觸到的伊朗人，全都個性溫和善良（我絕對忘不了那些喊我「阿穆」對我疼愛有加的人），哪怕是對外國人懷有憎恨的念頭，但他們真的會針對姊姊那麼小的孩子嗎？況且，就算有革命將會爆發的氛圍，若是五歲的小孩都能深切感受到、、、、做父母的卻毫無所覺，那又該做何解釋？

諸如此類，總之我姊說的話總是有點可疑。無論何時何地，她都渴望處於戲劇化的漩渦中心，我認為這是一種壞毛病，況且我姊本來就是撒謊精。為了惹人注意，她向來玩命演出在所不辭，所以最後在幼稚園甚至被大家稱為「liar fox（撒謊的狐狸）」。這個綽號雖然殘酷，正因其殘酷，我認為更真實。

每次說來說去總是說到我姊。

不過，當時我的世界幾乎只有家人，所以回顧當時不可能不提到我姊。在我長大成人，可以談論自己的故事之前，我姊的影子恐怕還會在故事中出現一陣子。

總而言之，革命爆發了。

反政府勢力認為，何梅尼訴求正義公理，所以才會遭到王朝鎮壓，他們抱持的思想是「將伊朗從西方的魔掌中解放，建立真正的伊斯蘭國家」。我們不是美國人，但滯留伊朗的外國勢力，在他們看來，幾乎一概屬於「洋玩意」。因此，許多外國人害怕暴動開始陸續歸國。被視為頭號敵人的美國，率先包下民航機護送美國僑民返國。

日本人又如何呢？

若單就我爸的公司而言，據說方針是「由員工自行判斷是否歸國」。果然是討厭做決斷的日本人會採取的做法。而且，被公司那樣一說，而無法開口坦承「我很害怕所以我要回國」，也是日本人的悲哀。尤其我爸這種徹底浸淫在「高度成長期」的世代，信念就是「事事以公司為重」。認真的爸爸，肯定只有接到公司明確的命令才會返國。

爸爸下定決心讓我媽帶著我姊和我先回國。

當他下決定時，美國人居住區和電影院已遭人縱火，而且四周都在傳言說矛頭已開始對準美國人以外的外國人。

我們離開伊朗的前一晚，留下與巴姿兒和艾布拉希姆合影的照片。巴姿兒很捨不得與我們一家，尤其是與我分開，據說她嚎啕大哭。照片中的巴姿兒，的確沒看鏡頭，紅腫的雙眼看著地板。一旁是抱著我的媽媽，再旁邊，是把手搭在姊姊肩上的艾布拉希姆。

我媽似乎是那種只要對著鏡頭就會不自覺擠出笑容的人。明明事態緊急，她卻嫣然揚起嘴角，連在她懷中的我把臉撇向一旁她都沒發現。

至於艾布拉希姆，幾乎像在生氣，表情非常嚴肅，但他把手放在姊姊的肩上，可見當然不是在生氣。不過，自己的國家正陷入混亂局勢，自己雖非替美國人工作，畢竟是替外國人開車，想必也會對自己的未來感到徬徨憂心吧。艾布拉希姆與巴姿兒後來怎樣了，連我爸都說不知道。

在艾布拉希姆的下方，我姊頭戴紅色安全帽，還戴著爸爸的大口罩，手裡握著塑膠球棒。簡直像搞學運的學生。年幼的她應該還不懂革命到底是甚麼，但她那種直覺或許特別敏銳。這張照片在風雨欲來的氛圍中，傳達出姊姊對「初次領略的革命」那種興奮之情。

那天拍攝的照片中，並沒有爸爸的身影。想必他從頭到尾只負責拍照。我媽不是那種因為人家替她拍照，就會體貼地說「那接著換我來替你拍」的人。她總是理所當然地站在被拍攝的那一方，而我爸對此也毫無不滿。照片中的媽媽很美。

照片中，爸爸的影子映在地板上。那只是男人拿著相機的影子，但是看到那個影子時，我萌生難以言喻的心情。面臨革命這種日本人完全陌生的事件，他置身在今後前途未卜的異國，讓家人先回國，自己卻得獨自留下。那年他三十七歲。

在當時的我們看來，爸爸除了「爸爸」甚麼也不是。爸爸本來就該保護我們，而且他從來不會害怕、退縮。他永遠會做出適切的判斷，迴避危險。他就是那樣的存在。

然而，爸爸其實也只不過是個三十七歲的平凡男人。察覺這點，是在日後，可那時他已離家。

我常常試著想像，身為一個平凡男人的爸爸獨自滯留伊朗的情景。那是充滿恐懼色彩、幾乎令人落淚的事態。現在的我，和當時的爸爸一樣是三十七歲。可是，我想我絕對沒有隻身留在伊朗的勇氣。我本來就沒有必須保護的家人，甚至沒有會替我擔心的妻子。

我媽回國後立刻採取行動。

她衝進爸爸的公司，希望爸爸的上司可以立刻命令爸爸回國。她說，當地已面臨相當嚴重的危機，但丈夫不是那種會主動回國的個性，所以請以公司命令叫他回來。那是我們圷家為數不多的美談之一。

被感動的上司，立刻對爸爸下達歸國命令。即便如此，爸爸為了處理善後工作，還是繼續逗留了好幾個月才搭乘最後一班民航機踏上歸國之路。之後伊朗機場被反政府派人士封鎖，來不及逃離的外國人只好經由陸路逃往國外。爸爸認識的日本人也有幾個人走那條途徑，卻在途中遭到武裝的伊朗人攻擊，雖然僥倖保住一命，但據說全身上下所有的財物都被洗劫一空。

我家在日本的生活，就此迎來戲劇化的開始。

3

回國後的我們，住在大阪的小公寓。

一打開狹小的玄關就是迷你的廚房，旁邊是廁所，靠裡面有兩間三坪大的房間，沒有浴室。爸爸打算買房子，但光靠國際電話交換的訊息，最後只能姑且先租下這間公寓。地點離我媽的娘家很近，正式名稱叫做「矢田美寓」。這是公寓虛有其名的最佳範例。

房東當然姓矢田，是個非常好的老奶奶。說是老奶奶，其實她當時才五十歲左右。

等我自己成了所謂的大人後，我才知道以前過於把大人當成「大人」看待了。這年頭的五十歲還是阿姨，也有年過五十的女明星依然讓人覺得「很漂亮」。但是，在年幼的我們看來，五十歲不在「阿姨」也不在「漂亮」的範疇之內，分明已是「老奶奶」這種生物了。這點對我媽固然如此，對老師亦然。「母親」這種生物，還有「老師」這種生物，都沒有年齡可言。

我們住的是二樓的邊間，矢田嬸（我媽都這麼稱呼她）就住在我們的樓下。說來不好意思，但那似乎是粗製濫造的廉價公寓，姊姊幾乎已猛獸化的吵鬧聲，還有我的哭聲（雖然聲音不大），想必製造許多噪音問題，但矢田嬸不僅沒有嫌棄，還百般照顧我們。我媽說她簡直就是日本的巴姿兒。巴姿兒和矢田嬸不同的地方是，矢田嬸成功馴服了我姊。

矢田嬸的背上刺有氣派的弁天菩薩畫像。她沒有結婚。不過，好歹擁有一棟公寓（雖然又小又破）。不知她是黑道的情人，抑或自己就是道上的人，總之她是個雖然非常溫和，卻很有氣勢的人。

以我姊的年齡本來應該要上幼稚園了，但是，等我爸回國後還得立刻搬家，因此我媽沒有送她去上幼稚園。姊姊閒著無聊，於是三天兩頭跑去矢田嬸的房間玩。而且，還和矢田嬸一起去附近的公共澡堂。大嬸的身上繪有洗不掉的圖畫，頓時成了姊姊崇拜的對象。而大嬸那種不管去哪都很會照顧人、深受大家愛戴的個性，也的確值得尊敬。

有任何困難時，大家都會來找大嬸商量。姊姊多半都待在大嬸那裡，所以上門求助人們的那些苦惱，她好像全都聽到了。

有人是直接挑明了來借錢，或有十幾歲少女未婚懷孕的問題，也有鄰居的糾紛。那些問題全都被大嬸一一解決。日後我姊看到電影《教父》時，當下大叫：

「好像矢田嬸喔！」

大嬸的確扮演了教父維多柯里昂的角色。

信賴大嬸的，不只是人。許多野貓野狗也會聚集在矢田公寓的院子。大嬸對每隻小貓小狗都一視同仁，餵牠們吃東西，有時還會找人收養牠們，替牠們處理後事。

我最初的記憶，其實就是大嬸的弁天菩薩。

當時我大概和姊姊還有大嬸在澡堂。我的周遭環繞著下垂的、堅挺的、宛如堅硬小花苞的、各式各樣的乳房。那是女用澡堂。有著小雞雞的我，被一群光溜溜的女人輪番撫摸，不知何故呆呆杵在一旁看著清洗身體的大嬸。

弁天菩薩手持琵琶。羽衣輕飄飄地圍繞弁天菩薩，搭在肩頭的布料垂掛。菩薩潔白的肌膚上，流過更潔白的泡沫。在大嬸略顯鬆弛的背上，菩薩永遠年輕，無論你怎麼注視，祂都不會與你對上目光。

媽媽的媽媽，也就是我們的外婆也常來公寓。

外婆和矢田嬸交情很好。外婆的年紀比較大，但外婆把矢田嬸當成大姊敬愛，實際上，外婆看起來也的確比矢田嬸更年輕。

我媽的容貌好像就是遺傳自外婆。三姊妹中，老大與我媽像外婆，老二像外公。大阿姨是好美姨，二阿姨是夏枝姨。

我姊很喜歡跟在夏枝姨身邊。三姊妹中只有她沒結婚。一方面是因為她和外婆一起住，來矢田公寓比較方便，但我想她愛看書、會獨自去看電影、略帶藝術家氣質的個性，也是我姊喜歡她的地方。

阿姨沒有工作。外公在我們出生前就罹患肺病過世了。今橋家沒有兒子繼承家業，姊姊和妹妹又已出嫁，所以她大概覺得能夠照顧母親的只有自己。或許因此，夏枝姨有種安靜的豁達，她那沉穩的包容力，每每令我們安心。

外婆和好美姨當然也都很疼愛我們。只是疼愛的方式很誇張。扮鬼臉、用有趣的方式念故事書都是看家本領，但是陪我們玩一會好像就膩了。然後，大人們就開始聊自己的事。在那種情況下，只有夏枝姨會繼續陪我們玩。無論是讀故事書或扮鬼臉，她都比好美姨和外婆遜色許多，但是面對小孩子們煩人的毅力，尤其是對我姊沒有節制的要求，她總是不厭其煩地配合。

好美姨和我媽，不只容貌相似，個性也很像。簡而言之就是強勢，會給人某種自信與意志力強烈的感覺。當有人幫忙拍照時，同樣也是那種絕對不會說「那接下來換我幫你拍」的人。前面已提過我媽的娘家很窮，但被人稱為美女的好美姨和我媽一樣，有點千金大小姐的脾氣，或者該說，是「別人替自己做事是天經地義」的氣質。

大阿姨婚後住在大阪的北攝。大姨丈治夫自己開公司，專門進口、販賣紅茶與茶具，經濟很富裕。外婆與夏枝姨之所以不用外出工作，想必也是因為有這位大姨丈和我爸的經濟支援。在外婆看來，長女和小女兒算是都逮到了好男人。在這個部分，我媽好像經常拿自己與好美姨比較、競爭。

好美姨有兩個兒子一個女兒，名字分別是義一、文也、真苗。是我們的表哥表姊。老么真苗和我姊同齡。而且——就我個人的見解，我覺得她倆的個性很像。

真苗有張可愛的臉孔，但是有點胖。我不知道和外貌是否有關，但她從小就和大阿姨關係惡劣。單就我所記得的，真苗就已離家出走數十次（有個貌美好強的母親，是否都會對女兒造成某種負面影響？）。

我姊與真苗境遇相同，照理說應該會惺惺相惜，但對奉行少數派絕對主義的我姊來說，和自己相似的人物完全是多餘的。或許是感到我姊的嫌棄，真苗也討厭我姊。表兄妹聚在一起時，她倆動不動就吵架，而且還會互相比賽誰能做出更古怪的行為，因此每次聚會結束後，必然有一方會受傷（我姊在小學一年級時撐傘從屋頂跳下來摔斷了腿，真苗在翌年喝下金魚缸的水被送進醫院）。

總之，就像我對家中娘子軍退避三舍，義一與文也，也對好美姨與真苗的緊張關係避之唯恐不及。義一比我大十二歲，文也比我大九歲。小時候，他們給我的感覺不像表哥，反而更像是別人家的大哥哥，但隨著我日漸成長，我漸漸發現他倆的個性其實跟我很像。都是那種會看別人臉色行事、盡量息事寧人的消極個性。不過，義一和文也與我不同的是，他們還要承受來自大姨丈的壓力。

相較於只是普通上班族的我爸，治夫姨丈是事業有成的公司社長。迥異於不善使喚他人的我爸，姨丈處於使喚他人理所當然的地位，而且想必比我爸更有男性的矜持。對於幾乎成天不在家的姨丈而言，好美姨與真苗的內鬥，只不過是女人之間不足掛齒的小紛爭，為此膽怯、逃避的義一與文也，在姨丈看來等於是窩囊廢。

義一和文也被姨丈送去學柔道打棒球，總之只要是能感到男性氣魄的東西都得涉獵，再加上還必須有聰穎的頭腦。難以想像那種壓力會有多大。日後我不得不為此深深感謝我爸的軟弱。

因為我爸那樣的個性，所以我媽的強勢以及身為么女的任性常常會一發不可收拾，但好美姨的情況是一方面在經濟上受到治夫姨丈的縱容，卻又必須與姨丈那種「不過就是女人」的態度抗爭。我媽怒吼時，我爸會很憔悴，一看就知道他招架不住；可是當好美姨怒吼時，姨丈只會視為「女人的歇斯底里又開始了」一笑置之，擺出只要買個珠寶送給她就能搞定的態度。最後阿姨當然還是收下了珠寶，但她每次都氣得咬牙切齒。對我姊和真苗而言，我媽與好美姨是「雖然長得漂亮又好強，但是不依靠男人就活不下去的女人」，那絕對不可能是自己這一國的。

長得漂亮，又有能力自食其力的女人——在這點，最厲害的是外婆。

外公是在我媽十二歲那年過世。之後外婆不僅送好美姨去念短大，還獨自掙來十四歲的夏枝姨及我媽的學費。本來，做五金行商的外公賺的錢要養活妻小四人，就已有點，不，是相當靠不住。房子也搖搖欲墜，三姊妹沒有自己的房間，一家五口，據說是名符其實擠在一起過日子。

外婆改造狹小住處的玄關口，夏天賣冰，冬天賣烏龍麵。外婆生了三個女兒之後還被選為當地的招牌西施，所以她開的店生意非常興隆。據說有時甚至超過外公的收入，所以外公肯定覺得無地自容。就算沒有經濟問題，光是被四個女人包圍過日子對男人來說應該就已夠不自在了，如果外公還在世，我想他一定和我爸還有我很契合。

外公生前的照片還在。背景大概是公園，只見他站在巨大的櫻樹前，頭戴鴨舌帽，叼著香菸。高挑的身材與一本正經的眉毛，倒是和我爸有點像。

外公外婆肯定是所謂的俊男美女組合。外婆是個性傳統的女人，所以好像沒有對外公說過任何怨言，但外公死後，據說外婆曾再三囑咐三個女兒「選男人千萬不能只看臉蛋」。好美姨與我媽，想必都是看著外婆揮汗煮烏龍麵的背影長大，所以才會考慮找個有錢的金龜婿。

不讓女兒在店裡幫忙是外婆向來的信條，但唯有夏枝姨會主動在店裡幫忙，外婆不知何故也沒有阻止。據說夏枝姨每天放學回來後就立刻去店裡，埋頭默默煮烏龍麵。偶爾，阿姨的同學會來店裡吃東西，外婆說，這種時候會覺得她很可憐，但外婆始終沒有叫夏枝姨不要再來店裡幫忙。

夏枝姨或許天生是勞碌命，她會主動承擔別人討厭做的事或辛苦的差事。不過，外婆把另外兩個女兒養得猶如溫室的花朵，只讓夏枝姨一個人吃苦，究竟是抱著何種心態？那樣對夏枝姨而言是幸福的嗎？

「從來沒聽說過小夏的緋聞耶。」

我曾多次目睹我媽與好美姨一臉匪夷所思地如此說道。夏枝姨，是個和我媽及好美姨式的特質截然相反的人。

總之夏枝姨沒結婚。而且，她很照顧我們。對我而言，我姊和我媽、矢田嬸和外婆、還有夏枝姨，幾乎就是我的全世界。

我爸歸來，是在陽光普照卻下著雨的一個怪日子。

我姊從矢田嬸那裡聽說這種天氣是傳說中「狐狸娶親」的日子，於是吵著非要看到狐狸不可，令我媽傷透腦筋。可以的話我當然也想親眼目睹，但我不想讓媽媽更加為難。我很乖巧地在旁邊玩塑膠積木。

「爸爸今天要回來，家裡不能沒人在。」

即便聽到我媽這麼說，我姊還是不肯妥協。這種日子難得一見，如果看不到狐狸娶親我就死給妳看！當時她想必這麼大叫。聽到她的叫聲，矢田嬸肯定覺得很對不起我媽。

我媽對我姊的無理取鬧本來一律視若無睹，但是看到姊姊滿地打滾、開始鬼吼鬼叫時，她終於再也受不了了。

「甚麼狐狸娶親，那是迷信！」

我媽的聲音，凌駕我姊的聲音之上。

「根本沒那種東西！沒有！那是騙人的！」

我姊聽到這番話，放聲大哭。不是因悲傷而哭。她的眼淚，永遠始自憤怒。我姊早就知道，大聲哭叫是最能夠為難大人的行動。

關於我姊的哭鬧，按照我媽的說法，在回國的飛機上也讓她飽受困擾。當時我媽叫姊姊坐好，姊姊卻不肯聽話，在機上走來走去，擅自闖入空服員（當時通常稱為空姐。至今，比起空服員這種稱呼，在我心中還是覺得稱她們「空姐」比較順口）的休息室被數落了一頓。媽媽終於忍無可忍地怒罵她後，她發出比媽媽的怒吼聲還要尖銳好幾倍的聲音大哭。結果，從飛機自梅赫拉巴德（Mehrabad）機場起飛，直到在香港轉機的那十個多小時航程中，據說她持續哭了六個小時。不管我媽怎麼哄她，連空服員拿點心來都沒用。想到坐在周遭的乘客心情，就連向來是標準乖寶寶的我，都忍不住想替我姊出面道歉。

好不容易抵達香港，我媽只好答應買我姊想要的東西給她。那是很大很大的泰迪熊玩偶。由於實在太大，甚至被禁止帶上飛機。這時姊姊再次哇哇大哭。最後航空公司只好讓步准許我們帶上飛機，但是座椅塞不下泰迪熊，它被綁在空服員坐的位子上。姊姊一再離開位子去看泰迪熊。拜那隻泰迪熊所賜，剩下的航程總算平安無事，但是離開伊朗還不到二十四小時，我媽已經開始思念巴姿兒。現在想想，我媽那時其實也還是個孩子。

而且，那麼孩子氣的媽媽，一旦無法忍受姊姊的行為，就會毫不留情地粉碎小孩子的夢想。比起真正的小孩，孩子氣的大人更糟糕，而我媽就是個典型的糟糕大人。

我姊小學二年級的那個聖誕節時亦復如此。媽媽煞費苦心試圖不動聲色地詢問姊姊想要甚麼禮物，但姊姊卻頑強地一再重申「只能告訴聖誕老公公」，搞到最後媽媽已經自暴自棄了。終

於，

「世上根本沒有聖誕老人！」

我媽如此大吼。當時，我姊也受到很大的打擊。但是，姊姊還算好。可我那時年僅四歲。四歲就已被人否定聖誕老人存在的我，應該更可憐吧。但我沒有哭。因為在我哭泣之前，我姊已擠出渾身所有的力氣放聲大哭了。

每次，大致上總是這樣。在我生氣前姊姊已大發雷霆，在我哭泣前姊姊已嚎啕大哭。所以，我看到她那樣自然而然會有點猶豫，最後只能沉默。長大之後那種個性也改不了。因此，每當有人在等待我的「情緒反應」時，我總是坐立不安。

「你在想甚麼？」

「照你喜歡的意思做。」

「難道你就沒有自己的主見？」

這種話，以及類似的說法，讓我很害怕。

真情流露的，永遠是我姊，是我媽，總之是除了我以外的某人。

爸爸回到家時，姊姊已哭累睡著了。爸爸沒吵醒睡著的姊姊，靜靜抱起我。我很開心，但睽違數月的爸爸散發出陌生的氣息，這麼被爸爸抱著，令我有種不可思議、很難為情的感覺。

我求助地看著媽媽，

「小步怕生了！」

她樂陶陶地笑著說。

爸爸買了樂高給我。組合起來可以變成大城堡，還附有許多士兵。對當時的我來說，那是美妙得難以置信的禮物。甚至連我剛剛還在玩的塑膠積木都突然黯然失色。那個積木是外婆送給我的，每一塊積木都很大塊，和新收到的樂高積木相比，一看就是「幼兒積木」。

有了爸爸送的這份樂高積木城堡組合後，他的「父親」感驟然加深。我天真無邪地對他笑，非常開心，令爸爸，乃至旁觀的媽媽都很高興。我對外婆送的積木再也不屑一顧，開始堆砌樂高積木。看到我靈巧組合樂高的樣子，也難怪爸爸會說：

「小步說不定是神童。」

對於聽到動靜醒來的姊姊，爸爸準備了一份更難以置信的禮物。那竟是狐狸玩偶（其實是野狼玩偶，但姊姊硬要說那是狐狸）。

姊姊當下欣喜若狂。不但見到了最愛的爸爸，而且爸爸彷彿完全和自己心意相通，居然送了一隻狐狸（野狼）玩偶。姊姊秉持剛才嚎啕大哭的氣勢，不，是比之前更激動地歡喜、叫喊，令久違的爸爸有一點點退縮。

「她剛才還吵著要看狐狸娶親。我明明都已經告訴她爸爸要回來不能出去了。」

聽到媽媽這麼說，姊姊朝她瞪過去。站在媽媽的立場，或許只是想和爸爸一起取笑小孩子喜怒無常、三心二意的小脾氣，但姊姊只會解釋為那是跟她搶爸爸的媽媽在故意打壓她、向她示威。我想，我媽一定是那種會對喜歡在男人面前裝可愛的姊妹淘若無其事說「妳今天和平常不太一樣耶」的人。而且最可怕的是，她毫無惡意。

姊姊一邊瞪媽媽一邊爬到爸爸的膝上，堅決不肯下去。即使想洗澡的爸爸求她下去，甚至到了吃晚飯的時間，她也抵死不從。媽媽再次忍無可忍地責罵姊姊，但媽媽越罵她，她就賴著越不肯動。

回國第一天，爸爸就已跳進母女倆爭執的漩渦中。而且和伊朗不同的是，這裡沒有巴姿兒，也沒有可以把姊姊關起來的大浴室。爸爸之所以早早決定買房子，這或許正是主因之一？如果繼續待在矢田公寓，在這狹仄的空間中，媽媽與姊姊的戰爭肯定只會越演越烈。對付我姊這種人，還是早點給她一個自己的房間比較好。

於是，我爸一回國，夫妻倆立刻開始看房子。看房子只能利用星期天，但他們並未帶我和我姊一起去。想必是為了避免姊姊又無理取鬧提出任性的要求。對此，姊姊大肆發洩不滿，被媽媽痛罵一頓，最後是讓爸爸哄了半天才睡著。當爸媽出門時來家裡照顧我們這兩個小孩的，還是矢田嬸，是外婆，是夏枝姨。

最後總是變成矢田嬸和外婆聊得一發不可收拾，陪伴我們的只剩下夏枝姨。阿姨誇獎我堆的樂高。雖說是神童，但我還沒有組合城堡的技術。和三兩下就替我完成城堡的姊姊與爸爸不同，夏枝姨總是耐心等待我自己完成甚麼。而且，就算我堆出來的東西一點也不好看，她還是會找出某個亮點誇獎我。

「顏色真漂亮。」

「很堅固耶。」

那不是我厲害是樂高公司的功勞，即便如此，阿姨對我做的東西感興趣，真的讓我很開心。阿姨陪我們玩耍的方式很被動，她從來不會主動提議玩甚麼有趣的遊戲，但她可以耐心陪我玩到我厭倦為止，這點連我媽都佩服不已。

「小夏絕對很適合當母親。」

我曾多次看到我媽認真地這麼說。夏枝姨每次聽了都困窘地笑笑，最後甚麼也沒說。

夏枝姨每天都帶我們姊弟去附近的神社。那個神社走路只要兩分鐘就到了，據說是這一帶的守護神。神社非常小，除了我們三人，我幾乎沒看過別人來參拜。

年幼的我，很害怕門口那對石雕神獸的猙獰外型及神社的古老氣氛。但是，夏枝姨總是非常非常虔誠，沒完沒了地默禱，所以我只能在旁等候。阿姨閉著眼，嘴裡念念有詞的側臉，至今我仍印象深刻。那是在家看不到的，夏枝姨嚴肅的另一面。

爸爸買給姊姊的奇蹟狐狸（野狼），枉費她當時那麼高興，甚至為此感到冥冥中的命運，結果沒幾天就面臨被埋進土裡的厄運。

找到新家之前的那幾星期，我姊內心正流行所謂的「喪禮遊戲」。或許她是對這個遲早必須拋棄（其實並非拋棄）的公寓住處感到她特有的鄉愁。她開始埋葬家中的東西。不知該說是正好還是不幸，矢田公寓旁邊有塊空地。那裡變成了狐狸（野狼）玩偶、我那套比較幼稚的積木、我媽的飯碗、暖桌的蓋被、以及我家其他各種用品的墳場。

我媽發現家裡的東西三天兩頭就不翼而飛，幾乎當下就斷定是我姊幹的好事。那當然是正確答案，但姊姊對媽媽的鐵口直斷很反感，堅決不肯吐實。矢田嬸某晚發現下半身被埋在土中的泰迪熊時，真相終於大白。

看到被慘白的路燈照亮的泰迪熊時，饒是豪邁的大嬸也忍不住發出尖叫，嚇得腿軟。可憐的熊寶寶，從香港大老遠來到我家，最後竟然被姊姊半埋在土中。想必是因為姊姊當時力氣太小挖不出足以埋葬它全身的洞。像這種地方，真的不知該說我姊是虎頭蛇尾還是粗枝大葉。

想當然耳，我媽火冒三丈。

「巴姿兒說得沒錯，妳被惡魔附身了！」

想必是「身體被半埋在土中的玩偶」這驚悚的場景，刺激她說出這種話吧。因為我媽是個非常率直的人。

但她那句率直的發言，肯定傷了我姊。不，那句話，或許讓姊姊鑽牛角尖地認定自己真的是「惡魔的孩子」。我要再三強調，我媽其實是以她的方式關愛姊姊。但是，那並非姊姊想要的。姊姊心想：親生母親不可能這麼痛恨自己的女兒，換句話說我是惡魔的孩子——就這樣，我姊自行編造出明顯就像她會喜歡的故事情節。

從此，我姊屢次離家出走。當然，我想她遲早都會這麼做，但「不是親生孩子」這個事實（並不是事實），成了她離家出走的正當理由。

住在矢田公寓的期間，我姊離家出走的目的地，是以大人的腳力只要從公寓走個幾分鐘便可抵達的公園，她躲在的公園內的卷貝形遊樂器材中。當時的姊姊，還沒有足夠的智慧與勇氣去遙遠的地方。況且，離家出走的行為本身，不是真的想離家，同樣只是姊姊一貫想引人注意的一環，也是足以讓她幾乎徹底沉溺於「以惡魔小孩的身分活下去」這個自我陶醉的行為中。

儘管我媽抱著我去公園接她，她仍堅決不肯鑽出遊樂器材。不管媽媽好言相勸、低聲懇求或是生氣責罵，姊姊始終不發一語。我看膩這場戲後蹲下來玩沙子，媽媽盯著我，而姊姊逕自在旁邊的遊樂器材繼續離家出走，最後竟演變成這種可笑的狀況。

到最後，通常是看不下去的矢田嬸來接她，或者晚歸的爸爸來接她，她才肯踏上歸路。我姊半天不吃東西的情形太常發生，因此當時的她非常瘦。順帶一提，我媽也是。

那是當然。我想年輕的媽媽應該也很受傷。對媽媽而言，懷胎十月生下的姊姊實在充滿太多謎團。為什麼她總是要反抗？為什麼會有這些莫名其妙的行為？那是來自姊姊對愛的飢渴，但是我媽只能理解直來直往的愛，對她來說，那完全令她費解。如果渴求關愛，來媽媽懷裡撒嬌不就行了？那樣的話，我一定會好好擁抱她——我媽肯定是這麼想。

或許我媽才是那個渴望被擁抱的人。而媽媽的這個願望，和姊姊不同，輕而易舉就被實現了。有時是被矢田嬸，有時是被外婆，還有時是被爸爸。媽媽和姊姊不同，她可以非常坦率地向人撒嬌。而且她並沒有因為自己得到擁抱就認為萬事OK，她是非常率直地替姊姊憂心。

4

我姊離家出走創下七小時紀錄的翌日，爸媽終於找到新居。

那是屋齡二十年，從車站步行約需十分鐘，三房兩廳的房子。從矢田公寓搭乘電車必須換兩趟車。從那裡到爸爸的公司，搭乘電車約需三十分鐘。

對於遠離娘家，起初我媽很不情願。離開外婆和夏枝姨、矢田嬸，也就意味著今後無法再輕易把姊姊託付給她們照顧。

在此我必須聲明，我媽絕非只知依賴他人的人。當初她在伊朗生下我時，據說外婆曾表示要去幫忙，但媽媽說「有巴姿兒在沒問題」拒絕了外婆，況且對於舉家遷居伊朗之舉，她也毫不畏懼。但是，那是在她知道姊姊是這種德性之前。對於幾乎陷入育兒神經衰弱的媽媽而言，少了幫手，想必是最大的噩夢。

然而，重點是房子。比恐懼更大的力量，令我媽愛上那間房子。就屋齡及房間格局、與車站的距離等等條件考量，實在找不出更好的物件。況且房子雖小，卻有院子，還有向南的陽台。就一家四口的第一個家而言，再沒有更理想的房子了。

爸媽決定買下後，這才帶我和姊姊去看房子。陌生的商店，陌生的街道，陌生的樹木，從不同角度看見的天空，一切都是那麼新鮮，那麼耀眼奪目。姊姊難得一直緊握爸爸的手，乖乖跟著走。這麼一看，姊姊其實也只是普通的小孩。

我們的新家很完美。

雖然對不起大嬸，但我懷疑或許是在矢田公寓住過半年，才會覺得新家看起來很完美。從兩房一廳的小公寓，一下子升級為獨門獨戶附帶庭院的三房兩廳！

去看房子時，姊姊推開所有的門，眼明手快地選好了自己的房間。她選的當然是二樓有陽台的房間。陽台雖小，但鐵欄杆設計成拱形，頗有紅顏薄命的公主孑然佇立的氛圍。姊姊在那一瞬間忘記自己是「惡魔的孩子」，選擇成為「孤獨的公主」。

雖有陽台，但那個房間才兩坪出頭很狹小，因此我媽也沒有異議。隔壁那個三坪的房間就當作爸媽，還有我暫時棲身的房間，這樣還剩下一間三坪的和室。那間當作在日本幾乎毫無功用的客房，就這樣開始我家的新生活。

或許是因為姊姊有了陽台，以及只屬於自己的房間令她很開心，我姊並沒有那麼想念矢田嬸與夏枝姨。她很快就專心埋首打造自己的城堡，整天幾乎都待在房間裡。

姊姊要上小學了。

成為小學一年級新生的姊姊，從入學典禮就開始盡情展現她的存在感。簡而言之，她又闖禍了。

首先，對她來說，這是第一次看到這麼多小孩。矢田公寓時期自然不消說，就連在德黑蘭時，也只有一個班級，全部也不過是三十個小孩。而且，日本小孩僅有三個。

日本的小學，當然有一大堆日本小孩。姊姊是嬰兒潮世代誕生的小孩，所以四十人的班級共有六班。大家都是黑頭髮、黑眼睛，膚色也大致相同。換句話說，和自己相似的小孩，足足有兩百四十個。

姊姊自然不可能樂見這樣的狀況。

而且，我媽給她穿的衣服，是海軍藍與紅色格子的連身小洋裝，雖然非常可愛，但姊姊光是目視，起碼就有三十個女生穿著那種衣服。每個人的胸口配戴假花，而且按照規定男生是藍色的，女生是紅色。大家依照班級順序入場，甚至還要按照身材高矮排隊。

自己居然被當成「平凡人」對待！姊姊還沒被任何人怎樣，幾乎就已暴跳如雷。

首先，姊姊拒絕入場。只有一年三班遲遲不見入場，而且那是姊姊的班級，令爸媽當下萌生不祥的預感。果然，終於入場的姊姊，不知何故以雙手掩耳。臉上寫著在這種地方、被這樣逼迫前進有多麼痛苦無奈。相較於那些得意洋洋尋找爸媽的小男生，以及身穿可愛洋裝的羞澀小女生，姊姊完全不同。

光是這樣還不夠，姊姊一下子在校長致詞時發出怪聲，一下子從椅子上站起，還做出其他種種搗蛋行為，最後典禮還沒結束就被請出體育館。

之後我媽被學校叫去，勸她把姊姊送進特別班。

那也是一個選擇。畢竟，那是冠上「特別」之名的場所，姊姊應該會很滿足。然而，媽媽堅決不同意。雖然為了姊姊吃了很多苦，但正因為吃了很多苦，她更不希望自己對孩子的教育遭到別人否定。姊姊那套「母親在生產時如果受了很多罪，就會想從孩子身上討回來」的論調，說不定是真的。總而言之，我媽不肯放棄。

我必須聲明，自己的小孩被編進特別班，絕非不名譽之事。至少我是這麼認為。但對我媽而言，對那個非常率直的人而言，她無法容忍。媽媽的這種偏執，的確不時折磨姊姊，而且肯定也讓媽媽本人受到更大的折磨。

姊姊上學時，媽媽，還有我，終於得到片刻的安寧。姊姊在家時，媽媽總是被姊姊弄得提心吊膽，不然就是氣得跳腳，結果無法花太多心思在我身上。姊姊等於是用與她自己以為不同的方式，獨占了媽媽的關心。直到我和媽媽單獨相處，我才發現自己原來很寂寞。於是，我開始變回小小孩。雖然丟臉但是沒辦法，那時我的確幾乎還是小嬰兒。我緊黏著媽媽，渴望沉浸在媽媽的關愛中。

與姊姊不同的是，我的「快看我！」欲望，在我媽可以理解的範疇之內。我會可愛地撒嬌，或者稍微使性子。最重要的是，我永遠扮演了乖寶寶。搭好積木給媽媽看時，如果媽媽正在忙別的事情，我也會乖乖等她忙完，被媽媽罵過的事，我絕對不會再犯第二次。

媽媽誇獎那樣的我，有時還會擁抱我。於是我越發成為率直的乖孩子。或者該說，我開始強烈立志「做個率直的乖孩子」。即便是幼小的我，也覺得姊姊的胡鬧徒然讓自己吃虧。只要做個率直的乖孩子，媽媽與周遭的大人自然就會對我付出我所渴求的關愛。那時我還是個不懂損益得失這種說法的小孩子，但我已親身體驗到那種感情了。等我年滿四歲，要進幼稚園時，我已成了一個很會察言觀色的小孩。

幼稚園入學典禮上，我發現除了我姊，原來還有像她一樣的小孩。

那個小孩，叫做「田原英治」。「田原英治」在入學典禮拒絕入場，被老師又哄又勸地勉強進來後，動不動就大喊大叫，典禮還沒結束就被趕出去了。

大家想必都是那時才第一次遇到這種小孩。大家的反應是驚訝，繼而畏怯，被「田原英治」非比尋常的氣勢影響，甚至有小孩哭了出來。

在這點，我算是占了優勢。因為打從我出生時，我身邊就有那樣的姊姊了。我早已學會在姊姊心情不好時、發脾氣時該如何盡量抹消自己的存在感，也早就知道如何逗那些被姊姊搞得頭痛的大人發笑。

如今回想起來，我是個自不量力的小孩。但是，當時我很賣力。雖然聽來很極端，但如果不那樣做，真的活不下去。

對小孩最重要的，不只是三餐攝取的營養。而是母親，以及等同母親的事物，還有大人給予的關愛。關愛不夠時，就算在物理上不會死掉，幼小的心靈也會感到幾乎無異於死亡的孤獨。我不得不成為與姊姊不同的人，而且只要我扮演「率直的乖孩子」，就不會死。

「田原英治」和我一樣分到「櫻花班」。典禮結束進入教室時，田原英治首先就衝著「櫻花班」這個名稱找碴。他說那很娘娘腔。「櫻花班」的名牌的確是粉紅色的櫻花形狀，看起來就很女性化，但那又怎樣？「玫瑰班」還不是紅色的玫瑰花，「百合班」也是白色的百合花。基本上我念的這所幼稚園，所有的班級都冠上花卉名稱，一律都很女性化。另外還有「油菜花班」、「鬱金香班」、「三色菫班」。

擔任我們班導師的百惠老師（田原英治對這個名字也有意見。他說「太女性化」。廢話，老師本來就是女性），為了安撫田原英治，以各種形式擁護櫻花。

「可是英治你看，櫻花不是很漂亮嗎？」

「現在正是櫻花最美麗的時候喔。」

我心想，那樣根本不管用。田原英治若是有我姊那種個性的人，絕對不可能被那種假惺惺的說詞唬弄過去。果然，田原英治把名牌往地下一扔還滿地打滾，用他全身訴說著：甚麼「櫻花的美麗」去吃屎吧！

我認為，他純粹只是想使性子。

田原英治其實並不討厭「櫻花班」。就算名稱是「手槍班」或「戰車班」，到頭來他還是會亂扔名牌滿地打滾。他只是不高興自己要上幼稚園，必須和母親分開，不得不和一群陌生的小孩子共度，總之一切都讓他不高興，所以使性子鬧彆扭罷了。

巴姿兒的做法才是正確的。對付這種純粹只是想使性子的人，把他關進鋪著磁磚、空無一物的空間就對了！

教室裡，也有我們的爸媽在。從成排站在教室後方的家長中，立刻就能找到田原英治的母親。因為她長得太像田原英治（其實是田原英治長得像母親），小眼睛幾乎被濃眉遮住，鼻子和嘴巴都很大。田原英治一直皺著臉，但田原英治的媽媽把眉毛耷拉成八字形。而且，她正不斷向周遭的大人鞠躬道歉。

而我，看著我媽。她彷彿壓根沒看到田原英治的母親，甚至連又哭又叫滿地打滾的田原英治也完全不存在似的，一逕定定看著前方。她看著的「前方」，除了寫著「恭喜大家入學！」的黑板之外空無一物，但她還是像那裡有甚麼東西一般專注凝視著前方。

我媽在我姊的入學典禮上有過相同體驗。那天的媽媽，沒有像田原英治的母親那樣耷拉著八字眉，也沒有頻頻對周遭的人鞠躬道歉。當時我坐在她的膝上，從遠處凝視姊姊的胡鬧。我仰望媽媽，發現每當姊姊叫嚷或做出甚麼動作時，媽媽的太陽穴就會微微抽動。那是在家時的媽媽要破口大罵的前兆。但是那天她始終沒有怒吼，也沒有慌了手腳。嚴格說來，反而是坐在旁邊的爸爸，露出像田原英治的母親一樣的表情。如果沒有媽媽的阻止，爸爸說不定已經站起來向大家道歉了。然而，媽媽不容許那樣做。

我們沒有錯。

我媽用全身如此訴說：尤其是我，我，沒有錯。我非常、非常努力。身為母親，我很拚命地，在養育，那個孩子。那孩子，現在，才六歲，就已擁有，自己的房間，那個房間，甚至還有，可愛的，小陽台。有這樣的環境，她還要，擺出那種態度，的話，那，完全是出於，那孩子，自己的意思——我媽以全身如此用力訴說。

由於我媽的態度實在太理直氣壯，我姊同學們的爸媽到最後都沒找出究竟誰是圷貴子那個小惡魔的父母。

現在，我媽在櫻花班的教室，做出當時她希望周遭眾人做的反應。

她始終不看田原英治的母親。

她的表情在說：這種事很尋常。

那想必是我媽能夠對田原英治的母親做出的最大體貼了。

我的入學典禮，我爸並沒有來。因為他工作很忙。

如果我爸也在場，我想我媽肯定會逼迫他採取跟她一樣的態度。而且，爸爸也會體諒媽媽的那種心情，或者該說，爸爸不可能違抗媽媽，所以兩人大概會一同凝視正前方吧。哪怕前方沒有寫著「恭喜大家入學！」的黑板。

結果，老師的話還沒講完，田原英治就被他母親拽著手帶走了。併排站在教室後方的母親們露出如釋重負的表情，但其中也有人在結束後跑到老師身邊起勁地打聽。或許是對田原英治與自家小孩同班感到不安吧。

至於我媽，她牽著我的手，彷彿要強調久待無用，就此匆匆返家。走出大門時，還讓我站在旁邊，拍了好幾張照片，但那也是出於「只要有拍照就行了吧」的態度。她雖然疼愛我，但畢竟不是經常拿相機替別人拍照的人。

從我家到幼稚園是坐娃娃車。但是，入學典禮那天，還沒有娃娃車。從我家到幼稚園，我媽和我是搭乘市營公車來的，回程是徒步約需三十分鐘（以大人的腳程）的距離。我對走路沒意見，但我感到我媽牽著我的手默默走路的樣子非比尋常，我開始緊張起來。

從幼稚園出來略遠處有條綠色步道，那條路成了我們回家的捷徑。路旁遍植櫻樹，競相怒放幾乎刺痛眼睛的櫻花，花瓣不時在我頭上翩然飛舞。同樣從幼稚園返家的親子檔還有好幾對，大家都在拍照，或是愉快地邊走邊說話。

雖然也有像我和我媽一樣只有兩個人的親子檔，但通常是加上父親一家三口，甚至也有把幼小的弟弟妹妹一起帶來的家族。

我對於只有我們母子倆出席毫無不滿。因為我知道，如果姊姊來參加我的入學典禮，極有可能又搞出甚麼紕漏，況且我也知道媽媽一再被姊姊的班導師請去學校。姊姊在家的時間減少後，母女之間的戰爭也隨之減少，但是相對的，姊姊在她看不到的校內時，媽媽為她操心的時間也更多了。姊姊好像依然故我繼續闖禍，校方也持續建議我媽把姊姊轉進特別班，而我媽也持續地回絕。

與媽媽走過櫻花夾道的時光，本該是安詳的，但我忍不住揣測媽媽的心情，非常緊張。看到其他家庭以各種形式一團和樂，我第一次暗忖，或許我們家有點奇怪。不過，在比那種念頭更深層之處，我早已想過，就算如此又能怎樣。

反正，都已經來到人世了。

於我，沒有其他可能性。

那樣的說法，當時的我當然也不知道，但我已有那樣的切身體驗。說不定，每個小孩都是這樣。現在置身的環境就是一切，沒有其他的可能性，自己要一直一直在這裡活下去——或許在冒出這個念頭之前，幾乎已憑著生存本能學會了這件事。另一方面，雖然強烈希望自己能變成超人或公主，但其實從小就壓根沒想過自己的世界真的會有無限可能、無窮選項。

而我，只有這樣的家人。

我緊握我媽的手，她似乎這才終於察覺我的存在，朝我看來。即便我咧嘴一笑，她還是有點茫然，這個情況令我很焦慮。

「那個田原英治，跟姊姊很像耶。」

一方面固然也是想吸引我媽注意，但主要還是想安慰她。其實，媽媽本來也得像田原英治的母親一樣，耷拉著八字眉，為了姊姊頻頻向人鞠躬道歉。媽媽一直在和那件事對峙。

然而，我那句話顯然說得太大意。我媽原本茫然的表情一變，幾乎帶著怒氣。

「一點也不像。」

我心想，搞砸了，但為時已晚。我媽在成排櫻花林中不斷超越各個親子檔。被她拽著手的我，使出吃奶的力氣才勉強跟上。但是，我不敢開口叫媽媽等等我。

那條步道最氣派的櫻花樹前，擠得水洩不通。不只是剛參加完入學典禮的親子檔，還有許多來賞花的人們也自然而然在此流連，讓我們無法超車。

我媽不耐煩地撥開人潮，但隊伍漸漸靜止不動。我已經走到腳酸所以鬆了一口氣，但我怕媽媽的心情會越來越惡劣，所以心裡忐忑不安。

這時，走在媽媽前面的男人，轉身朝向我們。

「人好多喔。」

我媽應該已經很不耐煩了，卻反射性地擠出笑容。

「就是啊，真的，大家大概都想看櫻花吧。」

男人興味盎然地定睛注視我媽的臉孔，接著，才發現和她手牽手的我。

「是入學典禮嗎？」

男人的身旁，站著和我同樣幼稚園制服的小女孩，以及與那個女孩手牽手的母親。母親看著我媽，女孩看著我。母女倆的眼睛和嘴巴都很大，長得像蜥蜴。

「是啊。外子要上班。」

那個母親曖昧地笑了，見我媽沒注意到，立刻又板起臉。女孩專注地直盯著我，她那種視線令人毛骨悚然。

「要不要在櫻花下拍張照片？」

「可以嗎？小步，快點，人家說要替我們拍照。」

雖說如此，隊伍還是半天沒動靜。我媽和那個父親朝著隊伍的反方向前進，終於在一棵還算大的櫻樹前搶到地盤。我和蜥蜴母女跟在兩人身後，我們三個都沒講話。

「小步，快點，過來呀。」

我媽讓我站在前面。手放在我肩上，她自己倚靠那棵櫻樹。

那對母女站在拿相機的父親身後看著我們。還是一樣，做母親的看著我媽，女兒看著我。母女倆都板著臉毫無笑容。

那天，我媽穿的是領口綴有白色蕾絲的灰色連身裙。裙子明顯比別人短，褐色皮鞋的鞋跟也比別人的高。我的屁股感到媽媽沒穿絲襪的大腿那股溫熱，我暗自思忖自己是否該露出笑容比較好。但最後我還沒笑對方就已連連按下快門，每次那個父親都說：「非常好喔！」

我抬頭一看，我媽滿面笑容。

5

我在幼稚園，大致還算過得去。

像田原英治那樣的麻煩人物還有幾個，但我靠著抹消自己存在感這一招，沒受到甚麼傷害，幼稚園也很和平。我很快就學會享受見不到媽媽的這幾個小時。

百惠老師無論是瀏海或鬢角，頭髮都多得異常，而且沒有綁起來任其垂落，所以給人的整體印象就是一個「毛毛人」。而且，和其他老師比起來聲音特別小，因此我覺得她好像有點陰沉。

不過（這麼說有點失禮），大家還是會對全班唯一的大人撒嬌，每逢午睡時間，想讓老師哄著入睡的小孩大排長龍。對此，我當然覺得很不像話。其中最最不像話的，就是排在隊伍中的田原英治。因為他之前批評「櫻花班」娘娘腔，說「百惠」這個名字太女性化，極力否定女性化，現在居然混在扭扭捏捏的女生堆裡，抱著老師不放還撒嬌，最後發現無法霸占老師就氣得又哭又叫，做出最娘娘腔的行為。

我在午睡時，向來總是睡在教室角落。那裡放著風琴。平時，那裡擠滿了玩風琴的小孩，非常吵雜，可一到午睡時間就乏人問津。因為關上窗簾的教室一片昏暗，漆黑的風琴看起來有點像怪物。老實說，就連我自己，在半夢半醒中微睜雙眼仰望風琴時，都差點被那異樣的巨大與凝重的沉默給震懾。不過，風琴就只是風琴。那時我早已聽過我媽那句「根本沒有聖誕老人！」的發言，頗為自負自己比在場的任何小朋友都成熟。

我率先拿毛巾被去那個地點睡覺之舉，受到大家尊敬的注目禮。區區小事就受到尊敬，簡直太容易了。也因此，我頗受班上女生歡迎。做體操時，去幼稚園外散步時，總之必須兩人一組時一定會有好幾個女生跑到我身邊。

我並非人氣王。「櫻花班」最受歡迎的，是須永連這個男生。須永連的個子很高，皮膚黝黑，嘴唇很厚，是個有點黑人氣質的幼稚園學童。他給人的感覺是很愛講話，跑得也很快，理所當然受到歡迎。女生們會為了搶奪須永連發生爭吵，還會把貢品（班上最搶手的故事書或顏色漂亮的小水桶等等）拿給他。

當時，我們班正流行交換蠟筆。為了收集自己喜歡的顏色，會和別人交易。比方說喜歡黃色的小孩，為了收集大量的黃色，會把橘色蠟筆給喜歡橘色的小孩，交換黃色蠟筆，以此類推。不過，黃色和橘色都不是主流。那是「真的很喜歡黃色與橘色的小孩」才會做的行為。交換蠟筆的真正意義，另有其他。

是人氣投票。

女生最喜歡的顏色是粉紅色，男生最喜歡的顏色是藍色。換言之，收集到最多粉紅色蠟筆的女生就是女生中的人氣王，收集到最多藍色蠟筆的男生就是男生中的人氣王。

結果收集到最多藍色蠟筆的是須永連，收集到最多粉紅色蠟筆的是中野瑞希這個女生。

中野瑞希其實並非特別可愛的女生。增田矢奴的母親是瑞典人，她有著栗色頭髮與大眼睛，粉紅色的耳垂很可愛；還有佐治美織這個女生，有著捲曲的自然捲頭髮，個子很高很漂亮。

在這些女生當中，中野瑞希留著黑色的妹妹頭，黑眼珠大得幾乎看不到眼白，是個非常乖巧的女生。和另外兩人相比，不，就算在全班的女生當中也算是很不起眼、很低調的女生。可是，中野瑞希的蠟筆盒裡，幾乎一半都被帶有「妳是最棒的」那種意思的粉紅色蠟筆填滿。

百惠老師雖然察覺我們在交換蠟筆，但她沒發現背後還藏著人氣投票這個真意。即便看到中野瑞希的蠟筆盒中粉紅色蠟筆占了壓倒性多數，百惠老師也只是欣然微笑地說：

「瑞希這麼喜歡粉紅色啊。」

看到須永連的蠟筆盒中「一半都是藍色」照理說就該察覺了，看來百惠老師好像有點遲鈍。

總之男生的第一名是須永連，那是大家心服口服的結果，但第一名的中野瑞希，令班上女生很不服氣。我也是。

不過，我私下持續觀察中野瑞希後，終於發現一件事。女生都會先主動找最喜歡的男生或第二喜歡的男生、第三喜歡的男生交換蠟筆（增田矢奴早早就把藍色給了須永連，佐治美織把藍色給了我），可是中野瑞希始終不曾主動和人交換蠟筆。

如果班上男生拿蠟筆來，她就一臉懵懂地收下，把黃綠色或褐色這種顏色算是比較男孩子氣但是並無特殊意味的蠟筆交給對方。她那種徹底的被動態度，煽動了男生們的好奇心與欺負欲。最重要的是，蠟筆交換遊戲開始後即便過了好幾個月，中野瑞希的蠟筆盒中依然留著藍色！

中野瑞希還沒說出真心話。

中野瑞希到底喜歡誰？

就連已經拿到平庸顏色的男生們，都為中野瑞希的藍色蠟筆將會花落誰家提心吊膽，不知是否察覺到那樣的動靜，依然故我的中野瑞希，唯有粉紅色蠟筆越來越多。

這種遊戲的殘酷之處，就在於並非拿到粉紅色蠟筆或藍色蠟筆後就此結束，之後還可以說「把我給妳的粉紅色蠟筆還給我」、「之前給你的藍色蠟筆，我想給別的男生了」推翻之前的決定。

當增田矢奴在運動場跌倒，哭得一把鼻涕一把眼淚後，就被當場目擊的兩個男生要求「把粉紅色蠟筆還給我」；就連一直保持冷淡態度的我，也被佐治美織要求「把藍色蠟筆還來」。

因此，受到外表的印象左右，把粉紅色蠟筆送給增田矢奴或佐治美織的男生，也開始紛紛收回粉紅色蠟筆。當然那支粉紅色蠟筆之後就落到中野瑞希手中，但中野瑞希依舊維持她那懵懂、只是被動收下的態度。

話說回來，在我們班上，除了中野瑞希，還有人沒有做出重大決定。相較於還留有藍色的中野瑞希，那個同學還留著粉紅色。

那就是我。

我的蠟筆盒中，粉紅色蠟筆依然坐鎮。一次也沒動過。請不要誤會，我絕非模仿中野瑞希。我可不是像中野瑞希那樣抱著狡猾的念頭，以為暫緩做決定就能贏得更高的人氣。因為我才五歲。我還沒有那麼鬼祟的小聰明。

我的蠟筆盒中，除了幾支藍色，還有大量的淺藍色。

之前忘記說了，淺藍色蠟筆代表女生們「我第二喜歡你」的心意。須永連的蠟筆盒，足足有一半都是藍色，但其他的顏色都是黑色、褐色、白色、土黃色之類不起眼的顏色。最喜歡須永連的女生的確很多，但那些顏色證明也有女生討厭須永連（對於褐色與土黃色我很抱歉。趁著抱歉順帶說一聲，田原英治的蠟筆盒中幾乎都是那種顏色）。

在這點，我的蠟筆盒顏色非常鮮豔絢麗。有幾支藍色還有大量的淺藍色、黃綠色、綠色這些美麗的顏色。我絕非最受歡迎的幼稚園兒童，但我是第二名或第三名。說不定，也比被某些人討厭的人氣王須永連更厲害？

前面提到我沒有那種鬼祟的小聰明，但五歲的我，自負在人際關係方面處理得比須永連更好。沒得到第一名也無所謂，因為我的蠟筆盒比他的漂亮多了。

而我還保有的粉紅色蠟筆，肯定對班上女生造成不小的刺激。不過，「櫻花班」的女生迥異於男生，她們喜歡的是態度黑白分明的男生。佐治美織收回之前給我的藍色蠟筆就是基於那樣的理由，我的蠟筆盒中藍色不多，想必也是這個原因。女生遲早會對優柔寡斷的男生徹底死心。

不過，我絕非態度曖昧，也不是故意拖延不說出真心話。

我早就已經給人了。我是指「心中的粉紅色蠟筆」。

我給的是宮川早紀。她那兩隻杏仁形狀的大眼睛離得很遠，鼻子小，嘴巴極大。乍看之下貌似鬣蜥或蜥蜴之類的爬蟲類動物。

宮川早紀並不受班上男生歡迎，也不和女生玩耍。也就是說她多半一個人落單。說到捉摸不定，區區中野瑞希根本不是對手，但宮川早紀不像中野瑞希那樣只會懵懂發呆。不僅如此，她還積極玩耍。利用班上的玩具、無人使用的風琴、運動場的遊樂器材。只不過她永遠都是自己一個人玩罷了。令人驚訝的是，宮川早紀對於總是獨來獨往似乎絲毫不感到寂寞或困難。

我被宮川早紀吸引的，正是她這種地方。縱使沒有我姊那麼離譜的積極性，一般女生通常還是會希望別人注意自己。佐治美織就很喜歡叫我的名字，如果我的反應冷淡她還會鬧彆扭；撇開田原英治不談，圍繞在百惠老師身邊爭寵的，也大多是女生。

午睡時，一如立刻選好睡覺地點的我，宮川早紀也立刻拎著毛巾被，在我對面的角落躺下。而且，她永遠是最後一個起來。當老師拉開窗簾時，代表午睡時間結束。有的小孩迫不及待地爬起來，也有的小孩鬧著還想睡（有時甚至會有小孩哭出來！）不過大抵上都是慢吞吞地逐漸清醒，唯有宮川早紀像死掉似地繼續睡。毛巾被蓋到胸口，兩隻手彷彿在祈禱般放在胸前交握。或許是因為眼睛太大，眼睛無法完全閉合，她看起來總是在翻白眼，真的很像屍體。

老師連哄帶勸把每個小孩都叫起來後，最後才過去叫醒宮川早紀，宮川早紀清醒地霍然睜眼，彷彿之前熟睡如死屍是騙人的，肅然動手摺疊毛巾被。

除了我以外，沒有其他小孩如此在意宮川早紀。

就連百惠老師也是，起初大家一起玩時她還會硬要把宮川早紀也拉進來，但是宮川早紀完全不理會百惠老師的安排，默默脫離團體，而且絲毫沒有流露出「好寂寞」或「快看我」這類複雜的情緒，一個人玩得很開心，於是不知不覺百惠老師也不再關心她了。

蠟筆交換遊戲一開始，我立刻就想到宮川早紀。一旦想起，之前的淡淡好感頓時變得很現實。我心想，除了宮川早紀之外，沒有任何人值得我拿粉紅色蠟筆交換。所以，對於一開始就把藍色蠟筆給我的佐治美織及其他女生，我始終不肯交出粉紅色蠟筆。

我沒有和宮川早紀講過話。不，宮川早紀和班上任何小孩都沒講過話。並不是目中無人或心存畏懼，宮川早紀永遠是一個人自己玩。

但是，蠟筆交換遊戲也為宮川早紀帶來變化。不過，她並沒有像其他女生那樣拿著藍色蠟筆四處打轉。宮川早紀迷上了「用蠟筆交換自己喜歡的顏色」這個表面上的遊戲方式。

宮川早紀喜歡的顏色，是綠色。

綠色在我們班上是男生的顏色。按照順序說來，通常是女生會給第四喜歡男生的顏色。而宮川早紀壓根不管那個，毫不留戀地把自己的紅色、黃色與藍色蠟筆到處給人，不分男女，一一換來綠色蠟筆。

班上的小朋友看到平時總是自己一個人玩的宮川早紀忽然喜孜孜地跑來，想和自己交換蠟筆，起初也很驚訝。但是，當大家得知宮川早紀在收集的是綠色蠟筆，她就被貼上「不懂規則的笨蛋」這個標籤後被趕走了。

唯有百惠老師，「哇！早紀的蠟筆都是綠色的耶。妳這麼喜歡綠色啊？」做出這種在表面上很正確，在我們小孩之間卻是錯誤的判斷。

當然，我把我的綠色蠟筆給了宮川早紀。當時我心跳得好快。因為就肉眼看來那雖是綠色，但在我心中，卻千真萬確是粉紅色的蠟筆。

「喂。」

我說，宮川早紀停下畫畫的手，抬頭看我。

我第一次明確地與宮川早紀四目相對。這時，我暗想，我好像曾在哪裡見過宮川早紀。那是理所當然的，因為我們同班，而且又是我喜歡的女生。但是，那個印象，超越現實生活中這個宮川早紀的實體，喚起在我腦海深處的宮川早紀。

櫻花林。向我媽搭訕的男人。站在男人身後，定定看著我們的蜥蜴母女。

宮川早紀，就是那個蜥蜴女兒。那個目不轉睛看著我，讓我對那種視線很反感的女生！為什麼之前我都沒發覺呢？宮川早紀那麼有特徵的長相，不可能讓人過目即忘，而且又是我喜歡的女生。這一刻，我第一次開始懷疑自己的記憶力。對於大腦的不可靠，我萌生不安。

現在這麼喜歡的女生，那時卻不喜歡，這是為什麼？

我的確是喜歡上宮川早紀那種不需要任何人的態度，但我對宮川早紀的長相，分明也抱著明確的好感才對。

我定睛凝視宮川早紀，凝視這個照理說我早就認識的女孩臉孔。而宮川早紀，也像我一樣，定睛凝視著我，但她的視線不論停在我身上多久都不會令我反感，甚至反倒讓我耳垂發熱，滿心幸福。

那時我已開始認為，遇見宮川早紀似乎是非常重大的事。日後，我得知大家都將這種感情稱為「命中注定」，但在當時要理解它，我還太年幼了。不過，我知道對自己來說，宮川早紀正逐漸變得比以前更重要。

「這個給妳。」

我鼓起勇氣，如此說道。我把綠色蠟筆拿給她看，她漆黑的大眼珠好像猛然橫向拉長。真的很像爬蟲類動物。背景雖然沒有巨大的櫻樹，但那果然是上次見到的宮川早紀的臉。

「謝謝。」

宮川早紀的聲音，像男生一樣低沉。我很高興，幾乎當場跳起來。自制力特別強的我，當然沒有真的那樣做，但是給她蠟筆時，我的心臟跳得快極了。不過真正令人心跳加快的還在後面。

宮川早紀會拿甚麼顏色的蠟筆給我呢？

那是她如何看待我的證據。

宮川早紀的藍色蠟筆，早已給了一個名叫臼田早苗的女生。當然不是出於「妳是第一名」的意思。宮川早紀只是想要臼田早苗的綠色蠟筆而已。

對臼田早苗來說，那同樣也不是壞事。有了兩支藍色蠟筆，臼田早苗就等於有了可以選兩個「最喜歡的男生」的選項。臼田早苗把第一支給了須永連，第二支給了皮膚白皙五官俊秀的森永健太郎，他與須永連是不同類型的男生（女生就是這樣！）。

因為早就知道那件事，所以我了解對宮川早紀而言把甚麼顏色給誰並不重要。不過，一旦到了宮川早紀的面前，還是會忍不住猜想：她會選甚麼顏色的蠟筆？那支蠟筆蘊藏了甚麼樣的想法？一瞬間，我在內心某處，暗自期待宮川早紀或許會給我粉紅色蠟筆。

關於我們初次相遇的櫻花林，宮川早紀或許也記得？她會不會給我代表那個顏色的蠟筆？粉紅色是女生的顏色，但我不在乎。

我俯視宮川早紀的蠟筆盒，裡面還有一支粉紅色。那並非某人給宮川早紀的，是宮川早紀自己保留下來的粉紅色。我極有耐心地等待宮川早紀在蠟筆盒翻攪的手指找到那支粉紅色。

「拿去，這個給你。」

宮川早紀選的，是「膚色」。

我當場愣住了。手裡的這支「膚色」，大概一次都沒用過（最近，我們上課應該有描繪「父親」肖像的機會吧？宮川早紀是用甚麼顏色來畫她父親的臉？），看起來還像新的一樣。

宮川早紀給了我一支新蠟筆，那是特別待遇耶——某一個我這麼說，另一個我卻說，「膚色」這種顏色，沒有任何意義也不「特別」，這點你自己應該也很清楚吧（當然，實際上是用更稚拙的說法）。

宮川早紀給了我一支嶄新的「膚色」蠟筆，僅此而已。交給我之後，宮川早紀小心翼翼地把我那支已經磨短的綠色蠟筆（因為我畫了樹）收進蠟筆盒，然後再也不看我。

宮川早紀對我壓根沒有任何想法。她已不記得櫻花林的相遇（當時她明明目不轉睛地一直盯著我的臉！）她對我的蠟筆盒有許多藍色和水藍色蠟筆也完全不感興趣。

我在四歲那年被人否定聖誕老人的存在，如今，尚未學到「命運」這個名詞，就連這個感覺也被否定了。

即便如此，我還是珍藏著那支「膚色」蠟筆，一直。

如今已沒有「膚色」這種顏色了。據說把淺橘色視為肌膚的顏色是一種種族歧視，所以「膚色」已改稱為「淺橙色」了。

6

我姊依舊是小學的問題兒童。

隨著她升上二年級、三年級，入學典禮時展現的那種破壞性態度，好像慢慢收斂了，但她上課時還是無法乖乖坐著，也無法像其他女生那樣有一群要好的姊妹淘。簡而言之，我姊沒有朋友。

我放學回家的時間點比較早——本來應該是如此。可是，等我回到家時，往往發現我姊已經在家裡。有時是她自己擅自從學校溜出來，也有時是老師受不了，叫她回家。

小時候，只會採取哭叫、鬧脾氣這種態度的姊姊，隨著成長，開始在無法稱心如意時出現癲癇發作般的症狀。

我還記得第一次目睹時的情景。

當時姊姊剛洗完澡，正在和我媽爭吵（是甚麼原因我已經不記得了。因為我媽和我姊吵架已是家常便飯），只見她突然翻白眼。緊接著，像要表演鐵板橋似地向後一仰，就這麼倒在地上。隨即開始渾身顫抖，最後那種顫抖，已劇烈得幾乎讓她的身體乒乒乓乓從地板彈起來。

我嚇壞了，眼睛無法從姊姊身上移開。我媽叫了救護車。但她握著電話的手不停哆嗦，令我更加驚恐。

然而，等到救護車發出不祥的警笛聲抵達時，姊姊的發作已徹底平息。為求保險起見，她還是被送去醫院，但醫院說她沒有特別異常的情況。那種情形一再重演。後來，縱使姊姊又開始發作，媽媽也不聞不問了。發作太久時，就對著她當頭潑冷水。

然而，姊姊的班導師當然不可能對她潑水。姊姊發作時，老師只能驚慌失措地守著姊姊，叫來保健老師，等她發作結束就立刻叫她回家。對班導師而言，姊姊是避之唯恐不及的學生。

發作，是姊姊裝病嗎？

雖然姊姊很愛撒謊，但她發作的樣子太逼真，而且有種不管看到多少次都讓人覺得「會死掉吧？」的震撼。姊姊自稱發作時意識不清，以為自己會就此死掉。但是我媽不相信姊姊的說詞，她相信醫生宣稱「毫無異常」的診斷。

「你能相信嗎？連親生女兒說的話都不信，居然相信一個只見過一次面的蒙古大夫。」

當時的姊姊與媽媽，就小學四年級的女兒與母親建立的親子關係而言，幾乎已惡化到最糟的狀態。姊姊在家時幾乎都窩在房間，即便偶爾出來，也只會對媽媽採取反抗的態度。姊姊在伊朗時期與矢田公寓時期那種積極的攻擊性雖已消失，卻變得異樣沉默，轉為用氣氛表達不滿，那加速增長了她的捉摸不定。

比方說，我在家看到的姊姊，是這樣子的。

她整天待在房間不停喃喃自語。有時也會聽到類似音階的聲音，但那絕非快活的歌曲。有時會響起咯吱咯吱摩擦牆壁的聲音。一定是使用棒狀的物體。說不定是在牆上作畫，但是顯然不是用蠟筆之類的畫具，是某種堅硬的物體。聲音來自姊姊伸手碰不到的地方，可見她八成是站在椅子上。最好的證據，就是不時會傳來「咚！」跳到地上的聲音。

晚餐時，姊姊會從房間出來，在餐桌坐下，但她就是不肯吃飯。我媽早已習慣，所以也不會勉強她吃，但姊姊不發一語只是乾坐著的表現，顯然令我媽很火大。就跟當初生產時一樣。只不過，我媽的不滿從「明明想早點生出來，幹嘛硬要僵持」換成「明明已坐到餐桌前了，幹嘛不吃」罷了。

對我來說，姊姊的態度也是個謎。既然不想吃飯，一開始不要坐在餐桌前就沒事了。可她還是堅持每次出席，堅持每次不吃。偶爾會拿筷子戳弄食物，之後忽然起身離席，從冰箱取出布丁或優格，就縮回她房間去了。想必，姊姊不是真的不想吃，而是想讓媽媽看到「不想吃的自己」。她或許只是希望媽媽問一句「妳為什麼不吃」，也希望當自己始終保持緘默時，媽媽可以鍥而不捨地一再追問。

我媽對很多事情都可以執著，偏偏對我姊卻輕易放棄關心。不這樣做的話，我媽大概也熬不下去。

起初她當然也問過姊姊「幹嘛不趕快吃飯」、「妳到底哪一點不滿」，但是姊姊連續四次不肯回答後，她就再也不問了。就算姊姊乒乒乓乓從餐桌前站起來，媽媽也不看姊姊，即使姊姊粗魯地大聲關冰箱，媽媽也毫無反應。但是，我看到了——我媽的太陽穴。我媽的太陽穴，是企圖保持冷靜的媽媽唯一表露情感的部位。每當姊姊做出甚麼行動時，我媽的太陽穴就會不停抽動。突起的血管，簡直像流過臉孔的大河。

聽到姊姊在二樓的房間發出「咚！」的落地聲時，我媽的太陽穴也跟著抽動一下。不過，太陽穴抽動得越厲害，我媽就會越溫柔地對我說話。

「小步，我幫你把魚骨頭剔掉吧？」

「好吃嗎？要不要再來一碗？」

我媽的溫言軟語當然讓我很開心，但即便是年幼的我也知道，那並非發自內心的真心話。媽媽只是為了告訴自己這種事不算甚麼，我們萬事OK，才故意扮演溫柔的母親。她看起來簡直像在堅定地立誓今後一輩子都不會再為姊姊的事情煩心。而姊姊，似乎也下定決心要繼續扮演打破媽媽那個誓言的人物。

姊姊到底有何不滿？

對當時的我而言，雖不至於每天都是玫瑰色的日子，但大致都是美麗的色彩。在幼稚園很愉快（升上大班後，我和宮川早紀分到不同的班級，但在新班級「紅葉班」，我已找到另一個喜歡的女生余台繪里，而且我發現余台繪里也對我頗有好感），每天早上醒來，對於今天又要開始新的一天，全身都會發出興奮的尖叫。我喜歡這個世界，世界也對我很友善。

我媽也是，有時她是真心對我溫柔。比方說我們一起洗澡時，她會從我的腳趾頭到耳朵後面都仔細洗乾淨，也會念故事書直到我睡著。雖然「太陽穴的感情」常常壓倒媽媽的溫柔，甚至對我也展開攻擊，但在這種時候，我就像逮到大好機會似地發揮我察言觀色的能力。我會迅速離開房間，在臥室擺滿一地積木自己玩，或是和附近的鄰居小孩玩追逐遊戲。等到過一陣子再回來，媽媽又會對我很溫柔了。我調適得很好。

另一方面，我姊對我的態度也起伏不定。有時她會心血來潮幫我一起堆積木，也有時會忽然把我的積木藏起來，或是掐我的耳朵故意作弄我。姊姊的暴力並非從現在才開始，但她對我身體造成的傷害還是讓我很困擾。被姊姊掐過的耳朵又紅又腫。起先我還會給我媽看，但狂怒的媽媽猛踹姊姊的房門，姊姊則在房間裡尖聲怪叫，演變成一場大戰，因此不知不覺我已不再向媽媽告狀。或許可以說，從此開始我真正的靜觀其變。就算被姊姊惡整，我也默默忍耐，再也不向媽媽告狀。

相較於我貫徹靜觀其變的態度，爸爸卻一再介入母女之間的戰爭。或者該說，他是被迫介入。

爸爸每天都很晚才回家。一如那個年代的上班族，他的工作就是「工作」。所以並非只有他一個人把家裡的事交給妻子全權處理，但我媽卻無法容忍。或許是以為我們已經睡著了，媽媽向爸爸訴苦的聲音，聽來特別清晰。

「我一個人做？」

「我不會。」

這兩句，是媽媽的發言中令我印象最深刻的。爸爸的聲音太小聽不見。或者，他根本甚麼也沒說？

爸爸當時能夠好好與姊姊相處的時間，只有週六下午與週日（現在看來簡直難以相信，但要到更久更久之後，才有週休二日的制度）。爸爸會帶姊姊出去，一起玩棒球、去游泳池游泳，總之盡量活動身體。只有和爸爸出去時，姊姊才會稍微露出笑容，回來之後，也會罕見地狼吞虎嚥媽媽做的飯菜，洗完澡立刻呼呼大睡，重新變回健全的小學四年級學童。

他們外出時，我也經常同行。

有時姊姊很歡迎我當跟班，也有時她會表明不滿。歡迎我加入時的姊姊是全世界最棒的姊姊。她會分我吃很多零食，還會替我拿東西。就算是她心情不好時，也只是在坐車期間把臉撇開不理人，不會動手欺負我所以完全不成問題。我只要默默消耗空氣就行了，而且過了一會，爸爸總會以某種方法挑起姊姊的興趣。

爸爸熱愛運動，他最喜歡的就是登山。從可以穿著布鞋輕鬆走上去的小山，乃至必須攀爬岩石翻山越嶺的高山，我們爬過很多山。錯身而過的登山客，看到我們姊弟總是大吃一驚，多半還會誇獎一聲「好厲害」。姊姊聽了之後似乎很得意，不過那句誇獎幾乎都是針對我。雖然爸爸包辦了所有的行李，但是年紀幼小的我，可是滿身泥濘靠自己爬上連大人都很吃力的山路。到了山頂上，有時還會有人要求跟我合照。登山雖然很辛苦，但大家的讚揚與山頂上的清風令我飄飄然。而且這種登山活動，就結果而言也讓我的身體變得強韌。

去登山時，姊姊會變得比平時更穩定，而且對我也很好。姊姊會替我擦拭額頭的汗水，拿水壺餵我喝水。小惡魔圷貴子此時不管怎麼看都是個溫柔善良的姊姊。我喜歡那樣的姊姊，完全無法理解她為何不能在家繼續保持那種狀態。此刻不在場的媽媽顯然是主因，但是說不定，此刻同樣不在場的同學與班導師、乃至學校本身也不無關係。總而言之，姊姊對某件事看不順眼，滿腔憤怒，無法讓別人理解自己的意思時就會癲癇發作，然後表達出不吃飯的意思，把自己關在房間裡。對此，我完全無法介入。

我身為家中一分子，很想珍惜與家人一對一時的自己。與姊姊在一起時就是與姊姊在一起的我，與媽媽在一起時就是與媽媽在一起的我。三人都在場時，我絕對不會插手那兩人間的紛爭。那是我早已做出的決定，也不得不這麼決定。

那我與爸爸的關係又如何呢？很遺憾，對這個時期，我的記憶非常模糊。像這樣帶我們姊弟外出的爸爸非常溫柔，但他並不會特別跟我們說話（我們做的事，也不太需要說話，例如登山、游泳、做各種運動）。

當然，我很感謝爸爸。高大的爸爸即便在我看來也很帥，而且還肯讓我做媽媽禁止的事（例如吃兩個冰淇淋、穿著衣服跳進河裡）。爸爸當時，一定是個非常好的父親。可惜在我們家，姊姊和媽媽的影響力更強大。爸爸的印象，自然在我心裡變得稀薄。

爸爸在山頂一定會抽菸。這時的爸爸，有種讓我、甚至是姊姊都不敢搭話的氛圍。我要再次強調，爸爸很溫柔。他不像媽媽那樣會抽動太陽穴，也不會踹房門。但是，爸爸在山頂點燃香菸的瞬間，散發出一種不容他人介入的獨特氛圍。那是連媽媽身上也沒有，很乾燥，而且冰涼的空氣。當爸爸背對我們吐出青煙時，我和姊姊只能眼睜睜看著。雖然知道他絕對不會做出那種事，但那時的爸爸，有一種好像會輕易把我們姊弟遺棄在山頂的氛圍。

回程的車上，我總是會睡著。不時，我會意識朦朧地聽到坐在副駕駛座的姊姊與爸爸在講話。姊姊很興奮，有時還砰砰拍打儀表板。

有一次，姊姊撿到一顆巨大的植物種子，宣稱要帶回家。那個種子的外型很像長滿棘刺的杏仁，是漂亮的黃綠色。雖不知那是甚麼種子，但是約有爸爸大拇指大，再加上它的形狀，姊姊判定那一定會長成很大很古怪的植物，於是打算帶回家種在院子裡。

回程的車上，我一如往常睡著了。期間爸爸與姊姊不知是怎麼說好的（想必是爸爸的計謀），決定把種子當作姊姊送給媽媽的小禮物。我很高興，因為這想必是姊姊第一次對媽媽做出這種善意之舉。

到家後，聽到車聲的媽媽走出玄關。

時值夏天。也許是逆光太刺眼，我媽舉起右手遮在眉間，左手叉腰。那天她穿了一件金絲雀黃洋裝，非常適合她。爸爸把車子開進停車場時，讓我和姊姊先下車。換作平時，姊姊會立刻進屋，但那天不同。姊姊把緊握種子的左手藏在背後。我事先已知情，所以心裡七上八下。我暗自祈求這件事可以令姊姊與媽媽的關係好轉。

但是，事情並未如此發展。姊姊走近媽媽，倏然張開左手時，

「哇！」

媽媽大聲尖叫向後仰。

姊姊給她看的種子，大概像是毛毛蟲還是甚麼吧。爸爸下車前，姊姊已把種子丟向媽媽，就這麼拔腿跑回家中了。

「那孩子搞甚麼鬼！」

依然把種子當成毛毛蟲的媽媽，對著姊姊的背影如此吼叫。而我，站在略遠處，呆立半晌。

我應該好好跟媽媽解釋。我該告訴她這不是毛毛蟲。是姊姊想送禮物給媽媽，特地帶回來的漂亮種子。但是，當我與姊姊和媽媽三人在一起時，我是個只會徹底保持沉默的男人。我不發一語，自覺受傷，定定注視自己的腳下。

「小步，你怎麼了？」

從車子下來的爸爸，如此說道。我還是沒吭聲。

媽媽早已回屋裡了。看著那個背影，我知道媽媽也受傷了。

我看著腳下。在山上沾到的泥土，已在鞋尖乾涸。

7

我也進入姊姊就讀的小學了。

班導師對於圷貴子的弟弟入學，想必如臨大敵。入學典禮後的第一次見面，以及第一次點名時，可以看出老師格外意識我的存在。

我的座號是一號。班導師喊道：

「圷步。」

之後，像要確認我的臉孔般看著我。不是那種要記住學生長相的神情。給人的感覺是：這就是圷貴子的弟弟嗎？長得不像嘛，不過我不能大意，畢竟他可是那個圷貴子的親弟弟。

「有！」

我迅速且有禮地回答。那沉靜的聲音，距離惡意與暴力非常遙遠。

站在我的立場，對於進入小學這件事也同樣戰戰兢兢。朝新世界邁出腳步時，永遠需要勇氣。況且我還附帶「那個圷貴子的弟弟」這個頭銜。

我姊在小學依舊不斷闖禍，換言之她並沒有變，但姊姊周遭同學的態度，出現肉眼可見的變化。低年級時，大家都害怕我姊。他們把我姊當成一個胡鬧、捉摸不定的人物，只敢遠遠圍觀，也只會用「可怕」或「討厭」這類拙劣的方式來形容她。

但是到了中高年級，大家開始覺得我姊的行為很詭異。雖然她依舊令人毛骨悚然，但隨著年紀漸長，她那種衝動性的暴力行為已相當收斂，如此一來，我姊再也不足為懼。換句話說，她僅只是淪為「煩人的傢伙」罷了。

大家學會「可怕」或「討厭」以外的詞彙，開始想出各種嘲諷姊姊的汙言穢語與挖苦她的綽號。頭腦不好的男學生罵我姊是「醜八怪」，惡劣的女學生說她是「排骨精」。十分殘酷，卻也非常稚拙。所以，姊姊還可以用高高在上的態度俯視他們，可以把他們當作詞彙不足的笨小孩。

但是有一天，徹底傷害姊姊的字眼誕生了。

就是「神木」。

發明這個字眼的，是在男生和女生之間都很受歡迎的女孩子。很可愛，很成熟，充滿魅力，換言之不管她說甚麼，班上同學都會唯命是從。

那樣的她，某日如此說道：

「你們不覺得坏同學很像神木嗎？」

那一瞬間，大家響亮的笑聲，姊姊永難忘懷。

大家的笑聲，也就等於是對她的贊同。而且在那笑聲中明顯帶有崇高的敬意，是對姊姊最大的打擊。

姊姊無法高高在上地鄙視那個女孩。女孩受人尊敬，而且她取的「神木」這個綽號，和「醜八怪」或「排骨精」不同。非常成熟，並且形容得非常傳神。

因此，姊姊和那些被稱為「肥豬」或「幽靈」的孩子，有了一線之隔。

比起「肥豬」或「幽靈」，大家當然更想說「神木」這個字眼。說出那個字眼時，感覺自己好像變成聰明的大人。於是大家爭相喊姊姊。

「神木！」

那個字眼，讓他們有了飛躍性的成長。

他們發現彼此之間原來有階級差異，他們學會撒謊，認識到在這世上傷害某些人也沒關係。

「喂，神木！」

姊姊隻身承受了大家的那種情感。和大家一樣，姊姊從此，也明確喪失了自己的少女時代。

可憐的姊姊。

然而遺憾的是，當時的我無暇關心那樣的姊姊。我自己就已自顧不暇了。

入學後的第二天，姊姊的同班同學，跑來我的班上。

「圷是哪一個？」

我沒有逃跑也沒有躲藏。只是平靜地暗想，「來了嗎？」

遠觀那傢伙的臉孔，我發現對方不是會訴諸暴力的那種人。想必在班上也不怎麼受歡迎。是那種藉由嘲笑他人來建立自己的優越感，勉強確立在班上地位的人。為了保住那個地位，就算要對人做出有點過度辛辣的嘲笑，恐怕也在所不辭。

「搞甚麼，你們長得一點也不像嘛。」

那傢伙不知道我內心的想法，正在竭盡所能鄙視我。發現我是個美少年似乎令他有點畏縮，同時這件事似乎也會刺激他對我說出更醜惡的字眼。不用轉頭我也知道，全班同學都在屏息注視我們。

我沒有對他擺出自大的態度。但也沒有超乎必要地討好他。我藉由保持中庸，讓那傢伙的心情盡量不起波瀾。當然我緊張得渾身僵硬。惡意的嘲弄還能忍受，我只希望對方不要轉為暴力攻擊。

「你姊被大家稱為神木喔。你知道嗎？」

我沒回答。不過，為了避免對方把沉默解釋成我的反抗，我盡量直視對方。我的體內在發抖，為了不讓它傳到體外，我在拚命忍耐。因為我知道，他若發現自己的威風嚇得對方發抖，就正中他下懷了。

好一陣子，那傢伙就這麼冷笑著凝視我。但是當他發現在我身上找不到可以嘲笑的元素後，他轉為無趣的表情。而且，好像也有點鬆了一口氣，是那種「我已盡到義務了」的表情。好、歹已經來看過那個「神木」的弟弟了。也稍微欺負了一下她弟，但是不知是太笨還是害怕（最好是後者），她弟沒有說出特別好笑的話。而且，和姊姊長得完全不像，已經沒理由再管這小鬼了──就是這種感覺。

之後，姊姊的同學沒有再來過我的班級。我脫離了危機。

對於小學，我就這樣漸漸適應了。

我的班上也有粗暴的傢伙，幸好，大家誤以為我趕跑了姊姊的同學，所以沒有人敢欺負我。雖然戰戰兢兢，但我開始享受小學生活。我很高興學校有一個比幼稚園更大的運動場，能夠擁有只屬於自己的桌子也很酷（我還沒有自己的房間）。最讓我滿意的，是營養午餐。

雖然對不起媽媽，但學校的營養午餐比媽媽煮的菜更好吃。撒上黃豆粉的油炸麵包、煮得濃郁綿密的馬鈴薯咖哩、切得碎碎的甜義大利麵。最棒的是，還有瓶裝牛奶！照理說和我在家喝的牛奶應該是一樣的東西，但是裝在玻璃瓶中，頓時比紙盒裝的牛奶平添五成的美味。

為了我媽的名譽我必須在此聲明，她的廚藝絕對不差。不僅不差，她其實很會煮菜。義式白酒煮黃雞魚、放了大量香草的肉丸、胡蘿蔔奶油濃湯。我媽做的料理五彩繽紛又豪華。但是，無論哪一道菜，對我來說都有點太過「大人」。我當時還太年幼了，無法對發揮素材本身風味的時尚料理產生興趣。我喜歡番茄醬的味道，也喜歡美乃滋和豬排醬的味道。魚肉香腸更是超級美味，泡得爛兮兮的泡麵是豪華大餐（那些，多半只能在我和爸爸去登山的山頂吃到）。

仔細想想，我媽也很可憐。就算她精心做出繁複的料理，我姊只吃優格和布丁，我又太小（但我還是一直說媽媽煮的菜「很好吃」。就那個年紀的小男生而言，簡直是感人熱淚的貼心）。

我爸平日幾乎都無法在家吃飯。就算周末終於可以吃，也只是默默蠕動嘴巴，看起來一點也不好吃。媽媽經常抱怨爸爸：

「你就不能吃得稍微開心一點嗎？」

爸爸看起來很歉疚，但他越是歉疚，就離「吃飯津津有味的丈夫」越遙遠。

有一次，還發生這樣的事。爸爸看到放在餐桌上澆滿勾芡蔬菜的中式清蒸魚，當下幽幽咕噥：

「就簡單的烤一下不是更好吃。」

我媽一聽，立刻端著盤子站起來。然後把還沒人碰過的那條魚整個倒進垃圾桶。

我眼尖地發現，我姊旁觀這一幕露出冷笑。察覺我的注視，姊姊回瞪我一眼。我可不想遭到池魚之災。我連忙低頭，專心注視自己的盤子與筷子。盤子裡尚未盛裝任何東西。光滑晶亮的藍色盤子，是我媽特地從伊朗帶回來的心愛寶貝。

媽媽把空盤子扔進水槽，從冰箱取出醃梅和泡菜、生雞蛋、瓶裝食物……總之能拿的全都拿出來，用力地一一放在餐桌上。爸爸起初還嘀嘀咕咕，最後已完全緘默。這種時候，姊姊絕對不會回她的房間。她的臉龐發亮，擺明了想看完整場好戲，她在餐桌坐下，定睛凝視媽媽的手。真是討厭鬼，我暗想。

媽媽把冰箱的東西全都拿出來後，

「隨你愛吃甚麼吃甚麼！」

她如此撂話。

這次，該輪到媽媽回房間閉門不出了。這種時候，正該表明不滿。但是，她並沒有這麼做。彷彿要抗拒和姊姊相同的行為，她大剌剌在椅子坐下，完全不碰擺滿餐桌的東西，只是默默吃著白米飯。

之後，爸爸是甚麼反應，我已不記得了。大概是事態太緊急，大腦抗拒記憶。唯一明確記得的，只有姊姊和媽媽一直坐在餐桌前的樣子。

接下來那陣子，我媽不再費心料理。只端出清湯烏龍麵、蛋包飯、用市售咖哩塊做成的咖哩。對我來說，那卻是最美味的佳餚。但是，想起媽媽當時的樣子，我死都不敢說我很熱愛這種料理。

我天天盯著營養午餐菜單，看到今天是烏龍麵後，就暗自思量距離咖哩飯還有幾天。回家之後吃媽媽精心烹調的飯菜，告訴她「很好吃」。

不只是烹飪，我媽也付出非比尋常的努力讓家裡和她自己保持美麗。她買來對於三坪大的客廳有點太過巨大的沙發，把自己鉤的蕾絲罩在沙發背上。姊姊小時候，她曾用那種蕾絲替姊姊做衣服，但等到姊姊會尖叫反抗後，她就把心力放在家具上。

在我家，有我媽親手鉤出的各種蕾絲。電話機的罩子、廁所門上的把手、餐桌腳、廚房的小窗簾。隨著時間的累積，她的作品越發精緻，但與之成反比的，是姊姊變得越來越邋遢。也是從那時起，姊姊開始撿爸爸的舊衣服穿。她甚至不再梳理留長的頭髮。長年「不吃飯」的結果，導致她的身材枯瘦如柴，微黑的皮膚粗糙得不像孩童。早在姊姊被人戲稱為「神木」之前，我就已經覺得她像枯木了。

我媽梳頭髮時，彷彿要哀悼姊姊完全不打理的頭髮，格外認真保養自己的頭髮。洗完澡，媽媽會在鏡子前面站上三十分鐘。她會吹乾頭髮，用山茶花油按摩頭皮，拿豬鬃梳子一次又一次梳頭髮。媽媽烏黑的直髮，被梳子梳過後更加光滑，最後變成像黑色糖飴的顏色。有時，媽媽會讓我摸她梳過的頭髮。那是我至今碰觸過的東西中，最柔細、最美麗的東西。

對我來說媽媽只是媽媽。但是，去同學家玩，我才發現我媽的外貌和其他同學的母親不同。同學們的媽媽穿的是T恤和寬鬆的裙子，也常穿牛仔褲，但我媽穿的是曲線畢露的緊身裙，以及色彩鮮豔的連身洋裝。

就連帶我去超市時，她也穿著高跟鞋，還不忘把頭髮整齊束起。在美化面子工程方面，我媽擁有女明星都自嘆弗如的堅持。當她用精心塗成粉櫻色的指尖挑選水果時，蔬果店的男店員絕對會多送一點蔬菜水果給她，當她撐著淡藍色陽傘走在路上，一定會有人跟她搭話。對於這形形色色的好意，她有時會以笑容回應，有時則心不在焉地敷衍。

我家，偶爾也有客人來。

來得比較頻繁的是外婆和夏枝姨，難得出現一次的是好美姨一家人。真苗發現姊姊房間有陽台後很不甘心，但她從來不說想進姊姊的房間，姊姊也絕對不會讓她進去。或者該說，姊姊的房間，連我們一家人也不准進去。姊姊的「咯吱咯吱」如今已發展到天花板，但姊姊是怎麼在天花板作畫的，那是甚麼樣的畫，除了姊姊無人得知。

真苗上了五年級後越來越胖。或許是吃得太好，只見她臉色紅潤，肌膚帶有透明感，就像是受盡寵愛的海豚。真苗與我姊依舊是水火不容，但姊姊似乎尤其討厭真苗的這種體型。真苗和姊姊不同，不管我媽煮甚麼菜她都吃得津津有味。和不吃飯的姊姊併排站在一起時，兩人的明顯差距，會令人驚嘆發育的不可思議。

真苗吃甚麼都特別香，令我媽很高興，但好美姨卻面露難色。相較於我媽秉持直逼女明星的毅力把外表打理得光鮮亮麗，好美姨的打扮就像政治家的妻子一樣中規中矩、無懈可擊。固定得硬梆梆的大波浪捲髮，就算暴風雨來襲恐怕也不會晃動，胸前閃亮的珍珠項鍊，被擦得亮晶晶甚至可以一顆一顆當成鏡子。

我媽與好美姨有個共同點，就是都為女兒傷透腦筋。她倆在這方面志同道合，照理說應該很要好。兩人會互相稱讚對方的指甲，誇獎一絲不亂的頭髮，可是站在一起時，總會有種劍拔弩張的氣氛蔓延。彼此都流露出不想輸給對方的氣勢。

至於治夫姨丈，他是那種只要有對象可以讓他炫耀，就算對方是稻草人也無所謂的人，因此沉默又有耐心的我爸最適合當他的聽眾。治夫姨丈會長篇大論地告訴爸爸他的事業有多麼成功，自己是以甚麼方式聰明的訓練員工，爸爸不時發出「噢」、「那真是厲害」之類敷衍的回答，結果賓主盡歡。

最後自然只剩下我們這幾個小孩，如此一來照例又會開始我姊與真苗的「誰才是少數派」比賽。長大的兩人，不再像小時候競相用肉體做出高難度的動作給對方看，如今雙方憑著唇槍舌劍相互交鋒。而且，是用就在旁邊的父母都聽不見的音量小聲鬥嘴。

姊姊最喜歡揶揄真苗肥胖的身材。透過她與真苗的口角我才終於知道，姊姊不吃飯，不是出於對媽媽的反抗（當然那想必也有），是看了安妮．弗蘭克的日記後受到啟發。

「想到安妮．弗蘭克的人生，我就無法悠哉地吃飯。我想藉由不吃飯來體會安妮的心情。」

姊姊的意志力真強大。當時我還沒聽過安妮．弗蘭克，但是得知姊姊並非單純使性子，而是基於某種理由才做出那樣的舉動後，我有點感動。

反觀真苗，卻很瞧不起這樣的姊姊。

「那妳要像安妮一樣被毒氣毒死？」

正確說來安妮的死因不是毒氣，但姊姊不知道這點。

姊姊真是太馬虎了！既然對安妮有那麼強烈的憧憬，居然不知道人家的正確死因！但是，要是在此投降那就不是姊姊了。若是以前，她大概會宣布「我死給妳看！」然後把自己關進浴室，試圖搞出毒氣，但這時的姊姊是個聰明的女孩子。

「與其像妳這麼肥，我寧願被毒氣毒死。」

「聰明」這個形容詞有點錯誤，應該說她是「有傷害別人天分的女孩子」。畢竟，姊姊受過的傷遠勝於她帶給別人的傷害。姊姊受到的謾罵超乎想像，但姊姊每次受傷後，八成也在心裡不停思考痛罵那些傢伙的字眼（即便如此，「寧願被毒氣毒死」這種話，還真虧她說得出來。安妮恐怕也會生氣吧）。

真苗果然如姊姊所料，被她的話刺傷，激動得滿臉通紅。

在真苗的學校，難道沒有同學嘲笑她的體型嗎？說到這裡才想到，真苗身上的確沒有姊姊散發出的那種憤怒。那是不是「追思安妮．弗蘭克與否」造成的差異，我並不知道，但總之，對於自己不愁吃穿，每天都飽啖美味的食物，真苗似乎絲毫不覺可恥。而且，最重要的是，她好像覺得自己很可愛。如果說姊姊的少數派願望是「想成為懂得世間辛酸的人」，那麼真苗的想必是「自己是可愛的千金小姐，而且是受到上天眷顧的寵兒」。雖然她與好美姨的戰爭依舊持續，但她八成也以她自己的方式，從自己內在找到與阿姨不同的美。真苗的堅強，令我目眩。

姊姊與真苗的口角開始出現白熱化的徵兆時，我悄悄離開餐桌。我沒有自己的房間。躲回爸媽的臥房太幼稚，但是在客廳旁聽爸媽們的對話也很無聊。我尤其害怕觸及阿姨與我媽之間「劍拔弩張」的氣氛。

義一和文也應該也在客廳。但他倆對我來說已經是大人，與其說是表哥更像是陌生的大哥哥。

他倆的身材都很壯碩。義一打橄欖球，文也練柔道。來我家時，他們會規矩坐在位子上，旁聽父母的對話。我媽尤其鍾愛義一。義一總是對我媽做的料理連聲讚揚好吃，並吃個不停，媽媽替他添飯，他會微笑著道謝。他是那種典型的「爽朗的優秀青年」。

至於文也，相較於義一，他比較陰沉，但同樣也是溫柔的大哥哥。他會找話題問我，但我很怕生，無法好好回答，甚至不敢接近他們。

最後我選擇和室做為避難場所，沒想到，義一與文也也在和室。

「嚇我一跳。原來是小步啊。」

不只他倆驚訝，我比他們更驚訝。而且驚訝之後，立刻感到很尷尬。

我好像打擾到他們令我很不好意思，況且這是我第一次和他倆單獨相處，所以我很害羞。我打算默默離開。這時，義一朝我招手。

「小步，你來一下。」

文也笑著用手肘頂一下義一。義一依舊滿面笑容，一直朝我招手。他們接納我入夥了——這麼一想我很開心，但我還是沒吭聲。等我走近後，義一瞄門口一眼，把藏在背後的東西給我看。

是裸體的男人。有兩個人。

年幼的我不確定記憶是否有誤，但其中一個男人，看起來好像要吃掉另一個人。兩人的身體是怎樣，那是甚麼狀態，基本上連那是否真的是兩個人的身體，我都搞不清楚。最可怕的是，那兩個人，看起來好像義一與文也。

義一的頭髮豎在頭頂，用髮膠固定得硬梆梆。文也維持自然捲，但是頭髮剃到耳上。雖然髮型完全不同，但兩人長得非常像，而且，也很像我現在看到的照片中的兩個人。

義一與文也看到我的反應後放聲大笑。不知何故，我只了解到自己遭到羞辱。我滿臉通紅，嘴巴抿成一條線，可是，我還是沒有離開。義一大概是覺得這樣的我很可憐，

「對不起，就當沒這回事吧。好嗎？」

說著，他摸摸我的頭。

又過了幾年之後，我才明白那原來是那種雜誌。說不定那是我做的夢。快要二十歲的義一，應該不可能乖乖跟著父母來我家作客，文也也是。而且，兄弟倆也不可能邊笑邊看和自己面貌相似的那種雜誌。

但是，如果那是夢，為什麼我會做那種夢？當時的我，內心難道有那種傾向？可是，基本上我連性行為都還不懂。我看到的雜誌裡，想必有遠超過男女性行為的東西。在我看得一頭霧水的照片中，我清楚記得在男人身體的正中央，豎立著像塔一樣的東西。

那天晚上，我發燒了。連冷靜的媽媽都嚇得聲音變調的高燒。令牙齒打顫的惡寒來襲，我被棉被與毛巾層層包裹，當然，我並未忘記那張照片。我沒告訴爸媽。義一與文也都沒有叮囑我

「不能說」，但我知道那是不能說出去的事。我拚命把那個影像趕出我的腦海。但是，本來只有兩個男人，如今卻變成三個、四個……最後人數多得數不清，在我的腦中盤桓不去。

入睡時，我聽見姊姊在削房間的牆壁。姊姊又在想那個叫做「安妮．弗蘭克」的人嗎？

兩天後，我終於退燒。

進入五月，我和姊姊的生日到了。

某日，難得早歸的爸爸，叫我跟他一起洗澡。姊姊老早就不再和爸爸一起洗澡了。不僅如此，就連她曾經那麼喜愛的爸爸，她也開始表現出迴避的態度。一如往常地戳弄晚餐後，姊姊從冰箱取出優格與香蕉，躲回自己的房間。

我朝媽媽看去，只見她一邊收拾餐具，一邊微微點頭。我憑直覺猜到將會發生某件事，乖乖跟在爸爸身後。

進浴室後，爸爸先洗頭。他用洗髮精搓出難以置信的一大堆泡泡，然後大聲搓揉頭皮。之後用毛巾再次把香皂搓出一大堆泡泡，從脖子到腳趾縫，一遍遍仔細地清洗。爸爸的毛巾和其他家人的不同，是用硬梆梆的材質做成的。我用那個毛巾洗過一次身體，刺得我好痛。

爸爸用我的毛巾溫柔地清洗我的身體。「閉上眼睛。」他說著，從我頭頂澆下熱水。熱水澆下的瞬間，我的耳中變成無聲狀態，感覺很像在水中。那讓我有點害怕，同時也很興奮。

「小步。」

等我倆泡在浴缸中，爸爸定定看著我的眼睛。這種情形很少見，我更加懷疑出大事了。我在熱水中擺出戒備的架勢。不知為何，我以為是幾週前看到義一與文也那本雜誌的事被發現，將要為此受罰。

「甚麼？」

我的聲音拔尖分岔。爸爸攪動了一會熱水，最後才說：

「在學校開心嗎？」

我能感到下半身緩緩放鬆。但是，還不能大意。我盡量保持平靜回答：

「嗯。」

「特別喜歡甚麼？」

「營養午餐。」

「哈哈，營養午餐？不是上課啊。那上課的話你喜歡甚麼科目？」

「體育和國語。」

「噢，國語啊？看來小步偏文組喔。」

「偏文組」是甚麼意思我不懂，但爸爸好像很高興。總之應該不會惹他生氣。我開始慢慢安心。

「國語課學了甚麼？」

「老師聽我說。」

「你在說甚麼？」

「就是，用『老師聽我說』這句話當作開頭的課文。」

「要念課文嗎？」

「要念，也要寫。」

「要寫啊？」

「嗯。」

「寫老師聽我說？」

「嗯。」

「這樣啊。」

爸爸往臉上潑熱水洗臉。我忽然覺得有點尷尬。

難得爸爸對我產生興趣，我卻說不出有趣的話題，覺得對他很抱歉。可惜，關於「老師聽我說」，我並沒有足以令爸爸爆笑的故事可說。

「小步，你知道埃及嗎？」

好突然。

「埃及？」

「對。」

我的腦海當下浮現的，是放在教室裡的一本故事書。我們學校有圖書室，但教室裡另外還有個稱為班級文庫的書架（如果用手指把嘴巴往兩旁拉開說出「班級文庫」，發音聽起來會變成「班級大便」——想必不只我們沉迷這個遊戲）。在那裡，有一本《埃及的木乃伊》。是以圖文並茂的方式解說埃及木乃伊製作方法的故事書。雖是給兒童看的，但是有很多取出內臟的過程之類的驚悚形容詞，在我的腦海留下強烈的印象。

「是木乃伊的那個？」

「木乃伊？啊，木乃伊？哈哈，沒錯。小步，你懂的不少嘛。」

「在學校看過。」

「看過木乃伊？」

「不是。是木乃伊的書。」

「學校還有那種書啊？」

「嗯。」

「木乃伊啊——」

爸爸不知為何好像很滿足。那是登山時，走在前頭的爸爸轉身看我們時的表情。

「那個，木乃伊的國家。我是說埃及。」

「嗯。」

「我們要去那裡。」

「是喔。」

「『是喔』？你都不驚訝？爸爸、媽媽、貴子、還有你都要去喔？」

我已經泡熱水泡得頭昏了。不過，無法好好回答爸爸的問題，並不只是因為這樣。

去埃及？我們全家？

對我來說那太不現實了。就我看《埃及的木乃伊》所知，埃及「幾乎都是沙漠」。現在居然要在那裡定居，到底是甚麼意思？難道要搭帳棚？還是要用磚塊蓋房子？而且最重要的問題是，我們也會被做成木乃伊嗎？

「小步，你也會一起去吧？」

見我沉默不語，爸爸好像感到不安。

「你那時候還太小所以可能不記得了，但我們不是說過嗎？你是在伊朗出生的。伊朗和埃及很近喔。」

伊朗的事，我完全不記得，況且就算告訴我很近，現在我們住的地方，並不是伊朗。

「和朋友分開或許很難過，但是過個四年，我們又可以搬回這裡了。小步，到時候你已經五年級了，又可以回來念同一所小學喔。」

自己變成五年級的樣子，我完全無法想像。對我來說，五年級是看安妮・弗蘭克的書不吃飯的年齡，也是會滿臉惡意跑去欺負同班同學弟弟的年齡。我做夢也沒想過自己會變成那個年紀，而且坦白講，我也不想變成那樣。

「好嗎？小步。」

「啊。」

爸爸撫摸我的頭。我已經徹底熱昏頭了。鼻子深處，倏然一熱。

我的鼻血，滴答，滴答，滴答，落進浴缸。血在熱水中暈開，飄然消失。

第二章

埃及、開羅、沙馬雷克

8

我們開始手忙腳亂地準備遷居埃及。

不管過多久，我還是無法拋開關於木乃伊的想法。我一再夢見我們一抵達埃及，包頭巾的成群男人就襲擊我，活生生取出我的內臟。

我滿身大汗跳起來，但爸媽並未發現。即便在無意識的領域，我都很體貼。我從來不會放聲大叫，也不曾發脾氣胡鬧。但是爸媽毫不在意我這個堅強的兒子，逕自呼呼大睡，我還是有點不滿。

至於我姊，就我所見，她對遷居埃及好像沒有特別的反應。不過，家裡關於埃及的書開始增多。

姊姊當然不是那種對學校生活樂在其中的人。在學校被人戲稱「神木」，被當成怪胎，也沒有半個朋友，所以這也是莫可奈何的事。我每天最期待的營養午餐，對姊姊來說只是遠離安妮世界的壞習慣，至於沒朋友，那是因為姊姊自己如此希望。對她來說，班上同學只會為雞毛蒜皮的瑣事大呼小叫，是很幼稚的惡魔。如今要離開日本，她沒有流露絲毫躊躇。

最興奮的，好像還是我媽。媽媽沒有像姊姊那樣為了出國先閱讀埃及的文獻資料作準備。但總之她就是非常興奮。「到了那邊好像會有很多宴會。」沒人發問她就主動對我們辯解，買回美麗的暗綠色禮服，或是白色綴有金色裝飾的高跟鞋。姊姊當然很瞧不起那樣的媽媽。因為媽媽的行動，和安妮．弗蘭克的處境實在相差太遠。

爸爸將在六月先行出發，我們八月再過去。爸爸要在當地先準備住處等等事宜，以便迎接我們。

放暑假之前，班導師宣布我將要遷居埃及。

全班同學發出驚嘆。

「埃及？那是哪裡？」

和我一樣看過《埃及的木乃伊》這本書的幾個人，低聲說：就是那個木乃伊的國家。我不禁有點驕傲。姑且不提我的不安，我認為自己成了勇敢的冒險家。

班會結束後，同學全都圍繞在我身邊。和幼稚園一樣，我在小學的班級也很受歡迎，但基於我天生的個性，我從來不會打頭陣試圖成為大家的中心領袖。只要我想，我完全可以在班上抹消我的存在感，就算被大家當成透明人我也絕對不會受傷，反而還會感到安心。「主動引人注意」的行為，從來不曾帶來任何好事。那是我從姊姊身上學到的教訓，也是今後想必不會改變的，類似個人原則的東西。

不過，唯有那一刻，我允許自己成為中心人物。同班同學就要渡海前往木乃伊的國家了（那時，我其實並不清楚埃及到底是渡過多大的海洋才能前往的場所），不能怪大家。面對大家連珠炮似的問題，我盡可能仔細回答，對於同學說的「我會寫信給你」，我也滿懷感謝朝對方點頭。

就在同一天，我姊不讓班導師把自己要轉學前往埃及的事告訴同學。那可是向來傾注全力成為少數派，最大的心願就是以少數派的身分受到矚目的姊姊喔。她想必是真的很討厭她的同班同學。抑或，說不定，她選擇以「不告而別去了埃及的同學」這個身分，留在大家的記憶中。相較於我那場盛大的送行會，姊姊安靜地，真的是很安靜地離開了日本。

到了準備搬家的階段，我和我媽才第一次見識到姊姊的房間。我終於可以知道姊姊每天在牆壁和天花板畫些甚麼了。

一踏進姊姊的房間，我們母子當下啞然。

整片牆壁與天花板都描繪著卷貝。

所有的卷貝都是同樣的形狀，同樣的大小。捲曲的貝殼前端，不知為何冒出小尾巴。彷彿有老鼠之類的東西躲在貝殼中。總之看起來非常詭異。

我姊當時去圖書館不在家（八成又去查閱埃及的資料）。我媽沒有徵得我姊的同意就想清除那些圖案。拿著洗潔精和海綿與牆壁對峙的媽媽，表情宛如即將出征的士兵（雖然我並未親眼見過）。但是，卷貝不是畫，是削刻牆面勾勒上去的。除非把牆壁整片削掉，不然不管她怎麼用海綿，都不可能清除卷貝。

姊姊的執念再次令我驚嘆。她那纖細的小身子，真不知哪來這麼大的力氣。而且，姊姊為何要畫這麼多有尾巴的卷貝？卷貝當然沒有表情，但捲曲的尾巴，朝觀者傾訴某些東西。我沒有那種感性理解它到底在傾訴甚麼，但總之我深刻感受到一種非常不穩定的氛圍。

我媽用力拿海綿擦了半天，但是看到卷貝文風不動，她重重坐倒在地上。然後，保持那個姿勢打量卷貝一會。發現我茫然呆立後，她朝我招手，讓我在她身旁坐下。

我本來以為她在生氣。我以為她會對姊姊幹的好事勃然大怒。但是，媽媽摟著我的肩膀，只是呆呆凝視牆壁。我偷瞄了一眼她的太陽穴，但那裡也很平靜，只被汗水沾濕而已。

家中只剩我們三人後，夏枝姨開始不時前來過夜。我媽還特地打電話給阿姨，叫她千萬不要被姊姊的房間嚇到。

姊姊為何要描繪卷貝，直到最後都不得而知，而姊姊也不是那種會輕易告訴我的人。只有媽媽拿海綿擦過的那塊壁面變得特別潔白，所以應該看得出有人曾經努力試圖清除。然而，姊姊並沒有為此發怒，之後，媽媽對此也隻字未提。

啟程前往開羅的八月十六日，雖是炎夏，卻罕見地是個非常寒冷的早晨。

我穿著灰色連帽外套，還有很久沒穿過的襪子。姊姊穿著特大號運動衣（是爸爸的。胸口寫著HEART BREAKER），鬆垮垮的牛仔褲搭配懶人鞋。送行隊伍中，有我的同班同學，但姊姊的同學一個也沒來。姊姊迅速鑽進來接我們的計程車，筆直看著前方。

外婆和夏枝姨也來了，但好美姨一家不知為何沒出現。老實說，我鬆了一口氣。我還沒有從義一與文也的那起事件振作起來。而且，我也不希望看到都要離開日本了，真苗和姊姊還在吵架，或是好美姨與我媽又在鬧甚麼彆扭。

計程車啟動時，我看到外婆的臉猛然扭曲。但是，外婆沒有哭，夏枝姨和我媽也是。我心想，今橋家的女人果然強悍。

當時，還沒有建造關西國際機場。

我們是從伊丹機場搭機飛往開羅國際機場。飛行時間十四個小時，是驚人的長途距離。就連還沒學到一天有二十四小時的我，都感到那個數字是一種威脅。那麼遙遠的國家，難怪可以製造出木乃伊——我甚至莫名地恍然大悟。

我雖擁有在伊朗出生這個響亮的經歷，實際上，在我的記憶中，這是我第一次搭飛機。

我反常地亢奮。非常亢奮。

初次搭飛機的七歲少年怎麼可能不亢奮？

關於飛機的一切，包括查驗護照以及檢查行李的輸送帶，抬頭挺胸走過的成排空服員，尤其是從登機室窗口看到的大型機身，令我前所未有的激動。哇！哇！我忍不住如此大叫。看到終於打起精神的我，我媽好像也很高興。趁著她心情好，甚至還買了波音客機的小模型給我，所以那是最棒的啟程。

姊姊在機上沒有做出昔日那種誇張行為。她板著臉看書，難得地吃了媽媽帶上飛機的飯糰。媽媽的心情大致良好，而我可能是因為興奮與緊張，竟然丟臉地在機上吐了兩次。

抵達開羅國際機場時已是傍晚。

可是，一走下空橋，熾烈的陽光就燒燙了我們的皮膚。陽光強得幾乎不像傍晚，甚至令人感到殺意。媽媽急忙把新買的絲巾包到頭上，但姊姊只是不耐煩地瞇起眼，甚麼也沒做。

飛機前方停了一輛大巴士。我們要搭乘那輛巴士到航廈。我有生以來第一次看到那麼骯髒的巴士。車窗玻璃蒙上整片黃色的塵土，只能隱約看見外面。只有窗邊有一排座位，但是髒得要命，誰也不敢坐。

除了我們三人，沒有其他日本人。媽媽和姊姊，尤其我，被所有人上下打量。女人全都用頭巾包覆頭部，眼睛周圍漆黑，屁股大得驚人（相較之下，媽媽與姊姊就像小樹枝）。男人大多身穿襯衫和休閒長褲、皮鞋，不過，其中也有人穿著直到腳踝宛如連身洋裝的衣服。男人穿裙裝令我很驚訝，而且還留著像黑貓一樣黑的大鬍子，那種落差令我暈眩。

我暈眩的理由，其實不只是那個。打從一上巴士的瞬間，就有很恐怖的氣味，是酸酸的、刺痛眼睛的氣味。我的鼻子快要壞掉了。所以抵達航廈時，我衷心鬆了一口氣。

可以看出，在飛機上那麼愉悅的媽媽，到了機場變得很緊張。我們被叫去排隊，長時間等待之後，讓臉孔一半都是鬍子的大叔檢查護照。我媽是那種只要見到男人就會反射性微笑的人，但這個大叔並未像過去看到我媽媽然微笑的男人那樣高興。他用幾乎堪稱挑釁的表情瞪著媽媽、姊姊、還有我。然後粗魯地在護照蓋章後，把護照朝我們丟過來。

「那是甚麼態度！」

媽媽好像壓根沒想到自己居然會受到那種待遇。

到了領行李的階段。我終於恢復活力。那是我第一次看到行李箱在輸送帶上送過來的樣子。從那個黑色橡皮材質，宛如怪物舌頭的簾幕後面，各種行李依序出現的情景，令我百看不厭。

這時，另一種新的氣味，就像用平底鍋炒豆子的氣味飄來。不時會有散發刺鼻香水味的大嬸經過，也有散發強烈辛香料氣味的大叔經過，總之，開羅國際機場充斥某種氣味。

「我想上廁所。」

姊姊說。

全家出門在外時，就算突然內急，姊姊也不會告訴任何人，總是自己去找廁所，自己迅速解決。但是，來到埃及這個陌生的國家，充滿不明氣味的機場想必也令姊姊感到畏怯吧？對於自己不得不向媽媽求助，她似乎感到很羞愧。

我媽牽著我的手，和姊姊一起走向廁所。老實說，要我上女廁是一種屈辱。但是，我媽好像還不放心讓我自己上廁所，我也沒有自己上廁所的勇氣。

一走進廁所，就有強烈的阿摩尼亞臭味。看到坐在地上的肥胖大嬸，我差點嚇得腿軟。大嬸身穿黑衣，據守磁磚地板。發現我們後，朝我們伸出手。她說了一些話。

「她說甚麼？」

「不知道，八成是要錢吧？」

我媽漠視大嬸，朝姊姊的背後推了一把。於是，大嬸發出怒吼。她站起來不停揮舞雙手，一邊吼叫我們聽不懂的話語。雖然完全無法理解，至少知道她非常生氣。在恐懼驅使下，我們呆立不動。大嬸不停揮舞的手拍拍腰，然後把那隻手朝我們伸出。她一直在叫喚某些話。

媽媽終於被大嬸的憤怒壓倒，從皮夾取出錢，那是爸爸給的埃及錢幣。大嬸收下後，突然，真的是突然，變得很安靜。遞給媽媽幾疊衛生紙後，又一屁股在地板坐下了。那種落差令我很害怕。

我媽催促我姊。

「快去吧，貴子。」

我從未見過如此不安的姊姊。她看著媽媽的臉，選中後方的單間廁所。媽媽也牽著我的手，走進靠近前方的單間廁所。必須聲明，我從四歲就開始自己上廁所了。若非事態緊急我絕對不可能容許和母親一起上廁所。

在我媽的催促下，我不甘不願地準備小便，

「呀！」

忽然傳來姊姊的叫聲。

「貴子怎麼了？妳沒事嗎？」

「裡面有大便，噁心死了。搞甚麼鬼啊，好噁。」

「貴子，妳過來這邊。」

等我尿完，媽媽走出單間廁所。我這輩子頭一次這麼倉促尿尿。

「貴子，妳到這間上。」

匪夷所思的是，姊姊好像眼帶淚光。看到遺落的大便，想必衝擊太大了。真可憐。不過話說回來，為什麼廁所會有大便遺落？

姊姊和媽媽相繼上完後，我們總算走出廁所。出來時，大嬸緊盯著我們，但她甚麼也沒說。既沒有準備清掃的意思，也沒有露出「謝謝你們給的錢」那種表情。

「那個人到底搞甚麼，她不是掃廁所的人嗎？」

「對呀，有大便的廁所，憑甚麼非得交錢才能上？」

媽媽與姊姊難得地，真的是非常難得地交換意見。雖然是基於荒謬的起因，但我從中發現終結我家娘子軍戰爭的希望。趁勢，母女倆同心協力找到行李箱，從輸送帶拎下來。

「一、二——三！」

看到這樣齊聲吆喝的兩人，我的希望越發趨近現實。

我很高興。雖然很害怕，也很緊張，但我很高興。而且，雖然對不起姊姊，但我衷心認為，我不用看到大便真是太好了。

9

爸爸應該會來機場接我們。

反應遲鈍的自動門開啟，眼前有許多人你推我擠。大家一排排站在柵欄後面，有人叫喊，有人高舉寫有姓名的紙牌，凝視走出海關的人。

我們三人，照例受到眾人特別露骨的打量。有好幾人大聲對我們說話，但大家看起來好像很生氣。最不可思議的是，完全看不到任何女人隻身出現的身影。

媽媽與姊姊如今牢牢地牽著手。我雖然也處於恐懼之中，但老實說，也有多餘的心思為那一幕感動。畢竟，我是男人。我一直認為，萬一有甚麼狀況時必須保護她倆。真的。當時的我，萌生有生以來最勇敢的念頭。

「奈緒子！」

在許多高聲怒吼中，傳來爸爸的聲音。我們三人像求救似地，朝聲音的來源看去。夾雜在埃及人深邃的臉孔、臉孔、臉孔之中，是爸爸清淡的臉孔。那一瞬間，我感到爸爸前所未有地英俊。爸爸比埃及人高出一個腦袋。他穿著清爽的水藍色襯衫，非常帥氣。

姊姊和媽媽拖著大行李箱，幾乎是用跑的。我也忘了剛才的勇敢，快要哭出來。

爸爸露出無比燦爛的笑容迎接我們。先是姊姊，然後是媽媽，最後拍拍我的肩膀。沒有擁抱，是爸爸標準的作風，或者該說，是日本人的標準作風。我看看周遭，埃及人在各種場所、以各種方式互相擁抱、親吻、流淚。和他們比起來，我們一家的重逢簡直太低調了。但是，爸爸以爸爸的方式，我們以我們的方式，都滿心感動。

「終於來了！你們終於來了！」

那是平日斯文的爸爸絕對不會發出的聲調。

「終於來了！終於來了！」

爸爸一再重複那句話。

爸爸有專屬司機。彷彿從海軍藍的賓士轎車把折疊的身子伸直般彈出來的男人，名叫喬爾。我猜他應該有兩公尺高。這是我第一次看到比爸爸還高的人。喬爾抱起我，向我姊擠擠眼。對我媽彬彬有禮地伸出手行握手禮。他雖然瘦，肚子卻很大，幾乎把襯衫的鈕釦撐開。

「廁所裡面有大便耶！」

「坐在廁所的人是幹嘛的？如果不給錢她就不停對我們怒吼！」

「對呀，我們付了錢，她居然不清掃？」

「那究竟是甚麼人？」

在車上，兩位女士喋喋不休。坐在副駕駛座的爸爸連忙向她倆做出種種說明。公廁多半都有那種大嬸在，有糞便應該是廁所無法沖水，或者是不習慣西式廁所的老年人做的，實際上無法沖水的廁所相當多等等。每次媽媽和姊姊都會出聲表明不滿，爸爸報以苦笑。我想，他肯定也很高興姊姊與媽媽居然意見一致。

而我，沉迷於窗外流逝的風景。

埃及不是沙漠。該怎麼說呢？是很酷的城市。

許多汽車發出誇張的喇叭聲，咻咻超越我們的賓士絕塵而去。道路對面，擠滿灰濛濛的褐色建築，建築物的陽台晾曬大量衣物。天空是橘色與藍色混合的色調，不時可見外型猶如渾圓洋蔥的屋頂。

「小步，開羅怎麼樣？」

爸爸扭頭問我。聽到爸爸這句話，我才知道這個城市是埃及的開羅。

「根本不是沙漠嘛。」

我這句話，令全家都笑了。雖然只分開兩個月，但是四散的家族終於團聚了，這樣的凝聚力，瀰漫在車內。我還是很亢奮。

我們住的，是一種叫做flat的建築。按照日本的說法，等於是公寓。喬爾停車之處，是一棟擁有拱形欄杆圍繞的陽台，頗為古老的公寓。姊姊第一眼看到，就先為陽台發出歡呼。那完全是她偏愛的陽台。

「這裡是後門口。」

爸爸下了賓士後，

「Mr. Akuto！」

聚集在停車場的男人紛紛如此喊道。爸爸朝大家舉起手，

「這是替我們洗車、搬運行李的人。」

他如此說明。

「那些人在說甚麼？」

「Mr. Akutsu，意思就是圷先生。但他們不太會念日文的『tsu』這個發音，好像變成『to』。」

那些男人好像都很尊敬爸爸。他們圍繞爸爸，搶著拿行李。每個人都向我們打招呼，但是他們和在機場看到的男人不同，很友善地對我們笑。喬爾與其中一人站著閒聊，不時放聲大笑，和男人抱在一起。

從停車場右轉是正面玄關，入口有綠色的拱門，上面纏繞著玫瑰。進去之後，隔著綠意盎然的中庭，和我們的房子同樣形狀的公寓就蓋在正面。

門廳有白色大理石般的樓梯。媽媽已完全恢復好心情，不時摸摸柱子，或者眺望中庭。有位看起來幾乎像顆球的胖爺爺，坐在入口旁的長椅上，這時慢吞吞起身朝我們走來。老爺爺的臉孔也很圓，看起來很像機器貓哆啦A夢。

「他是這間房子的波阿布。波阿布的意思，就等於是管理員。」

爸爸如此說明。老爺爺頭上纏著類似頭巾的東西，身穿在機場看過的那種長洋裝。爸爸告訴我，那叫做卡拉貝雅。那正是我在夢中看到的凶暴男人的打扮，但老爺爺不管怎麼想都不像是那種會攻擊我們、把我們做成木乃伊的人。

「這個人，好像哆啦A夢。」

我這麼一說，大家都笑了。從那一瞬間起，這位老爺爺就被定名為哆啦A夢。

哆啦A夢搖搖晃晃地帶我們走向電梯。按下按鍵後，他呼呼喘著大氣，一邊朝我們轉身說了甚麼。

「他說甚麼？」

我問爸爸，

「他說願神庇佑我們。」

那是我有生以來第一次聽到的說法。意思我不懂，但想必是我聽過的話語中，最美的語言。

「用埃及話怎麼說？」

「阿莎拉姆阿雷貢。」

那句話，在我聽過的話語中，同樣是最美的語言。阿莎拉姆阿雷貢。哆啦A夢笑瞇瞇地看著我們。

我以為電梯門會自動打開。可是，這裡的電梯不一樣。綴有裝飾的鐵門，要自己動手拉開走進去，而且非常狹小。我們四人進去後，光是這樣就已擠滿了。

爸爸把某個東西交給哆啦A夢，哆啦A夢從外面拉上鐵門，揮揮手。

「你給他甚麼？」

「錢。」

「啊？只是按個電梯耶！」

「那是小費？」

媽媽問，爸爸有點不知如何回答。

「嗯——和小費又有點不同。那叫做巴庫西喜，這邊的人，信奉的是回教，那是喜捨，你們懂嗎？據說是抱著『歡喜地施捨』這種心情，如果有人替你做了甚麼服務，就得給巴庫西喜，也就是喜捨的錢才行。」

「我們也要給？」

「小步不用，只有大人必須給錢。」

「甚麼嘛，真痲煩。」

爸爸按下三樓的按鍵後，電梯發出啾嗡——的不祥噪音啟動。動作緩慢得令人想驚呼怎會這麼慢。

「這座電梯沒問題吧？」

「電梯經常停擺，貴子和小步沒有大人陪同時最好不要搭乘。才三樓，應該走得到吧？」

「嗯。」

抵達開羅後的姊姊，老實得匪夷所思，甚至會對媽媽說的話發笑。我暗自祈禱兩人能夠繼續保持這種良好互動。若是在這裡，我覺得應該有可能。

電梯抵達三樓後，有兩個剛才在停車場見過的男人正拎著我們的行李等候。他們是走樓梯上來的。爸爸把錢給他們後，他們笑得很開心，又走樓梯下去了。

「巴庫西喜？」

「對呀。」

「埃及語的『謝謝』怎麼說？」

「修庫朗。」
「修庫朗？」
「對。」
「很美的語言。」
「會嗎？我倒沒有那樣想過，貴子的感性很豐富喔。」
那想必是姊姊最希望聽到的話。爸爸果然一下子就抓住姊姊的心。剛才曾經覺得「阿莎拉姆阿雷貢」是最美的語言這件事，為了姊姊我沒有說。
「還有，那不叫做埃及語，是阿拉伯語。」
「修庫朗！」
我們實在太亢奮了。
打開門，首先映入眼簾的是水晶吊燈。綴有許多蠟燭型燈泡、璀璨光輝的水晶吊燈，裝設在玄關大廳。對，那裡只能稱為大廳，是非常美麗的寬敞空間。牆邊有貓爪座鐘，地板有精細的裝飾，鋪著鮮紅地毯。
我發出歡呼。我媽也尖叫。
不是沙漠，也不是帳篷，我家是很驚人的豪宅。
玄關大廳的對面，有三個相連的房間。
右邊的房間中，放著和那種寬敞不搭調的小電視以及風琴。姊姊看到風琴發出歡呼。我已很久沒見過歡呼的姊姊了，我媽也欣然微笑看著衝向風琴的姊姊。

那個房間被命名為風琴室。風琴室裡掛著女人的畫（後來我才知道是畫家克林姆的複製品）。電視機下方有許多錄影帶，旁邊的貓爪櫃子放了許多唱片。

風琴室的隔壁是客廳。靠牆擺放著L型的長沙發，非常豪華。沙發是嫩綠色，從天花板垂落的厚重窗簾則是深綠色，綴有金色的流蘇。地板上鋪著綴有各色裝飾，比窗簾顏色更深的綠色地毯，水晶吊燈垂下閃閃發亮的玻璃綴飾。

比起我之前看過的所有房間，那個房間最有「有錢人的房間」的感覺。我媽毫不遲疑地撲向L型沙發的邊角，那是看起來最舒服的位置。

「軟綿綿！」

當她天真無邪地叫嚷時，不知不覺爸爸已把相機鏡頭對準她。媽媽發現鏡頭後，立刻端正姿勢。她把雙腿從沙發放下後斜放，嫣然微笑。她沒有喊我們姊弟過去，拍完照後，也始終沒有說「換我來幫你們拍」。我心想：啊，這就是我們家。

客廳的隔壁是餐廳。餐廳裡有八人座的大桌子，理所當然也是貓爪，不過椅子的椅腳若是貓爪，感覺上，餐桌的桌腳就是虎爪。牆邊放著鑲有大片玻璃的餐具櫃，裡面放滿我們一家人絕對用不完的大量玻璃杯。餐具櫃旁有一扇通往陽台的門，姊姊之前看到的拱型大陽台就是那個。

與餐廳隔著走廊的另一邊是廚房。相較於玄關大廳、風琴室、客廳、餐廳是開放式的相連空間，唯有廚房自成一間。一走進去，首先光線就不同；其他房間被戶外光線照得很明亮，廚房卻很昏暗。

「這是電燈？」

姊姊按下開關，嘰——嘰嘰，宛如昆蟲拍翅聲響起。被日光燈慘白光線照亮的廚房，和其他房間一樣擁有高挑的天花板，地上鋪著石磚。

一走進去，眼前就有正方形的小桌。靠走廊的牆邊放著大冰箱、料理台與大櫥櫃，盡頭做了整面牆的收納櫃。左邊有大型水槽，旁邊是瓦斯爐，盡頭的收納櫃旁有一扇門。

「那扇門通往哪裡？」

媽媽怯生生問，爸爸回答：「後院。」我立刻發現，那並非帶有「後院」這個悅耳發音的好東西。

「這裡沒有天然瓦斯，必須買這種桶裝瓦斯。」

爸爸說著，碰觸瓦斯爐下方宛如未爆炸火箭的東西。一碰，爸爸的手便沾滿灰塵，媽媽皺起臉。

「賣瓦斯的人會從這裡搬瓦斯過來，倒垃圾的人也會運走垃圾。」

爸爸對手上的灰塵毫不在意，轉動門上的把手。吱——門開了，後院飄來一股難以形容的潮濕氣息。

「會有人從這裡進來？」

也難怪姊姊吃驚。往門外一看，有著生鏽程度令人難以置信的螺旋樓梯，看起來只要兩個大人踩上去就會垮掉。螺旋梯的末端，是幾乎被積水覆沒的水泥地，剛才那種潮濕的惡臭，就是從那裡飄來的。

熱愛烹飪的媽媽，窺得廚房的全貌後似乎相當失望。我也覺得，這個廚房與之前那光輝璀璨的世界相比，的確差距太大。或許是察覺媽媽的心情，爸爸愧疚地說：

「下周maid就會來報到，到時讓那個人打掃就行了。」

「『妹的』是甚麼？」

「對了，小步已經不記得伊朗的生活了。maid就是幫傭的人。」

「還有傭人？」

「哈哈，有這麼驚訝嗎？對呀。以前住在伊朗時也有喔，叫做巴姿兒。貴子應該還記得她吧？」

「那當然。」

我姊看著我的臉，有點得意。那時，我還沒聽說過小時候的我被巴姿兒如何寵愛。我很羨慕認識巴姿兒的姊姊。

「那個傭人，叫甚麼名字？」

「聽說叫做澤娜布。」

「好怪的名字！」

「沒問題嗎？那個叫做澤娜布的人可以信任嗎？」

我媽會這麼擔心是理所當然的。不過，日後她這種擔心完全成了杞人憂天。澤娜布是個很棒的人。不只是作為一個女傭，作為一個人也是。

姊姊已經走出廚房。走廊一直延伸到深處，右邊有兩個房間，盡頭有一扇門。

「爸爸，那扇門也是我們家？」

我理解姊姊何以會這麼問，因為這個家實在太大了。

「對呀，那裡是浴室。」

右邊靠前面的房間，足足有六坪大。有大型梳妝台與衣櫃，正中央還有一張很大很大的床。

「這是爸爸和媽媽的房間。」

爸媽房間的隔壁，是三坪大的房間。在日本算是正常大小的房間，在這裡看起來卻很小。室內有張小床（那張床，其實也不小），還有衣櫃。

「這是傭人房。」

「啊？我們要和剛才說的人一起住？哲、澤……」

「噢？」

「澤娜布？不，澤娜布每天會過來工作，這裡只是給她休息用的。」

從浴室左轉，又有兩個房間。

「這是貴子與小步的房間，喜歡哪間自己選。」

聽到這句話，我差點跳起來。

「我要這間。」

姊姊還沒參觀房間就已選定自己的房間。我毫無異議。我分到的，是比較靠前面的那個房間。

我「第一次擁有的自己的房間」，就第一次而言簡直太奢華了。應該有六坪大吧。和爸媽的房間一樣，在正中央有張大床。但和爸媽房間的床不同，是兩張單人床併在一起。右側有附帶大鏡子的白色梳妝台，靠前面還有個同樣附帶鏡子稍微小一點的梳妝台。左邊，有張總統辦公室會有的那種很大很大的桌子，那是所謂的「書桌」。家具全是白的，中央也鋪著小塊白色圓形地毯，我的房間整體而言很女性化。相對的，姊姊的房間，所有的家具都是褐色，厚重結實，我猜想，前任房客肯定是男女顛倒過來使用（男女顛倒的，其實是我們姊弟）。

我沒有抱怨。我不會像幼稚園同班的某某人那樣，對女性化的事物口吐怨言或做出使性子那種幼稚的行為。畢竟，這可是自己的房間，是我自己的！對我而言，擁有只屬於自己的房間幾乎已堪稱變成大人了。

而且，我的房間有陽台。那是從姊姊的房間延伸過來，繞過轉角，一路通往傭人房與爸媽的房間。擁有如此寬闊陽台的住家，當然也是第一次。

姊姊與我的房間對面，是另一間浴室。在我們的家中，玄關旁邊有一間，傭人房隔壁有一間，我們姊弟的房間前面有一間，總共有三間廁所，浴室則有兩間。

這樣如果不叫做豪宅，甚麼才叫做豪宅？

我彷彿在一夜之間變成國王。

抵達開羅的那晚，或許是因為時差還沒調過來，也可能是因為太興奮，或者第一次自己睡太害怕（想必這才是真正原因），我完全睡不著。與爸媽隔著十公尺以上的距離睡覺，是有生以來第一次。

躺在兩張併在一起的床鋪靠前面的地方（我想盡可能靠近門口），我翻來覆去。事到如今，我才想起走出機場時，以及下車的瞬間有多麼炎熱。日本絕對感受不到那種炎熱。可是現在，這個房間裡，涼爽得必須把毛巾被蓋到肩膀才睡得著。

明天是星期五。爸爸說，要帶我們去看金字塔。在這裡星期五好像是假日。暑假結束後我和姊姊就要去念的日本人學校，據說也是星期五放假。這件事，我很想告訴別人。班上同學的臉孔一一浮現腦海，但是沒有一個人適合。就在我逐一回想夏枝姨、外婆、以及矢田嬸這些與我有關的大人之際，終於墜入夢鄉。

10

早晨，我被奇妙的聲音吵醒。

起初我以為有人在唱歌，是個大叔。那個聲音在回響，聲音撞到建築物與樹木，雖然扭曲，還是清晰地充滿我的房間。一大早就這麼大聲唱歌，我開始擔心會不會有問題。因為我自己，就已被那個聲音吵醒了。

起床後，一早就有種成就感。能夠獨自入睡，讓我很高興。

家人都已起來了。大叔的聲音，連餐廳都聽得見。仔細一聽，與其稱為唱歌，更像是從某個地方大量湧入某種語言，那種聲音讓人摸不清是痛苦還是歡喜。

「小步，早安。」

媽媽已經打扮好了。紫羅蘭色的亞麻襯衫，搭配褐色緊身裙，頭髮紮成一束，所以小臉看得來更小。爸爸穿著水藍色格子襯衫，底下是牛仔褲。在日本時他從來不曾那樣打扮，看起來顯得很年輕。

而姊姊，似乎還讓自己在興奮的情緒中，因為她正坐在桌前吃早餐。姊姊吃早餐的樣子，我已經好幾年沒看過了。

「小步也喝紅茶嗎？」

「嗯。」

「那你先坐下。」

若是平常，應該會告誡我先去洗臉，但此刻媽媽好像也變得很寬容。我頂著亂翹的頭髮，理所當然地在姊姊身旁坐下。

「爸爸，這是甚麼聲音？」

「這個嗎？這是叫拜。」

「叫拜？」

「對。它在提醒大家，現在到了祈禱的時間。」

「祈禱的時間？」

「伊斯蘭教這種宗教，到了祈禱的時間，清真寺——我們從機場過來時不也看到了嗎？那種像洋蔥一樣的屋頂，或是高塔。會從那裡廣播叫拜。」

紅茶放在我面前。當然，是裝在我第一次看到的杯子裡。綠色綴有金色花紋的杯子與碟子，看起來相當高級，而且想必真的很高級。媽媽在紅茶之後，又端來水煮蛋與烤麵包。

「聽說不能吃生菜沙拉。」

姊姊對我說。

「為什麼？」

「沒煮熟的蔬菜不能吃，生的水果也是。還有，自來水也不能喝。」

爸爸代替姊姊回答。

「為什麼？」

「這裡有日本沒有的細菌，會吃壞肚子。」
「細菌？」
我聽不太懂，但不知為何我猜想那大概類似木乃伊。我想，或是類似製造木乃伊的凶暴人物那樣的東西。
「烹飪時也不能用？」
「烹飪時全都用礦泉水太浪費了，所以把自來水燒開再使用應該就行了。」
我媽打開深藍色封面的筆記本，準備記錄下來。
「真麻煩。」
媽媽雖然這麼說，卻面帶笑容。想必是很高興全家都聚在餐桌前。過去，在家中聚餐時缺席的多半是姊姊，不過爸爸也很忙。這樣一家四口從容不迫地吃早餐，是難得一見的景象。
吃著沒有沙拉的早餐時，我才慢半拍地吃了一驚。
「我們也要變成伊斯蘭教徒嗎？」
爸爸和媽媽四目相對，露出那種很想笑但是不能笑的表情。
「不。只要學習這個知識就好。」
「這麼說來，我們是甚麼教徒？」
姊姊很驚訝自己之前居然沒想到這個問題。虧她還模仿安妮・弗蘭克，不時出聲喊著「神啊」喃喃祈禱。她對於事到如今自己居然還不知道是對著哪個「神」祈禱感到非常懊惱。
「是佛教徒。」

「佛教徒。」

這個字眼，連我都懂。我念的幼稚園是佛教幼稚園，所以每天早晨與中午，都要向「菩薩」祈禱，幼稚園的園歌歌詞也有許多「菩薩」出現。但是，我並不明白到底要相信那個「菩薩」的甚麼？到底要做些甚麼？只是語焉不詳地被教育「要做對人有益的事」、「要感謝生命」。

「正確的說，是淨土真宗。」

「淨、土、真、宗？那是佛教？」

「對。」

「怎麼寫？」

姊姊借用媽媽深藍色的筆記本，讓爸爸寫出來。

「信奉淨土真宗的我們，待在伊斯蘭教徒的國家沒關係嗎？不會挨罵？」

「不會挨罵。只是，我們是外來者，所以有時必須以伊斯蘭教義優先。」

「比方說？」

「伊斯蘭教徒不能吃豬肉。雖然爸爸與其他人會吃，但是，去餐廳時不能因為沒有賣豬肉生氣，當然，也不能勉強伊斯蘭教徒吃豬肉。另外，還有酒精也是，不可以喝酒。」

姊姊用媽媽借給她的筆，在媽媽的筆記本上專心作筆記。結果，媽媽的筆記本只寫了一句「蔬菜要煮熟」就落到姊姊的手裡。

「佛教徒呢？沒有甚麼禁忌嗎？」

如今想來，這正是姊姊初次接觸到宗教的瞬間。日後，長期占據姊姊人生的那個東西，就從她十一歲的這個早晨開始。

和姊姊興味盎然的態度相比，我對宗教的話題已經失去興趣。我看著媽媽，她好像也是。只見她一下子替我的紅茶放砂糖，一下子定睛凝視自己倒映在湯匙上的身影。

或許是因為時差還沒調過來，我沒甚麼胃口。但我覺得那樣對不起媽媽，於是勉強啃了麵包。麵包很乾，我慌忙拿紅茶把它沖下去，結果上顎內側的皮被燙得掀起來。我用自己的舌頭舔那層掀起來的黏膜。

這時，我忽然想到。

今後，我將要在埃及生活。

那是很奇怪的感情。因為我現在明明已經在埃及展開生活了。因為我已擺脫了有大便的廁所危機，在距離爸媽十公尺以外的地方獨自睡覺，在叫拜聲中醒來了。

然而，那一刻，用舌頭舔舐燙得掀起來的皮，慢慢體會舌尖殘留的麵包與紅茶滋味的那一刻，將要在這個國家生活的感覺，忽然間，逼近我身邊。

日復一日，都得吃這種乾巴巴的麵包。

灌下滾燙的紅茶。

不時燙傷口腔，用舌頭舔舐掀起的黏膜。

對於七歲的我而言，生活就是這麼回事。我想，就是在那一刻，自己做出了一個非常重大的決定。

當然，決定在埃及生活的，並不是我，是爸爸。但那時的我，一邊舔著黏膜，一邊想著自己來到了多麼遙遠的地方啊，內心油然萌生幾近絕望的亢奮。我有我的未來，而那是大人們想都沒想到的未來，但是透過自己上顎黏膜的味道，讓我明白，意想不到的決定，將會令那個未來改變種種形貌。

今後，我要在埃及生活。

今天是假日，所以喬爾不在。只能由爸爸開車。媽媽鑽進副駕駛座時，

「坐在右邊感覺好奇怪[1]！」

她說著笑了。我和姊姊坐在後座，但海軍藍的賓士轎車後座，只有我們姊弟兩人乘坐顯得太寬敞。

「要出發囉。」

那是以前在日本時（那只不過是短短兩天前的事，對我來說，卻好像已是遙遠往事），爸爸在車子啟動的瞬間會說的話。爸爸說的話，一切都很日常，但在這個場所聽起來顯得很奇妙。

我瞄姊姊一眼，姊姊也看著我，然後，像外國人那樣聳聳肩。姊姊來到開羅後，完全缺少她特有的神采，但對我而言，我更喜歡這樣的姊姊。超喜歡。比起整天把自己關在房間雕刻大量卷貝的姊姊，我更喜歡這樣坐在我身邊，像小淘氣一樣聳肩的姊姊。

1：日本是靠左行駛，副駕駛座在左側。

離開房子出發後，比昨天更清晰的景色流過車窗。該怎麼說呢，感覺上，好像鏡頭終於對焦。那是很不可思議的感覺。才來第二天，我就以「我們家附近」的心態看待這片風景了。

黑白交錯的路邊石頭，奶油黃色的氣派建築，以及站在建築前手持長槍的警察。垂落賓士車頂的樹木，開滿一簇簇火紅的花朵，樹蔭下的椅子有個滿臉鬍子的大叔無趣地坐著。「我們家附近」非常安靜。

車子駛了一會後，來到大馬路。有高架橋，大量的汽車大聲按著喇叭呼嘯而過。開車規矩之惡劣，在我們從機場回家的路上就有經驗過，但我再次感到爸爸行駛的道路實在太危險了。我和姊姊都很驚愕，媽媽更是接連大叫了好幾次。

首先，馬路沒有車道。在日本，若是雙線道中央會有一條，三線道的話會有兩條筆直的白線或黃線畫在路面上。汽車要走在自己的車道，不能越過那條線，但在這裡根本沒有車道，所以車子要走哪裡完全看駕駛的意思。當然超車與切入車道也很驚險，爸爸一再踩煞車、按喇叭，每次，坐在後座的我們都會跳起來。

這麼危險的道路，竟有大叔大嬸，甚至是像我們這麼大的小孩逕自穿越，令我們很驚訝。沿路很少看到紅綠燈，大家靈巧地穿梭在完全沒減速的車陣間。自己有一天會像那樣走在車流之間的情景，我連想都無法想像。

II

就在我們停下等紅燈時，咚咚傳來敲車窗的聲音。那是在馬路中央不該聽見的聲音。一看之下，有個男孩把臉貼著車窗看我們。由於距離太近，我甚至嚇得往後縮。

這個男孩，恐怕比我還小。幾乎已褪色的粉紅色上衣大概是太大了，鬆垮垮垂掛在身上。還留著如果我敢這樣絕對會惹火媽媽的亂七八糟——真的是亂七八糟的頭髮，從瀏海之間，露出大眼睛定定看著我。

見我只是呆呆回看他，他用比剛才更大的力氣敲窗。還伸出手，講了甚麼。我求救地看著姊姊，姊姊也瞪大雙眼，顯然很震驚。

「爸爸。」

我不禁這麼說，爸爸朝我們這邊一瞥，

「是乞丐。」

他平靜地說。乞丐。還來不及確認這個初次聽說的字眼是甚麼意思，我已理解那孩子處於何種狀況。他就是這樣靠近每輛停下的汽車討錢過生活。

「爸爸。」

我再次喊道。爸爸從後照鏡看著我們。

「不可以給錢。」

爸爸出乎意料的冷漠言詞，令我大受打擊。想必，姊姊也是。或許是察覺我們的震驚，爸爸用稍大一些的音量緩緩的說。

「聽著。如果那孩子賣花或是賣報紙，我們可以給他比買花或買報紙多一點的錢。但是那孩子並沒有工作，對吧？他只是在向我們要錢，所以不能給他錢。」

我想起昨天只不過幫我們叫電梯就從爸爸那裡拿到錢的哆啦A夢。那個，或許也可稱為工作的對價吧？基本上，這麼小的孩子，真的有辦法工作賺錢嗎？

信號變成綠燈。車子啟動後，那孩子靈活地離開馬路。和鬆垮的襯衫比起來，緊貼身體的運動褲太小，腳底打赤腳。

我和姊姊好半天都沒說話。不知為何我有種直覺，今後，我們應該會一再遇到那樣的小孩。

實際上，光是在我們抵達金字塔之前，就看到五個那樣的小孩。有的孩子甚麼也沒拿就伸手要錢，也有的孩子像爸爸說的那樣，兜售枯萎的白花或報紙。在姊姊的懇求下，爸爸向其中一個小女孩買了報紙。女孩很開心地說「修庫朗」，然後朝後方的汽車走去。當她走過時，我和姊姊好奇地看著她，但我們都無法直視那個孩子。

打開報紙後，看得出拚命將皺痕撫平的痕跡。紙面散發出不只是印刷油墨味的臭味。報導全是用阿拉伯語寫的，上面寫些甚麼，我完全看不懂。

「根本看不懂。」

「反正八成是昨天或前天的報紙，毫無意義。」

我想像剛才那個小女孩，到處撿拾別人扔掉的報紙，拚命抹平皺痕的情景。做這種事的，不只是孩童。每次停車，總有人從哪冒出來，過來兜售報紙或面紙、來歷不明的食物。其中，也有一屁股坐在車道旁，只是伸手討錢的大嬸。大嬸從頭到腳都裹著黑漆漆宛如窗簾的布料，只露出一雙眼睛。我以為她是覺得做這種事很丟臉，結果並不是。大嬸是虔誠的伊斯蘭教徒。據說伊斯蘭教的女性不可隨便裸露肌膚，因此才用布包裹全身把臉蒙起來。包頭的布叫做黑賈布，包覆全身的布叫做恰德爾。

「為什麼女人不可裸露肌膚？」

「嗯──」

爸爸好像難以回答。這種時候，爸爸通常會向媽媽求助，但媽媽也不知道那個原因。我們只能等待爸爸告訴我們答案。

姊姊露出不惜等到地老天荒的表情。我從爸爸的反應，已經暗忖趁早死心或許比較好。爸爸顯然不想告訴我們，況且，說不定爸爸也不知道那個原因。

「為什麼啊……這個嘛……」

日後才得知，理由果然與「性」有關。換言之，是爸爸難以對我們啟齒的話題。回教女性在結婚前禁止性行為。也就是說，必須以處女之身結婚。那個戒律非常嚴格，未婚女性自然被禁止做出煽動男性情慾的裝扮。不可露出頭髮，也不可露出肌膚。

甚至連已婚、成為某人妻子的女性也受到那種限制。女性在身為人之前，必須先扮演好某人的妻子。給丈夫以外的人看到肌膚？簡直是不三不四！

但即便是這麼嚴格的戒律，在我們旅居開羅的時代，已經算是很寬鬆了。有的女孩戴頭巾卻穿著休閒服，而且除了大嬸外，也很少看到連臉都蒙起來的女人。最可笑的是，有些女性基於「只要不露出肌膚即可」這個理由，穿著包覆全身的緊身服裝。那樣強調身體曲線，看起來反而更淫靡。

尤其伊斯蘭教國家喜歡豐腴的女性。若在日本幾乎會被貼上肥胖標籤的女性，在此地反而特別受歡迎，這些女人穿上緊身服裝後，該怎麼說呢，肉體的震撼力簡直讓人驚心動魄。

所以身材纖細，穿著合身服裝的我媽乏人問津。在埃及人看來，似乎認為她像個小孩。我媽偶爾會模仿當地女性用頭巾包住頭髮，但這麼打扮時，她看起來只像本地的中學生。即便如此，我媽還是把那種打扮當成一種時尚，她會用牛仔褲與白襯衫這種簡單的服裝，搭配紅色或黃色等鮮豔花色的頭巾，樂在其中。

副駕駛座的媽媽，正在重新綁頭髮。出門時換過衣服，媽媽現在穿著寬鬆的白襯衫，白色七分老爺褲，褐色的皮革涼鞋。綁頭髮的髮圈是在日本買的，綴有閃閃發亮的寶石，十分花俏。當媽媽的頭一動，髮飾就會反射光線刺向我們的眼睛。

姊姊和我，不知幾時已扔開報紙。我們各自專注於瀏覽車窗流逝的風景。除了乞討的人們，還有很多東西吸引我們的目光。

走在馬路上的大批山羊，拖著骯髒板車的驢子，吊掛在肉店簷下，想必是牛肉的大片肉塊。姊姊發現躺在路中央睡覺的狗只有三隻腳，我發現扔棄在垃圾場的山羊屍體。

每一幕都是震撼。正因如此，我們已分不清到底是受到何者的震撼。我與姊姊只是沉默著眺望車窗。

第一次看到金字塔的感想是這樣的。

好大。

就這樣。我想不出其他的感想。

金字塔，好大。聽起來很蠢，但真的就是這樣，我也沒辦法。最好的證據就是，我媽也只說了一句：

「好大！」

媽媽帶著大墨鏡，一陣風似地衝下車。姊姊也是。姊姊似乎決定姑且把種種疑問藏在心中，現在只要忠實於這種震驚就好。她跟在媽媽身後向前奔跑，落後的是我。爸爸也是，還拖拖拉拉的在駕駛座笑著。

一跑，腳就被沙子絆住，我的深藍色球鞋轉眼已發白。不時有強烈的臭氣撲鼻，附近留有大坨糞便。那是在我們周遭打轉的駱駝或馬的傑作。

金字塔固然令人感動，但其實能夠這麼近距離看到駱駝同樣令我感動。駱駝約有公園的攀爬架那麼大，像簾子一樣濃密的睫毛下，眼睛看起來意外溫柔，但是扭來扭去蠕動的嘴巴非常詭異。

「好大！」

媽媽似乎是那種如果不直接說出想法就不罷休的個性。一次又一次大叫「好大」，惹得錯身而過的埃及人也跟著模仿她大喊「豪大——」。

爸爸追上我們之前，我們已被數不清的埃及人搭訕。有人推銷紀念品，也有人問我們要不要騎駱駝。但是，媽媽一概用斬釘截鐵的「NO！」擋開他們。她毅然決然的態度很值得信賴。

金字塔近看之下，幾乎是牆壁。一塊石頭就比我大很多。幾萬塊那樣的石頭堆疊起來的樣子（據說多達兩百七十五萬塊！）規模太龐大，甚至令人忍俊不禁。實際上，媽媽近距離看到金字塔後就哈哈大笑。

「這甚麼啊，好大，太大了！」

簡直像傻瓜。

不過，看到那樣的媽媽，爸爸好像很高興。媽媽天真無邪的反應，想必就是爸爸期望的。

「大家都在那裡站好。」

爸爸帶了相機來。媽媽立刻伸手撫平頭髮，整理襯衫；然後牽起我，以及（很驚人地）姊姊的手，嫣然一笑。更驚人的是，姊姊也任由媽媽牽著手露出笑容。姊姊穿著爸爸的馬球衫，底下是長度到腳踝像睡褲一樣的褲子（那天回家後，姊姊的腿以那條線為界清楚分成黑白兩色）。我一時之間笑不出來。

當時的照片，至今還留著。滿面笑容的姊姊與媽媽身旁，我緊閉嘴巴，挺起胸膛。爸爸試圖努力把金字塔拍進背景，可惜照片給人的印象「幾乎都是牆壁」。因為太近了。

金字塔據說是法老王的墳墓。是古夫、卡夫拉、孟卡拉這三代法老王的墳墓，可以進入的最大一座金字塔屬於古夫王。入口並非正式入口。因為當初盜墓賊在盜墓時挖開的洞湊巧與正式的迴廊相通。

光是爬到入口，我已經冒汗了。畢竟，我必須攀登比自己還大的石塊。大概是跟日本人學了日語，從地面傳來埃及人大喊「甘巴爹！」的聲音。

日光強烈，那種熱度簡直像是太陽緊貼在背後。很遺憾，我媽並不是那種會擔心小孩中暑的人。我與姊姊不得不任由汗如泉湧，也沒喝水，就這麼攀登金字塔。

金字塔內部簡直像人造布景。實際上這的確是古夫王打造的，但洞窟一路通往深處的感覺實在太完美，如果有人告訴我這是保麗龍做的舞台道具，我絕對會相信。

洞窟的部分走完後，開始出現陡峭的階梯。說是階梯，其實只是在夾板貼上防滑的木材。而且天花板非常低矮，除了我以外，所有人都得弓身攀登。我當然很興奮。對我而言，這是貨真價實的冒險，就連姊姊肯定也是這麼覺得。只見她露出每次認真時會有的表情，抿緊嘴唇，以迥異於憤怒時的專注一步一步走上去。

沿著天花板低矮的走廊往上走了一會後，突然來到開闊的場所。彷彿之前的走廊是騙人的，天花板一下子拔高。開放感令汗水倏然蒸發。

「好大的迴廊。」

爸爸的聲音發出回音，媽媽不知為何哈哈大笑。

走上去的途中，我們與很多從上面下來的人錯身而過。有些是埃及人，有些是白人，其中也有日本人。

「累死了。」

「嘿咻。」

在這種地方聽到日語感覺很奇妙。來到埃及雖然才一天又幾個小時，但我幾乎已把日本當成異國了。我已經覺得現在與家人交談的這種語言屬於遙遠的國度，在此地是一種異質的語言了。我適應環境的能力非常優秀。

率先抵達石室的是姊姊。自從進入金字塔內部後，她就不發一語。到了石室，她已完全噤聲不語。

室內約有七坪半的大小。和大迴廊一樣，天花板很高，靠後方放著巨大的石棺。僅此而已，僅只是這樣的房間。我們抵達房間時，姊姊已在探頭窺視那個石棺。

「法老王就是躺在這裡面？」

媽媽好像懶得記住古夫王的名字。

石棺很簡陋。給人的感覺，只是一塊邊緣破損的大石頭。實際上，媽媽的確一下子就膩了，而我，老實說也對這個房間很失望。之前那戲劇化的路程，讓我以為終點一定有某種令我們嚇破膽的，冒險中的冒險（比方說，對，木乃伊！）。

但是，唯有姊姊不同。她顯然被某種東西震懾，目不轉睛地凝視棺中，彷彿木乃伊還沉睡在其中。她非常用力地不停深呼吸。

「貴子？」

即使爸爸喊她，她也沒回頭。

那晚，姊姊發燒了。

是因為中暑，但發燒的原因，肯定不只是那個。巨大的金字塔、非常非常悠久的歷史、駱駝糞便的臭味和幾可殺人的豔陽，最重要的是還有初次接觸到的宗教氛圍，想必都令姊姊體內的某種東西做出強烈的反應。

至於我，只是累得倒頭大睡罷了。來到開羅的第二天，拜強烈的疲倦所賜，我得以一點也不害怕地立刻入眠。

12

我們抵達開羅一週後的早晨，澤娜布來報到了。

那一個星期當中，爸爸請假帶我們前往開羅的各地。包括罕哈里里（Khan El Khalili）市場、有鱷魚木乃伊的埃及考古博物館、很大很大的清真寺、以及可以看到金字塔的豪華大飯店。

令人驚訝的事物有很多，但是參觀金字塔還是一大事件。有生以來第一次看到的古代遺跡竟是金字塔，我實在太幸運了。但是，正因如此，之後也很不幸地不管看到甚麼都無法太驚訝（石舞台古墳[2]？才這樣？帕特農神殿[3]？不過如此！——類似這樣的感覺）。

不只是觀光景點，爸爸也帶我們去了附近的超市與公園、會員制的運動中心等等與我們生活息息相關的場所。

過了三、四天後，我開始覺得「開羅就是這樣的城市」。肉店簷下直接吊掛的牛肉，錯身而過的男人們強烈的體味，很快地成了日常生活的風景。

姊姊也在轉眼之間習慣了開羅。第四天她就獨自出門，去超市買了零食和文具用品回來，也能夠在沒有紅綠燈的馬路靈活地穿越車流之間。

我媽適應這個城市，比我們小孩子花了更多的時間。因為她與日常生活更密切相關，所以這或許不能怪她。她對於在蔬果店和肉店、道路與公寓樓下遇到的種種事件有更鮮明的反應。

比方說有一天，我媽想做炸雞塊。她去肉店買雞肉，卻與日本的超市截然不同。想看到處理乾淨，剁成塊的雞肉整齊排放在清潔的包裝盒中？絕不可能。畢竟，這裡可是直接吊掛整頭牛的場所。

那些被拔光毛的雞，胡亂堆放在店門口。我媽盡量擺出大無畏的姿態，換言之為了不被輕視，她以毅然決然的態度要求店員把雞頭去掉（當然是以肢體語言）。店員按照她的要求剁掉雞頭。我媽在心裡鬆了一口氣，但當她回到家打開袋子的瞬間，

「呀——！」

她尖聲大叫，癱倒在地。

枉費她特地請店員把雞頭剁掉，結果居然與雞身一起放進袋子裡了。我媽完全喪失鬥志，把整隻雞連同袋子一起塞進冷凍庫。那隻雞就以那種狀態暫時被冰在冷凍庫。也不知是怎麼放進去的，雞頭居然正好對準門口，看起來就像是驚悚的恐怖片。每當我想要找點刺激時，就偷偷打開冷凍庫。看到翻白眼瞪視空中的雞，每每滿足了我的恐怖體驗。

媽媽能夠適應這個城市，是拜澤娜布所賜。

澤娜布依約在當天早上七點，準時按響我家的門鈴。在凡事馬虎的埃及，這是很罕見的（喬爾每天，真的是每天都遲到）。

打開玄關門的是我。對於不記得巴姿兒的我而言，女傭來家裡報到可是一大事件。說甚麼

2：位於日本奈良縣，古墳時代後期的古墳。

3：位於希臘雅典，完成於西元前432年，供奉雅典娜女神的神殿。

都得自己親手翻開這光輝人生的第一頁。

站在門外的澤娜布，是個必須抬頭仰望的巨人。裹著黑色長袍，只露出一張臉。大大的眼睛散發銳利的目光，鼻子也很氣派。鼻子旁邊刻劃粗大的皺紋，嘴唇頑強地緊閉。

乍看之下，我覺得很可怕。

雖然完全沒有預期過會是甚麼樣的人來報到，但心裡多少希望是個溫柔的人。所以這第一次打照面讓我嚇了一跳，甚至有點受到打擊。

澤娜布眼神銳利地俯視我，

「沙巴哈嚕黑——魯。」

她說。那句話我學過了，是「早安」，但我無法回話。我被震住了。在我扭扭捏捏的時候，爸媽和姊姊都到玄關來了。

澤娜布就像之前對待我的態度一樣冷淡地說聲「早安」，定定環視我們一家人。與其說是「我來工作」，感覺倒像是「我好心來幫你們工作」。

我爸請她進屋，她才慢吞吞走進來，果然是個高大的人。全身漆黑，因此每當她一動，看起來就像鯨魚在海裡移動。

我姊對於和澤娜布的初次見面似乎有點膽怯。澤娜布沒有殷勤微笑，也沒有像巴姿兒那樣和我們姊弟臉貼臉磨蹭。事後想想，澤娜布其實也很緊張吧。

澤娜布走進客廳後，我媽請她在沙發坐下。澤娜布猶豫了一下，在我媽身旁坐下。女傭坐在客廳的沙發，是很少見的事，但是日後基於某種理由，澤娜布也一再坐上這張沙發。

我媽目不轉睛地凝視澤娜布。

看著我媽的臉，我暗想，媽媽現在肯定又在用她的直覺判定是否喜歡澤娜布吧。明明不是自己被審判，我卻異常緊張。

「今後就拜託妳了。」

媽媽坐著深深一鞠躬。錯愕的澤娜布，也有樣學樣地鞠躬，媽媽當下嫣然一笑。

其實，我媽好像打從在玄關見到澤娜布的那一刻，就已經覺得她「是個好人！」了。大塊頭、犀利的眼光，光憑這兩點就覺得澤娜布很可怕的我，果然還不夠成熟。我媽的直覺得到無比正確的結果。

換言之，澤娜布是個很棒的人。

和日本人比起來，埃及人看起來很蒼老，所以我幾乎把澤娜布當成老奶奶。可是實際上，她頂多只有四十五歲左右。

澤娜布立刻脫下長袍，換上直達腳踝的連身洋裝，開始打掃家中。整個過程輕盈俐落。澤娜布把我們退避三舍的廚房每個角落擦得亮晶晶，還擦亮瓦斯爐，清除床底下的灰塵。甚至連長達數十公尺的陽台欄杆上黏附的鳥屎與蜘蛛網，都被她徹底清除。

澤娜布的能幹令我們讚嘆不已。當她用手拍扁慌慌張張爬出來的超級大蟑螂時，我們家的主導權已完全轉移到她手裡。我媽也老實認輸，決定從此把這個家的管理權全委任澤娜布。而她這種坦率的態度，令澤娜布很高興。

澤娜布教導我媽很多事。

在開羅，砂糖與油經常缺貨，但是兩條街之外的那間商店通常貨色齊全（那家商店的老闆特別喜歡日本人），還有桶裝瓦斯的買法（賣瓦斯的人出現時，必須趕緊去陽台大喊「翁布——巴——！」），陌生蔬菜的名稱與烹調方法（埃及人在料理方面極為保守，茄子有茄子的烹調法，雞肉有雞肉的料理法，諸如此類，一切都是固定的）。

自從澤娜布來到我家，我媽轉眼變得容光煥發。她還記得與巴姿兒的那段可貴記憶，而且她本來就是個很適合有女傭在旁伺候的人。令人驚訝的是，她倆看起來好像完全理解對方說的話。

「澤娜布，這個該怎麼辦才好？」

媽媽從遠處大喊時，澤娜布會回答「哎咿哇」（是），飛奔到媽媽身邊，懇切周到地告訴她做法。從澤娜布口中冒出來的阿拉伯語，對我們來說本該是完全陌生的外國話，但我媽卻能夠在適當時機點點頭，

「原來如此！」

媽媽恍然大悟，並且迅速成為稱職的開羅主婦。

起初膽怯怕生的我們，也漸漸習慣了澤娜布。

尤其是我姊特別親近澤娜布。當姊姊發現澤娜布在伊斯蘭教的默禱時間會回自己的房間祈禱時，姊姊就會久久凝視著她的身影。而澤娜布發現姊姊在看她後，便教導姊姊祈禱的方法，後來姊姊比澤娜布更虔誠地在正確的時間祈禱。

對姊姊來說「向神祈禱」這個行為，如字面上的意思一樣神祕。姊姊把小時候夏枝姨天天

帶我們去神社，以及當時姊姊只是不停搗亂胡鬧的往事拋諸腦後，全心投入「祈禱」的行為中。

澤娜布總是以全力以赴的態度對待我爸媽和我們這兩個孩子。那種全力以赴的態度，肯定是讓她理解媽媽的語言的助力，而媽媽，想必也是因為坦誠面對澤娜布才能夠理解澤娜布的話。

至於我，在澤娜布面前我格外努力扮演乖小孩。不只是澤娜布，面對成年女性，我習慣性地自動裝乖賣萌。為了巧妙避開姊姊的凶暴與吸引媽媽注意，我不得不這麼做，況且無論是外婆或夏枝姨、老師乃至空姐（抱歉，是空服員），只要當我扮演乖小孩，成年女性都會如我所願地疼愛我。

而且，雇用傭人這種狀態始終令我渾身不自在。看起來像個老奶奶的澤娜布，對我而言卻是傭人，這令我很困惑。再加上澤娜布是個好人，所以更讓我無所適從。

而我爸，他並未積極與澤娜布打交道。所以，他不必在家人面前曝露像我那樣的卑屈，不過，起初他同樣也不知該如何對待喬爾。但喬爾不只是天天遲到，還經常翹班摸魚，甚至做錯事。雖說短短幾個月之內早已知道埃及人就是這種德行，爸爸還是對喬爾的慣性摸魚發飆了。被爸爸罵了一頓後，喬爾會暫時收斂，但過了幾分鐘又把收音機開得震天響，自得其樂地引吭高歌。

對爸爸這種卑微的人而言，喬爾想必是個非常好使喚的人。昔日面對認真熱心的艾布拉希姆，爸爸好像把自己的卑屈展露無遺，但對待喬爾時，他無暇顧及自己的卑屈。對於老是遲到、做錯事、而且不知悔改的喬爾，爸爸可以完全沒有心理負擔地責備他，肯定很輕鬆自在。

在埃及，據說有個名詞叫做「IBM」。

I是「因夏阿拉」，意思是「奉神的旨意」。比方說喬爾來上班時遲到了。爸爸生氣地質問他為什麼遲到，他會回答「因夏阿拉」，是神如此安排。

B是「布庫拉」，意思是「明天」。命令喬爾先把車子洗乾淨，他會回答「布庫拉」，明天再洗。

M是「馬雷希」，意思是「別在意」。在喬爾把斯文的爸爸惹到發飆後，喬爾就會說「馬雷希」，「別在意」。雖然爸爸氣了半晌，但是喬爾滿面笑容拍打他的肩膀，不停說「馬雷希」，聽了之後爸爸也忍不住笑了。

埃及人大致上就是這樣，所以也被稱為全世界最難做生意的民族。不只是爸爸，日本上班族在這個對一板一眼的日本人來說完全沒轍的國家，只會不斷聽到對方說「奉神的旨意」、「明天再說」、「別在意」。無法容忍的人就完了，埃及對他們而言簡直是地獄。但像我爸這樣，對埃及人馬虎卻令人無法討厭的個性，忍不住覺得好氣又好笑的人，最後總是會如同愛上埃及人的性格一樣，愛上埃及這個國家。

總之埃及人非常喜歡親近人。第一天抵達時看到喬爾與男人們擁抱的那種場面，是很平常的風景。不只是擁抱，兩個大男人手牽手走路的情形也很常見。他們不是同性戀，只是感情好而已。

這樣的他們，如果看到日本人，那可不得了了。他們會跑過來，叫嚷他們會說的隻字片語。比方說我曾聽過的有以下這些：

「卡哇依」、「最近有賺錢嗎」、「明石家秋刀魚」、「明天再來喔」！

即便不理他們，他們也毫不死心，繼續緊跟著不放。尤其是小孩子之黏人，簡直像是剛出生的小雞。

埃及人特別喜愛小孩。不管那是不是別人家的小孩，只要看到小孩就會摸摸頭，抱一抱，餵點心。小孩也知道這點，所以彷彿認定整個世界都屬於自己，大搖大擺地徘徊街頭。他們在各種場所對我媽撒嬌，拉我爸的手，而且擅自和我們姊弟比身高，向我們要零食吃。

埃及人會有這種黏人的個性，都是因為怕寂寞。本來，他們就是非常重視家庭的民族。比方說，他們絕對不可能獨居。而且家中只要有人出遠門短短一個星期，就會全家出動在機場揮淚送行。

有一件極具象徵性的事件，足以證明埃及人有多麼怕寂寞。

某晚，我家的電話響了。當時澤娜布已經下班回家，因此是我媽接電話。對方是埃及人，似乎是打錯電話。媽媽以笨拙的阿拉伯語告訴對方打錯了，男人立刻掛斷電話。但是第二天晚上，他又在同一個時間打來。媽媽再次告訴他打錯了，結果這次他沒有掛電話。他說跟陌生人說話也沒關係，他只是想找人說說話。媽媽目瞪口呆，掛斷電話，但是隔天，再隔天，對方依舊打電話來。

那個埃及人並非特例。最好的證據就是，我朋友家也經常接到那種電話。

而且，通常會幹這種事的人，都是男的。

埃及女人也很怕寂寞，卻不會像男人那樣極端黏人。或者該說，她們多半特別對男性提高警覺。想必是女性不得隨便外出的觀念造成的。

相對的，女人彼此之間感情很好。大嬸們會把椅子搬到路上，沒完沒了地聊天，年輕的女孩子也會像男人一樣手拉著手、互勾手臂、咬耳朵講悄悄話、吃吃笑個不停。

澤娜布和我媽也一樣，兩人立刻變得很要好。或許語言不通反而維持適當的距離感，媽媽真的很親近澤娜布。她開始翹首期盼每天早上七點準時響起的門鈴聲。

13

我和我姊被安排進入日本人學校就讀。

姊姊念五年級，我從九月那個學期插班念一年級[4]。

日本人學校當時全校學生約有一百人，從小學一年級到中學三年級共分成九班。驚人的是，除了我們姊弟另外還有四個轉學生加入。而且，也有三個學生轉走。

會念日本人學校的學生，都是像我們這樣因家長工作的關係搬來的小孩。當然，等父母工作任期結束就會回國。結束派駐任期的家庭離開後，又會有新的家庭前來。那個家庭若有小孩，那個小孩也會成為新的轉學生。

所以，學生的流動頻率和日本的學校簡直有天壤之別。

我就讀的小學一年級班上有十二個同學。在日本人學校中好像已經算是很多了。

第一天我做了自我介紹後，大家鼓譟起鬨。我實在想不出自己有哪一點值得大家起鬨。我姊的暴虐不可能在第一天就傳開，我的頭髮也梳理得很整齊，藍綠相間的格子襯衫，底下搭配的米色短褲，都非常乾淨（當然，絕對不可能發生拉鍊沒拉那種糗事）。

後來我才知道，大家笑的原來是我的關西腔。

4：日本的學制是以四月為第一學期。

會來開羅的日本企業，總公司幾乎都設在東京。我爸的總公司在大阪，因此帶有關西腔的我顯得獨樹一格。

我立刻開始努力將關西腔改為東京口音。和不管在哪都想成為少數派的姊姊不同，我只想盡可能融入當地的風景。不引人注目，但也不至於被人遺忘，我想在班上處於絕妙的位置。而且，也一直做得很好。

我的關西腔，讓大家吃驚，但我也同樣為新環境吃驚。

第一，學校是用一棟四層樓的宅邸改造的。一樓貼有磁磚的昏暗房間是體育館兼音樂教室，二樓是教職員辦公室、校長室以及我們一年級與二年級的教室，三樓和四樓是其他班級的教室與圖書室。

我也很驚訝班上同學互相稱呼對方時都會加上「先生」、「小姐」。無論男生或女生，都會在姓氏後面加上「先生」或「小姐」，當然我被稱為「圷先生」。那種稱呼方式令人很想偷笑，好像自己一下子變成大人，而且是非常高級、聰明的大人。

我坐在楠木彩香的旁邊。

楠木的父親是日本人學校的體育老師。校內有親子檔師生也讓我很驚訝。我試著想像自己的父親教體育的情景，但是那樣太難為情了，我絕對受不了。

楠木老師教體育，其他科目各有不同的老師教我們。在日本的學校時，班上只有一個班導師，由那個老師負責教所有的科目，所以這種做法感覺很新鮮。當然，這裡同樣也有班導師，淺田先生（令人驚訝的是，在這個學校連老師也是加上先生小姐來稱呼！）是個中年男人。淺田先生教音樂，所以，朝會與放學、音樂課時都會看到他。

淺田先生娶了埃及女人。他已在開羅購屋，說要一輩子住在這裡。所以淺田先生和其他老師不同，會一直擔任這個學校的老師。

淺田先生的太太，我只見過一次。她比淺田先生小很多歲，是個胖女人。和她成對比的淺田先生是個瘦竹竿（雖然還不到我爸那種程度）。不過，臉上的鬍子勉強讓淺田先生看起來像是定居埃及的男人（留鬍子的班導師，對我來說也是第一次的經驗）。

雖然歷經關西腔被同學嘲笑的危機，但之後再沒有發生過甚麼重大事件。我像在日本時一樣，開始戰戰兢兢地享受校園生活。

至於上課，是以日本的教科書授課。和我在日本使用的教科書不同，但內容大同小異。不過，在開羅學習日本的教科書，還是會產生一些格格不入的問題。

例如社會課的教科書上，有一頁是「去麵包工場參觀！」。於是，我們也打著社會課校外教學的名義去了麵包工場。

教科書上，介紹了衛生的麵包是如何在乾淨的工廠以衛生的方式製作。但我們去的麵包工場，和書上寫的截然不同。我們搭乘巴士一路搖搖晃晃抵達工廠，工廠光線昏暗，頗為老舊。在那裡面，沒戴衛生帽也沒戴口罩與手套的大叔，直接用手搓揉黏呼呼的麵團。

「到底大老遠跑來這種地方幹嘛？」

讓人忍不住想這麼說。

不過，撕開剛出爐的麵包扔進自己嘴裡，想必是在日本的麵包工廠絕對無法體會到的經驗。我們的胃裡，當然也有大叔手上的細菌，不過，也因為這樣，我們養成了鋼鐵胃腸。

學校沒有運動場，因此體育課時是在學校前面的馬路直接鋪上墊子或放跳箱上課。馬路對面有塊空地，那裡堆滿附近居民丟棄的大量垃圾，成了被吸引而來的蟑螂與老鼠的溫床。到了夏天，連青蛙都會跑來覓食，因此我們稱呼那裡「地獄」。

上體育課時，偶爾有大批山羊過來。這時必須把體育道具搬開。山羊不會想著「學生們還在等著，咱們必須趕快走」，所以一下子啃啃空地冒出來的野草，一下子翻翻垃圾，非常悠哉。趕山羊的大叔看起來也是不慌不忙，所以我們只好坐在墊子或跳箱的周圍，讓體育課中斷十分鐘甚至十五分鐘。就算山羊總算離開了，也會留下滿地糞便當成臨別紀念，所以往往我們還在清理善後時就已響起下課鐘聲。

在這樣的環境中，必須按照教科書上課的老師們想必很辛苦。但是，即便在我們看來也覺得老師很快樂。就拿淺田先生來說吧，他被埃及人的馬虎態度感染，有時就算上課鐘聲響了也遲遲不見他來教室，有時上課上煩了，他乾脆就去頂樓的視聽教室（頂著這個頭銜的三坪大小的房間）看日本卡通的錄影帶。

總之，我們處於非常自由的環境。

這樣的環境，也對姊姊帶來良好的影響。

上學第一天，姊姊被媽媽告誡半天，還給她穿上筆挺的白色襯衫和深藍色及膝裙。蓬亂的頭髮被梳理整齊，在腦後紮起。露出的膝蓋以及乾瘦的脖頸，雖然還散發「神木」氣質，但若是遠看，姊姊就像是個大家閨秀。

姊姊當然對自己的裝扮感到害羞。但是，轉學第一天，她班上的男同學就對她說：

「妳的衣服很優雅。」

對姊姊而言，這樣被同班同學誇獎，不，說不定被別人誇獎這件事本身，都是有生以來頭一遭的經驗。而且是用「妳的衣服很優雅」這麼洗鍊的言詞。

姊姊的同班同學有四個，大家都非常成熟。那，也是日本人學校的特徵之一。當然，也有些學生永遠都脫離不了孩子氣，也有學生明明已經上國中了卻不分對象只想撒嬌。不過，就大致上的印象而言，大家都很成熟。

理由之一，就在於我們小孩與大人的距離很近。在這裡你的同班同學的父親可能就是學校老師，所以只教導少數學生的教師與我們的距離，是日本的學校難以相比的。教師談論自己的私事是很普通的現象，基本上，教師和我們的父母也都認識。而且，不是基於「教師」與「學生家長」的關係，是「同樣住在異國的日本同胞」這種關係。

在開羅，有日本人同鄉會。大人們會為了各種活動頻頻碰面。即使不參加日本人同鄉會的聚會，日本人居住的地區本就有限，賣日本食物的店也只有幾家。要想徹底避開日本人，或者不借助日本人的力量過生活，幾乎是不可能的事。

淺田先生及其他老師就曾來我家喝酒。自己的班導師，居然在我家喝得滿臉通紅醉醺醺。因此我們早早就知道，教師不是「教師」這種生物，是「成為教師的普通人」。或也因此，老師們都把我們學生當成大人看待。以先生小姐的方式稱呼便是出於這種態度，就連上課方式及校園生活也都會一一與我們商量。

大人認真地找我們商量，小孩多半都很高興。而且為了回報大人的信賴，會拚命用自己的腦袋開始思考。所以只要在日本人學校待上一年，孩子們大抵都會變得比較成熟。

所以，用大人的方式讚美姊姊服裝的男孩子——牧田先生，並非特殊學生。姊姊的同班同學，不會嘲笑姊姊是「神木」，也不會挖苦姊姊有點奇怪的標準語。

對於自己如此迅速被接納，姊姊起初有點不知所措，但她已成熟到起碼可以坦率地高興了。當然，姊姊還是一樣抱有想扮演少數派的願望，所以得知同學都講標準語後，她就開始講關西腔。

有時在走廊遇見姊姊，看到她用「不知道（知らんがな）」或「是喔？（そうなん？）」這種關西腔說話，我都會渾身不自在。

而姊姊自己，大概也不好意思講關西腔時被我撞見，所以眼角餘光捕捉到我的身影時，就會立刻閉嘴。但是，不知不覺她也習慣了，養成在學校講關西腔，在家講標準語這種莫名其妙的模式。

而且——若說當然的確是理所當然的結果，姊姊好像喜歡上牧田先生了。當然，姊姊並沒有直接對我這麼說。但是，她不再穿奇裝異服就是最好的證據。遇到能夠自然認同自己的男孩子後，姊姊斷然捨棄了過去的信念。

這個變化，我媽當然樂見其成。

因為姊姊不再穿她不知從哪找來的破爛工作服，或是把爸爸的襯衫撕破改成的衣服，她開始穿上媽媽替她挑選的衣服。媽媽這下子可來勁了。她頻繁上街採購，替姊姊選購雪白的亞麻襯衫，以及紅色的塔夫綢圓裙。

雖然有這樣的變化，但姊姊與媽媽的關係並未戲劇化地改善。姊姊依舊對媽媽很冷漠，晚餐也像小雞啄米只吃一點點，但光是肯穿上媽媽買的衣服，就已是很大很大的進步了。

我把那個變化看得非常單純，但那麼頑固的姊姊，或許還是有除此之外的理由。姊姊想必還記得，抵達開羅機場的那一天與她在廁所一起共患難的媽媽，還有面對金字塔大為亢奮，不禁手牽手拍照的媽媽。

姊姊以她自己的方式，開始走向媽媽。

因此，我們家在開羅的生活，伴隨許多驚奇，幾乎是健全地，而且開朗地度過。

而且過了幾個月之後，我們全家都變得非常喜歡埃及人的性格，撇開有時會思念日本食物不談，我們慢慢地打從心底享受開羅的生活。

14

在埃及，也有冬天。

我媽原本以為埃及就等於沙漠國家，也就是四季如夏的國家，如今發現這個事實好像令她很焦慮。她急忙寫信給夏枝姨，請阿姨把我們的冬裝都寄來。

夏枝姨好像會定期過去日本的家替我們打開窗子透透氣，或是做點簡單的清掃，有時也會在那裡過夜。

媽媽打從心底信賴夏枝姨。

「家裡交給小夏就絕對沒問題。」

我們一致同意。

打開阿姨寄來的紙箱，頓時有股懷念的氣息瀰漫。那是日本的家的味道。正確說來其實是與冬裝一起裝箱的防蟲劑的味道，但是對於小時候玩躲貓貓經常躲進衣櫃的我而言，那是懷念的幼年時代的氣味。

夏枝姨除了冬裝還附了一封信，我媽把那封信念給我們聽。信上說外婆與矢田嬸都很平安。信上還說，之前因為生活繁忙沒甚麼時間寫信，但今後打算勤快地寫信。

我看著媽媽朗讀夏枝姨寫的字，一邊茫然思忖姊姊房間的卷貝不知怎樣了。以夏枝姨勤快的個性，說不定不惜刮掉一層牆壁也要把卷貝清除乾淨，也或許，她會非常佩服我姊的壯舉，所以決心原封不動地保存下來。這麼一想，我漸漸覺得除此之外別無可能。雖然有點脫離常軌，但夏枝姨向來對我們做的事都是持肯定的態度。看到我姊耗費數年心血打造的卷貝王國（這樣稱呼正確嗎？），她肯定只會率直地贊嘆不已。

我媽讀信時，我姊就以手托腮坐在沙發上。

姊姊非常喜歡這張沙發。除了第一天，之後她都不吃早餐，只喝媽媽泡的紅茶。姊姊會在早晨坐在那張沙發上，以令人忍俊不禁的優雅姿態喝紅茶。不知不覺那個位子已固定成為姊姊的位子。

姊姊一邊聆聽媽媽的聲音，一邊拿手指撫摸沙發，不時還在衝動驅使下用指甲摳沙發。想必，她是對初戀感到困惑吧。

至於我，我沒有喜歡上任何一個女生。我們班上有七個女生，但是，沒有人能夠像宮川早紀那樣決定性地抓住我的心。在那時候，還沒有。

相對的，發生了一件對我非常重要的大事。我在學校交到好朋友了。

那個朋友叫做向井輝美。不是女的，是男的。

當「向井先生」做自我介紹時，明明不關我的事，我卻捏了把冷汗。我暗自祈禱：神啊，請不要讓任何人笑出來，請不要嘲笑他的名字。

明明是男生，居然叫做輝美！

但我的祈禱是杞人憂天。首先，從他入學，到我加入的那半年之中，他早已因為女性化的名字被人再三調侃了，第二，到了第二學期，他已養成讓人無法再嘲弄譏笑他的領袖風範。

向井並非身材高大或特別英俊。但是，他擁有小學一年級學生不該有的銳利眼光。也有點所謂的壞痞子氣質，但更重要的是他看起來很聰明，總之給人的感覺就是他知道我們不知道的某些事。

向井留著像香菇一樣的馬桶蓋髮型。而且，值得驚訝的是，他的衣服顯然是女生的。例如輕飄飄的白襯衫，下襬綴有蕾絲的開襟針織衫等等。雖然還不至於穿裙子，但口袋縫的貼布往往是可愛的草莓圖案，反折的下襬還會露出粉紅色的格子圖案。

那種女孩子的要素，是向井母親的喜好。不過，並不是常見的那種例子裡，做母親的渴望有個女兒，不幸生下來的是男孩，於是只好讓他穿女生的衣服滿足自己。

向井上面還有兩個姊姊。一個在我姊的班級，一個在三年級的班級。名字分別叫做向井真珠、向井翡翠。也就是說，向井的母親早已經有兩個女兒了。她沒道理渴望向井扮演一個女孩子。

真珠，翡翠，輝美。

三姊弟的母親，一如她給孩子們取的名字，好像只是特別喜愛閃閃發亮的事物而已。向井的兩個姊姊都穿著宛如少女漫畫裡的蕾絲洋裝，而且明明是小學生，卻戴著漂亮的戒指。

我最驚訝的是，對於母親的那種喜好，向井居然完全不排斥。正如我前面所說，向井擁有異常銳利的眼光，在同學之中，是最有男子氣概的男生。賽跑也是第一名，而且比班上任何人更會使用「少煩啦」、「累斃了」這類男生用的字眼。

那樣的向井本該對自己的名字、馬桶蓋髮型，以及紅色背包、不時穿來上學的粉紅色毛衣等等東西徹底唾棄，可是不知何故，對於自己的外貌與母親的喜好，他徹底保持冷眼旁觀的態度。

有時，也會有學生嘲笑向井充滿少女風格的服裝及便當的菜色（例如用小番茄和雞蛋拼湊成公主的模樣），但是被向井「那又怎樣？」這麼一瞪，立刻不敢再開口，而且對於只用一句話就能夠讓對方閉嘴的向井，大家還會覺得「好有男子氣概」。

我也認為向井相當有男子氣概。不過，那不是像其他人那樣，針對向井發飆時露出的眼神與男性化態度所做的讚美之詞。是針對他心甘情願接受母親給他穿的女性化服裝，以及被母親梳理得光滑水亮的馬桶蓋髮型的那種態度。

因為我已經見過太多小孩在無法稱心如意時只會使性子鬧脾氣。

那些行為，我覺得非常丟臉。雖然我媽沒有做出給我穿女生衣服的離譜舉動，但是關於服裝及身邊的生活用品我同樣毫無決定權——我坦然接受這個事實，一次也沒有鬧過脾氣（我自認沒有）。

向井展現的態度，是我所知最寬容的接納。「區區服裝與髮型不會動搖自己」的自信也很耀眼。那種自信，或許才是最有男子氣概的東西。

是向井先主動與我搭話的。做過自我介紹的幾天後，他在校車上坐在我旁邊，體育課時，必須兩人一組做體操時，他主動拍我的肩膀。如今想來，或許向井也已察覺，我對他的名字並未報以露骨的好奇眼神（其實心裡很驚慌），而且隱約還有點尊敬他。

我們從一開始就很契合。我本來就很被動，對於想掌控全場的他來說肯定是最佳拍檔，而我，也覺得有事事率先做決定的他在場格外輕鬆。

他住在距離我家以大人的腳程約需十五分鐘的地區。那個距離讓小孩子獨自行走，我覺得很恐怖。因為到處都有埃及人只要看到日本小孩，不管三七二十一就會過來搭訕，而且還得穿越不守交通信號規則的車輛高速駛過的七月二十六日大道。

但是，在我們結為好友的數週之後，向井已經可以一個人來我家玩了。而且等到冬天來臨時，我也被他帶著，開始玩遍我們住的那個地區的各種場所了。

我們住的區域叫做沙馬雷克（Zamalek）地區，位於尼羅河上的格吉拉島（Gezirah）上。原本，在英國將埃及納入殖民地時，此地就是英國人居住的地區。只見歐式風格的建築物林立，在開羅算是高級住宅區。有大使館與植物園，不只是日本人，也住了許多英國人以及其他國家的人。

因此，媽媽們認為此地治安良好，應該也沒有甚麼危險。向井的母親自然不用說，就連我媽也沒有阻止我們單獨上街玩耍。所以，我們天天自由自在地流連街頭。

向井從四歲就住在開羅。他好像跟我姊以前一樣，就讀當地的美國人出資創辦的幼稚園，然後進入日本人學校。所以他會講英語（姊姊一回到日本，就把英語忘得一乾二淨了），對沙馬雷克這一帶也瞭如指掌。

羅馬尼亞大使館的衛兵有時會同意讓我們摸他們的槍，位於巴西街的公寓管理員鼻子很扁，火焰樹的葉子乾燥掉落後踩起來會發出非常爽快的啪擦聲等等，當時的我，關於沙馬雷克地區的一切，幾乎都是從他那裡學來的——直到某個人物出現。

我對四歲就居住此地的向井當然很尊敬，但在同時，也對某件事有點害怕。比我們先來到開羅，也就表示向井會比我們先回去日本。

在我入學的第二學期，就有三個學生離開。我早就聽我爸說過，我們大概會在開羅待四年，所以我以為別人也是如此。實際上，有的學生不到兩年就回國了，也有的學生住了八年之久，但當時的我，還沒有足夠的智慧判別每個人的狀況。

總之向井比我先來到開羅，那表示向井肯定會撇下我先回日本。我很排斥那個事實。那意味著，自己將被拋棄。

向井的父親和家人分居，獨自住在肯亞。向井家在來到開羅前，住在奈及利亞。他父親任職土木方面的企業，據說專門負責非洲諸國的公共基礎建設。

來開羅之前本來是全家一起生活，但是肯亞的治安令人憂心，再加上他母親喜歡開羅，尤其是這個洋溢歐洲氛圍的沙馬雷克地區，最後他父親只好隻身赴任。

向井的母親看起來不像是會給兩個姊姊及向井穿這種少女風格服裝的人。換言之，是個很普通的母親。她和向井一樣，身材非常嬌小，但是頭髮剪得很短，穿著色彩晦暗的服裝。她對自己的外貌似乎毫不關心，她的關心，幾乎全部傾注在女兒和兒子身上。向井的衣櫃裡放著數不清的女性化服裝，但是對於向井說出「搞屁啊」及「少囉嗦」這種男性化的言詞，或是在沙馬雷克街頭流連，他母親似乎完全無意阻止。不僅不阻止，她甚至還會說：

「男孩子就該像個男孩子。」

搞得我幾乎精神錯亂。

他母親允許向井直接拿起瓶子喝Evian礦泉水（在我家絕對不可能），看到他把零食塞滿整個嘴巴時，也只是指著他哈哈大笑。而且當向井要跟我出門時，她會把向井的頭髮梳理到發出光澤為止，還給他穿上粉紅色或淺紫色的外套，別提有多可笑了。

說到可笑，不管我們講話多麼粗俗或者邊走路邊吐口水，但我們始終堅持互稱對方「向井先生」、「圷先生」。

「你別傻了，圷先生。」

「我看向井先生你才傻咧。」

這樣的對話，在我們之間穿梭。

向井與他那個隻身赴任的父親，從四歲算來，這三年好像只見過兩次面。一次是在開羅，還有一次據說是在肯亞。

「我去了肯亞的大草原旅行。搭乘沒有窗戶的吉普車，忽然有這──麼大的獅子離我這──麼近！」

向井說話時，每次總是夾雜大動作的手勢。他個子雖小，但是因為有那些手勢，他的敘述對我來說，聽起來永遠是規模大得要命的精采冒險奇譚。

「那隻獅子撲過來之後，我朝牠的眼睛一踢！獅子就落荒而逃了！」

雖然規模太大，偶爾會出現吹牛的失態，但我還是很喜歡向井。

向井和我經常一起去格吉拉運動俱樂部玩。

雖然稱為運動俱樂部，但各位千萬別想像成日本的那種小玩意。這裡有騎馬場、高爾夫球場、網球場、兩座游泳池、足球場，舉凡你能夠想到的，任何運動都能進行，是個夢幻般的俱樂部。雖然高爾夫球場散落鴿子與貓咪的糞便，游泳池的水也很混濁，但這畢竟是只有會員才能夠加入的高級俱樂部。

我拿到會員證後，與向井三天兩頭泡在運動俱樂部裡。我們住的小島本身叫做格吉拉，但我們稱呼這個運動俱樂部格吉拉。因為這個名字很有趣[5]，起初，向井只要一說：

「去格吉拉吧！」

我倆就會笑得東倒西歪。

我們在格吉拉做些甚麼呢？夏天幾乎都在游泳（起初遭受結膜炎的洗禮），其他的季節，我們會爬上被稱為鬼樹的大樹，或者在足球場旁的草原跑來跑去，在騎馬場參觀奔馳的馬兒。爸媽說高爾夫球場很危險不准我們接近，但我們會偷偷溜進去，偷拿別人打歪的高爾夫球。

雖然多半是兩個人玩，不過我們也經常和班上同學一起玩。班上男生包括我共有七人。雖然很少全體到齊，但某天和其中三人一起玩，隔天再和另外三人玩，這樣就已是全部了。這種時候，向井會發揮他的領導能力，明確又迅速地決定我們現在應該玩甚麼。我們總是和平相處。

比方說，我們會捕捉在草原上飛來飛去的小蚱蜢，扯掉翅膀後集中在一個地方。最會抓蚱蜢的，是杉山先生。杉山先生長得白白胖胖的，乍看之下就像個小胖妹。但他的動作非常敏捷，有時賽跑連向井都會輸給他。

5：可能是因為與日本最經典的大怪獸哥吉拉發音近似。

我們也會利用偷撿回來的高爾夫球發明新遊戲，是「一二三木頭人」的變化版。當鬼的人把自己的臉埋在樹幹上，大喊「高爾夫球很硬」。期間，其他幾人要接近鬼，當鬼回頭時，大家必須立刻停止動作。鬼會把手裡的高爾夫球滾出去，球碰到誰，那個人就要接著當鬼。

遊戲越變越激烈，最後甚至演變成用力丟出高爾夫球。有一次，班上個子最高的青柳先生丟出的高爾夫球，直接命中雙胞胎能見兄弟之一的茂先生的腦袋，弄得頭破血流，從此這個遊戲遭到嚴格禁止（唯有對能見兄弟，我們不是喊能見先生，而是分別喊茂先生、敦先生）。

去戲弄在網球場打網球的白人這個主意，是森見里先生提出的。我們一邊假裝替他們的比賽加油，一邊用日語不停罵他們。白人轉向我們時，我們就滿面笑容地拚命揮手，笑著大叫「臭傢伙！」「死胖子！」等等。想出最骯髒的罵人字眼的，還是向井。他想出的是「雞雞細菌」。那個字眼具有的可笑與破壞力，令我們捧腹大笑。敦先生甚至笑得太用力有點漏尿。

我們置身在無限狹小的世界。正因狹小，所以凝聚力非常堅固。

最重要的是，在這種人數寥寥無幾的團體一同待上數年（這裡本來就不會像日本那樣重新分班），並在數年之後分道揚鑣的命運，將會確實來臨。

找遍整個日本人學校，也沒有一個小孩會永遠住在埃及。我們遲早都要回國。不是因為畢業，不是因為父母草率的離婚，別離會確實來臨。

在這裡的人，都是有一天會再也見不到的朋友。

年幼的我們，已隱約明白了這點。正因如此，我們很珍惜這段時光。每一剎那，都在我們的內心冒出火花，正因它永難再現，光芒更加強烈。

前面寫到我們很喜歡埃及人，但另一方面，我也懷抱著某種心情：有件事令我非常困擾。

那就是與本地小孩的相處模式。

日本人學校的周圍，經常有小孩成群徘徊。因為附近就有埃及人的小學。

埃及人本就黏人，何況是埃及小孩。對我們自然不可能不感興趣。

我們上下學是坐校車。早上，校車一在校門口停車，就會有一群男生跑來拍打校車的車身。那群男生虎視眈眈地看著我們下車，我們不得不一邊聽他們連珠炮似地發話，或是像拍打校車一樣被他們拍打，一邊穿過校門。我們簡直就像藝人。放學也是如此。他們知道我們的回家時間，因此會特地守在那裡等候。然後，當我們上車時就大聲模仿我們講話或是拉扯我們的手臂。

他們純粹只是在戲弄我們。但是，對我而言，那是標準的恐怖體驗。同齡的小孩還好，問題是對方若是高年級的男生，不僅個子高大，有些甚至已經長鬍子了。

有時他們會指著我笑，每次，我都恨不得把身子縮到不能再小。雖然不知道他們在笑甚麼，但當著大家的面被嘲笑是一種屈辱，而且我也完全不知道該採取甚麼樣的態度回應。

我的同學會同樣拍窗反擊。至於向井，有時還會把被拉住的手臂甩開，對他們大罵髒話。我們喊他們「埃及仔」。低年級學生幾乎全體都對埃及仔擺出對戰架勢，但是，我做不到。我認為那樣做反而只會煽動對方的亢奮，實際上也的確如此。大家越採取反擊，埃及仔就越喜歡嘲笑我們，大聲叫囂。

至於成熟的高年級學生，自然不會像我的同學那麼幼稚。但是，在應對方面，好像並沒有找到積極的解決之道。就我所觀察到的，有幾人會對他們豎起中指，用日語譏嘲他們，但大多數學生好像打定主意「總之置之不理就對了」。

我經常在想，要是大人肯開口警告一下他們就好了。我指的大人，並不只是教師。校車司機與被稱為車掌的埃及人也在場。但是，他們從來不會出面喝止孩子們的胡鬧，好像完全任由我們小孩自己應付。

如今想來，大人或許也很為難。對方是黏人的埃及人，而且或許也認為，小孩子之間的關係，大人不該插嘴干涉。說不定，這會是與當地小孩接觸的好機會，反正總而言之，老師就是無法責罵本地的小孩。說不定也與本地的學校老師有關，基本上身為住在埃及的日本人，或許也有某種想法。那或許是身為教育者的矜持，也可能有個人的想法問題。

不過，大家似乎有共識，總之就是不能公然責罵本地小孩。雖然埃及仔難以置信地黏人，但對教育者而言，也有遠比在日本時更強烈的「別人家的小孩」之感。

司機和車掌是埃及人，所以比起學校老師，應該更容易和本地小孩打交道。就像司機，埃及仔如果拍打校車車身，他會打開車窗怒吼；如果小孩找車掌講話，車掌也會用略嫌粗魯的阿拉伯語回答。但是，他們說穿了畢竟是被日本人學校雇用的員工。想必認為與其惹出麻煩，還是靜觀其變比較好。當時，日本人學校對埃及人而言是條件優渥的職場。所以，他們並未主動出面幫助我們。和日本人學校的教育方針一樣，盡量把決定權交到我們自己手上。

正如前面也提過的，我的同班同學幾乎都轉而採取反擊，但我做不到。打從我誕生人世的那一刻起，就目睹身邊的人隨時保持備戰狀態，而我自己為了避免重蹈覆轍，一向採取息事寧人的態度生活，這些因素的確完美控制了我的行動，但更重要的是，與埃及仔打交道，對我來說很困難。

不管怎樣，我決定效法高年級的態度，對他們置之不理。雖然語言不通，但他們想必不分有無惡意都是在調侃我們。除非誠摯的發問或打招呼，否則應該可以一概漠視，這麼做應該可以被原諒。我害怕的，當然是自己受到傷害，但更重要的是，我怕傷了他們的心。

那不是出於我的善良。不知為何，反正我就是覺得不可以傷害埃及仔，可以的話最好和平相處，如果實在做不到，至少也不該把場面搞得太難看。

但是，埃及仔還好。問題是路旁的小孩。

換言之，是那些無法上學的孩子。

有的小孩和我們年紀差不多，有的小孩還在蹣跚學步，也有的小孩已經長鬍子。大家都穿著過大的骯髒涼鞋，或者打赤腳走在路上，拿棍子翻撿扔棄在空地上的垃圾，或者爭相搶奪不知從哪兒得來的埃及糕點。當我們從學校出來，他們就會叫嚷我們聽不懂的話，爭相聚集過來。

大人對待「他們」，倒是毫不客氣地怒吼。因為「他們」很髒、很臭，還很粗魯。

同學看到「他們」過來，就會捏著鼻子喊著「臭死了！」。不是慌忙跳上校車，就是逃進學校。有種埃及仔難以比擬的危機感。就連埃及仔，也對「他們」既害怕又厭惡。當「他們」出現時，我們與埃及仔之間，甚至好像產生了一種類似同仇敵愾的奇妙連帶感。

而我，始終拿不定主意該如何對待「他們」。我已決定對埃及仔置之不理，但是當「他們」大聲對我說話時，我就是沒辦法置之不理，即使可以置之不理，當我鑽上校車時，心頭也會陣陣刺痛。我經常因為受不了那種心頭刺痛，對他們曖昧微笑。

見我一笑，「他們」之中的某幾人也對我笑了。看到那個笑容，我的心情驚人地豁然開朗，這個契機令「他們」開始積極試圖與我打交道，恐懼以及難以形容的反感卻讓我縮緊身體。既然知道會變成這樣，不要特地對他們笑就沒事了，可每當看到「他們」，我還是會不由自主擠出微笑。

我這種態度，被向井眼尖地發現。

「圷先生為什麼要笑？那些傢伙是敵人耶。」

可是，就算「他們」真的是敵人，不，正因為是敵人，我更要卑屈地對他們微笑。我就像是還沒遭到攻擊便已主動露出肚皮的膽小狗。

但是，在那時，我還愛著這樣的自己。即使那不是出於善良，但我完全沒理由和埃及的小孩吵架，世界上也沒有那種對人微笑是壞事的價值觀。尤其是對「他們」那樣的小孩。

然而，有一天，發生了一起事件令我從此徹底對自己這種作法感到羞恥。

那天我和我媽上街買東西。

七月二十六日大道沿路有許多商店。我媽初來此地時，就是在這條街上買到有頭的死雞。

我媽走進的服裝店，店面很深卻沒有窗子，因此店內光線昏暗。商品也寥寥無幾，就我目光所及，只放著幾條同樣款式的裙子，貨架上好像到處都出現空洞。但媽媽還是很善於尋找自己中意的東西。她從為數不多的商品中找到一條褐色的寬大皮帶。服裝店的袋子上印刷著古埃及女王娜芙蒂蒂（Nefertiti）的肖像。

就在我們走出服裝店時。幾個埃及小孩圍繞在我們四周。

不用看就已先憑氣味知道，那是「沒有上學的小孩」——是「他們」的氣味。我跟在媽媽身後不遠處。隔著媽媽看到五個小孩，每個小孩都比我大一點。大家都穿著髒兮兮的過大衣服，其中三個打赤腳，另外兩個穿的是大人的涼鞋。

等我回過神時，已經在卑屈地微笑了。

在一瞬間陷入恐懼的我，唯一能做的只有這樣。

「他們」對我們產生興趣，而且試圖與我們進行某種接觸，而且，「他們」與我有壓倒性的差異，這些都令我恐懼。

「髒死了，走開！」

這時，我媽的聲音響起。

事情發生得太突然，一瞬間，我不明白媽媽在說甚麼。我反彈似地仰望她，只見她像驅趕野狗似地揮手，正在趕走「他們」。

我的心頭，彷彿遭到巨大的力量壓迫。

「走開！」

但「他們」還是不肯放棄。「他們」對我媽露出笑容，想拉我的手臂。和渾身哆嗦的我不同，我媽用力拍開那隻手。

「不准碰！」

如此好戰的媽媽，我從未見過。

或許是被我媽凌厲的氣勢震懾，「他們」終於離開我們。

我的心臟撲通撲通跳得好快。衝擊往我襲來，始終不肯離去。

「他們」稍微拉開距離，跟在我們後面。我媽拽著我的手快步往前走。然後，當她發現「他們」尾隨在後，她轉過身，

「不准跟來！」

她尖叫著再次警告。

「他們」像我一樣卑屈，嘻嘻笑著。我討厭看到那種笑容。我寧願「他們」朝我吐口水。但是「他們」如果那樣做，我無法想像媽媽會有多麼生氣。我一再轉頭偷瞄「他們」。

「他們」之中，只有一個小孩沒有笑。是五人當中最小的男孩。

我和那孩子四目相接，情急之下不禁笑了。

被媽媽拽著手，我拚命擠出笑容。那，或許是我個人努力試圖表達的「對不起」，也或許不是。我只知道，我的笑容，比過去擠出的任何笑容都要更卑屈。

結果那孩子朝我吐口水。

白色的泡沫，啪地黏在地上，汙染了地面。

嘻嘻笑的成群男孩中，唯有那孩子燃燒熊熊怒火。

我大受打擊。幾秒鐘前，我還在想「寧願讓他們朝我吐口水」，但實際遭到這種待遇時的

打擊，超乎想像。吐在地上的白色口水，比直接汙染我更強烈地傷害了我。

我媽的做法是不對的。這點我承認。

但是，她的行為幾乎令我有點感動。

其實，我的想法也跟她一樣。「髒死了」。「別碰我」。但是，我以為「那種想法，是絕對不該有的」。雖然沒人這麼教過我，但是對於埃及小孩，尤其是無法上學，過著等同乞丐生活的「他們」，我以為絕對不可以高高在上地鄙視他們。

我對你們沒有惡意，我沒有瞧不起你們——我說不出這種話，於是我用笑容代替。而「他們」見了我的笑容便歡喜接近，卻又令我恐懼得渾身哆嗦。我在心中大叫：「別過來！」

對我吐口水的那個小孩，察覺了我的笑容代表的意義。

他知道到頭來，我還是瞧不起他們。

他知道我把他們當成很棘手、與自己不同等級的人。

我媽的做法絕對有錯，但雖然有錯，卻很真實。她的行為也許會讓別人貶低自己，但是我媽與他們站在同樣的地平線。我媽用那種會被抨擊「那是絕對不該做的行為」、「真是低劣的人」的做法，大聲叫喊。

可是，我卻躲在安全的場所，躲在不會被任何人丟石頭的場所擠出笑容，同時卻壓倒性地瞧不起他們。在比我媽更深層的意識中。

自己的行為，令我萬分羞恥。一旦開始這麼想，拜我爸所賜得以住在大房子、得以上學……一切的一切都變得很可恥。

我與「他們」，到底有甚麼不同？

是甚麼樣的差異，造成這樣的現實？

待在開羅的期間，我媽天真無邪、直來直往的個性一直沒有變，我面對「他們」時感到的這種心虛、羞恥，也始終不曾消失。

每天，我都祈禱不要見到「他們」。而我的祈禱，也絕對不會實現。每天，我都會遇見某個「他們」，並且一次又一次繼續卑屈地微笑。

16

我們在開羅的四年期間，去了許多國家。尤其是歐洲，隔著地中海近在咫尺，因此去歐洲就像是去附近逛一下，我們來來去去了好多次。如今想來，簡直奢侈得誇張。而且，難以置信的是，當時的我其實並沒有那麼期待歐洲旅行。

沒辦法，我畢竟還年幼。比起在巴黎吃高級大餐，儲藏在廚房的日本泡麵更珍貴，比起在米蘭購物，我更想回日本盡情地看電視。

更重要的是，即便四處瀏覽各種古蹟也得不到比金字塔更大的衝擊，我還是想說這是一種不幸。我沒見過比金字塔更大的建築，也沒見過比尼羅河更大的河流。

不過，全家旅行還是很快樂。去旅行之前，我們總是會進行家族會議。晚上時，我們會在爸媽的床上。爸媽的床是超大尺寸，就算我們全家都躺上去也足夠寬敞。

爸爸攤開旅遊簡介，問我們想去哪裡，想做些甚麼。姊姊回答：「教堂。」媽媽始終堅持：「去購物！」媽媽在我們圷家，是獨樹一格的俗人。正因如此，她也是比任何人都更能夠享受旅行的人。

而我，沒有想去的地方，也沒有特別想做的事。我唯一想去的地方，是日本。

有趣的卡通，好吃的零食，最最令我懷念的，是生雞蛋拌飯。在開羅，沒有吃生雞蛋的習慣。我們能做的只是把勉強算是半熟的炒蛋放在飯上，澆上醬油（那個醬油也是非常珍貴！）聊勝於無。想當然耳，那和生雞蛋拌飯並不一樣。完全不一樣。

在這種情況下，甚至有日本人因為太想吃生雞蛋拌飯，利用短暫回國的機會，在上飛機前購買生雞蛋，帶到飛機後上小心翼翼放在膝蓋上。生雞蛋拌飯，就是如此珍貴的食物。

關於生雞蛋拌飯，有件事令我難以忘懷。

某天，班上的女同學玉城真里菜邀我去她家。

體育課結束後，我正在學校的水龍頭洗手。為什麼會落單，我已不記得了。

忽然出現一個影子，我扭頭一看，玉城站在眼前。她是個身材高挑的女孩。膚色白皙，有著像是拿刀子割開般的細長眼睛。長髮及腰，沒有綁起來，所以在我們之間，其實偷偷喊她「幽靈」。

「圷先生，你喜歡生雞蛋拌飯嗎？」

她突然說出這種話，令我很錯愕。

「你喜歡生雞蛋拌飯嗎？」

她的表情非常認真。彷彿問出那個答案就是她的使命。

「嗯。」

被她的氣勢壓倒，我如此回答。於是她就像要宣布一件大事，

「我家有生雞蛋可以吃喔。」

她說。

「是我爸公司的人帶來的。是生的，所以食用期限頂多到後天。」

這時，我才察覺她是在邀請我去她家。老實說，我對她沒興趣，但對生雞蛋拌飯大有興趣。甚至該說，我想吃得要命。

「要不要來我家？」

於是，我答應了她的邀請。

她也同樣住在沙馬雷克地區。

看到開門的玉城時，我心裡暗叫不妙。她穿著平日在學校不會穿的那種淺紫色小禮服，就像鋼琴演奏會時穿的玩意。

在她身後，還站著她的母親。她母親也留著和她一樣的長頭髮，膚色白皙。兩人站在一起時，簡直像一對幽靈母女。

之後的事，我已不太記得。我想應該是被她帶去她那非常少女風格的房間，塞了一肚子她母親逐一送來的紅茶與蛋糕還有餅乾之類的東西。是的，並沒有生雞蛋拌飯。

玉城用生雞蛋拌飯引我上鉤！

我幾乎是抱著被揍了一頓的心情離開玉城家。八歲的我在那一瞬間學到，被人欺騙原來是這種心情。我恨玉城。

生雞蛋拌飯！

我對生雞蛋拌飯固然懷有強烈的憧憬，但那種情懷的背後，其實是對日本的憧憬。在日本人當中，有人每年回去一次，有時甚至會回去兩次，把日本的零食與衣服等各種東西偷偷帶回來。他們送的伴手禮，是我最期盼的禮物，而且新上市的零食，更是好吃得令我忍不住想吶喊這是人間該有的東西嗎。

我們圷家在居住開羅的日本人當中，算是回國次數少得極端的家庭。因為在四年的開羅生活中，我和爸媽只回去過一次，姊姊更是一次都沒有回去過。

理由之一是難得放長假時，媽媽不想浪費在已經很熟悉的日本，她更想去陌生的土地度假。

「瑞士！」

「西班牙！」

「義大利！」

媽媽想周遊各國，買各種衣服，吃各種美食。她簡直像個欲望無窮的年輕小姑娘。

在日本時，我家的經濟狀態不容許她奢華旅遊。但是，派駐海外代表可以存很多錢。會拿到過度充足的住宅補助金與派駐海外的津貼，尤其像開羅這種物價低廉的地區，薪水幾乎可以原封不動地保留。

爸爸容許了媽媽的奔放。媽媽比住在日本時花更多功夫打扮自己，活力充沛地流連街頭，驀然回神時她已成了日本同鄉會的名人。

見到大人時，我會被稱為「那個圷家的孩子」，那不是指我爸，而是指我媽。開羅時代的媽媽，想必是人生中最光輝燦爛的時期。諷刺的是，那個時代對媽媽來說，也是最痛苦的時代。

沒有中途回國的另一個理由，是因為我姊一點也不想回日本。她甚至討厭提到日本的話題。外婆和夏枝姨寫來的信她雖然會看，但絕對不會發表相關意見。

姊姊深愛兩人的事實並未改變。但是對姊姊來說，日本只是一個會讓她被戲稱為「神木」，被當成惡魔對待，充滿苦澀回憶的地方。

最重要的是，姊姊有牧田。姊姊的戀情雖在日後迎來悲傷的結果，但對她而言，牧田是第一個把她當人看待的人，而開羅，是她與那個牧田邂逅的浪漫之地。

對於無法回日本，最傷心的，其實是我。

開羅生活很快樂，甚至可以說過度快樂。但是，對我而言日本畢竟是故鄉，也是有快樂回憶的土地。

雖然無法回日本，但是滿足我思鄉之情的，是夏枝姨與外婆寄來的包裏。尤其是夏枝姨，她挑選的禮物顯然更針對我與我姊而非我爸我媽。大量的零食、日本正在流行的卡通錄影帶、我愛看的漫畫最新一集，諸如此類。

有時，心情善變的好美姨也會寄包裏來。好美姨寄來的東西，與夏枝姨成對比，幾乎都是給我爸我媽的東西。媽媽雖然不是會三天兩頭寫信道謝的那種人，但她心血來潮時，也會寄她在罕哈里里市場與沙馬雷克地區的商店購買的，充滿埃及風情的罕見民藝品與地毯、巨大畫作等等給阿姨。

有一天，好美姨寄來的包裹中，另外裝了一包東西。是裝在電器用品店的紙袋，用封箱膠帶牢牢包紮。紙袋上是好美姨的字跡，寫著「給小步」。

「那個，她說是義一和文也給你的。」

媽媽的話，令我的心臟撲通發出巨響。

那個包裹牢牢貼滿膠帶。彷彿裡面包裝著絕對不能摔破的國寶級珍寶。我察覺不對勁，拿起那個包裹，回到自己的房間。

辛苦拆開包裹後，裡面裝著匪夷所思的東西。

那是封面有裸男的雜誌。

當然，我立刻想起來開羅之前，義一與文也在我家和室打開雜誌的那一瞬間。我一直以為那或許是我在作夢。然而，那並不是夢，義一與文也當時的確在看那本雜誌。就在我家，而且還把那種照片給我看。

為什麼要這麼做？

我安靜地陷入恐慌。

這顯然是需要爸爸媽媽出手相助的事件。但我同樣也清楚知道，基於事件的性質，我絕對不能求助。

封面上的男人把光溜溜的屁股對著我，欲言又止地看著我。搞甚麼鬼，有生以來我第一次看到的黃色書刊，居然是這種東西！我衝進廁所。然後大吐特吐。嘔吐時，我也沒忘記打開廁所水龍頭，以免媽媽聽到聲音。如此細心周到的自己，非常可悲。

我把那本雜誌帶去學校。我是想給向井看，嚇他一跳，更重要的是我無法獨自藏著那個祕密。

向井看到封面第一眼的反應，正如我所預料。

「……！」

向井完全啞然。他瞪大雙眼，太陽穴暴起青筋，拿雜誌的手微微顫抖。我高興極了。我忽然閃過一個念頭：義一與文也當初看到我的反應時，或許也是這種心情吧？

我們把那本雜誌，藏在音樂教室最後方收納口風琴及鈴鼓等樂器的櫃子裡，塞在紙箱下面。因為我們沒見過老師碰這個紙箱，就算雜誌不幸被發現，只要我們不洩密，想必永遠不會被揭穿——這，是向井的說法。

然而，隔週的全校朝會上，發生令人驚訝的事件。

校長站在講台上，對我們如此宣告：

「我們在音樂教室發現不適合本校的雜誌。」

我的身體，從腳底開始發冷。

「是完全不適合本校的雜誌。」

校長好像很生氣，看起來非常生氣。校長是個中年大叔，身材細長。每次看到他的臉孔染上淡淡的粉紅色，我都會暗想：這個人好像火鶴。

「是甚麼雜誌？」

從五、六年級的隊伍，冒出一個聲音。

發話的不知是誰，但是，我對那人的勇氣驚嘆不已。校長朝聲音的來源看去，沉默片刻，之後低聲說：

「是我在這裡都不好意思說出口的低劣雜誌。」

大家開始低聲鼓譟。校長這次環視大家。

「是連碰都不想碰，非常低俗的雜誌。」

說不定，校長其實很想說出答案？那種不動聲色提供暗示的做法，令我開始起疑，但是學生之間已經開始竊竊私語。聽見「黃色」這個字眼時，我的膝蓋微微顫抖。

「我想對把那本雜誌帶來學校的同學說。」

校長說到這裡，深吸一口氣。

「你太猥瑣了！」

正忙著竊竊私語的全校學生，就像被潑冷水似地忽然安靜下來。校長在說甚麼，我無法理解。基本上光是要理解他那聲大吼是針對把雜誌帶來學校的人——也就是我，都讓我花了好幾秒鐘時間才理解。

這次事件後，在學校每個角落都可以聽見這句話。

「你太猥瑣了！」

那句話，彷彿擁有讓時間靜止的咒語魔力。

從此，向井看到我時都會垂下眼簾。

17

幾乎與「你太猥瑣了！」事件同一時間，我有了新的邂逅。

那天，我奉媽媽之命去附近超市買雞蛋。那家超市叫做陽光超市，我們通常簡稱為「陽超市」。規模雖小，商品種類卻很齊全。雖然完全沒有賣日本食品，卻有規模不大的玩具區與文具區，我很喜歡在那一區逛上好幾圈。

媽媽叫我買的，是一盒十二顆的褐色雞蛋。當我找到盒裝雞蛋朝它伸手時，同時也有一個人伸手。

那是雅各。

若是一對成年男女，這簡直是宿命性的邂逅。兩人想必會面紅耳赤，羞澀地互相注視對方。

可是，雅各也是男的。我是少年，他看起來比我大。結實的身材，穿著破舊的白色馬球衫，暗藍色棉質長褲。腳上是成年男人會穿的那種褐色涼鞋。

前面我長篇大論地提過我有多麼不善應付埃及小孩。

這時，我也同樣立刻擠出卑屈的笑容，同時打算把手裡的雞蛋禮讓給他。

若是一般埃及小孩，絕對會找我搭訕或是碰觸我的身體。我已有心理準備了，但雅各不同。他拿起雞蛋盒，微笑著遞給我。

錯愕的我不由自主接下雞蛋。雅各莞爾一笑，自己又拿了另一盒雞蛋。

當時他的笑容，令我難以忘懷。

那不是孩童把整張嘴咧得大大的笑法。是稍微挑起嘴角，一般稱做「微笑」的成年人笑法。而且，是非常高貴的成年人。

與他壯實的身體成對比，他的手指纖細、修長，而且只有小指頭的指甲留得特別長。那同樣令他看起來像個大人。

我向他道謝。

「修庫朗。」

他再次看著我，

「阿夫萬。」

他說不客氣。

我很害羞。高興之下，耳朵猛然發燙。

面對埃及的小孩，我第一次萌生這樣的心情。

雅各沒有讓我產生卑微的心情，他只是理直氣壯地站在那裡。雖然衣衫襤褸，但他舉止優雅，令人驚嘆。

等他颯爽地離開後，我偷偷觀察了一會。

和只買雞蛋的我不同，他還買了牛奶。就連他一一確認食用期限的模樣，都與卑微無緣。

雅各是因為需要那個才拿，他置身在那種完美的單純中。

我癡迷地看了他半晌。等我回過神時，我心想，可惡，自己這樣簡直像人妖。那一刻，在我腦海閃過的當然是那本雜誌。同時，想起向井的背叛，我的心頭一陣刺痛。想必是那個傷痕，令我採取那麼大膽的行動。

等他走出超市後，我偷偷跟蹤他。

正巧，他是朝我家的方向走去。所以這樣不算跟蹤，我也是要回家。我一邊這樣在心裡做出可笑的辯解，一邊走在他身後保持十五公尺的距離。

他好看地抬起右腳，從腳跟先著地。同時，左腳已優雅地抬起。換言之，他只是在走路而已。但是，他那種姿態看起來一點也不像小孩，有種難以形容的威嚴。

走出超市左轉後走兩條街，右轉就是我家的房子。沒想到他居然也在第二條街右轉。而且轉彎時，還瞄了我一眼。

四目相對時，我笑不出來。若是平時，我想必會卑微地微笑，想必會在情急之下露出牙齒。但是，雅各在看我，這件事令我喜出望外。

雅各看著我笑。那是非常美麗的笑容。

我再次被他的笑容射穿心房。我暗想，我要跟他說話。對埃及小孩產生這種想法，當然也是第一次。

後來我才知道，雅各就住在我家再過去幾條街的地方。

我倆成了朋友。

先說話的雖是雅各，卻是我促使他這麼做的。因為面對他的笑容，當時我吞吞吐吐扭扭捏捏，做出欲言又止的表情。那通常是埃及女生對我們流露的態度。對，我完全像個女生似的。

我們拿著雞蛋與牛奶，就在我家前面，聊了幾十分鐘。

我對阿拉伯語一竅不通，雅各也完全不懂日語。但是，我們使用彼此的母語和肢體語言比手畫腳，勉強得知彼此的姓名，還知道了我倆同年，我是兩年前住進這個房子，雅各是四年前搬來這裡居住等等。而且我們還約好，明天傍晚在這裡再次碰面。

回到家的我，滿心歡喜。

我很驚訝居然能夠如此簡單交到朋友，也很開心自己面對向來不善應付的埃及小孩，竟然能夠率直地產生「想成為朋友」的念頭。雖只是幾十分鐘的事，但雅各在我心中，已有了絕對性的重要地位。

在宛如初戀告白成功的興奮中，我拿著雞蛋去找澤娜布。

澤娜布應該正坐在廚房的桌前喝紅茶。每次結束一天的工作後，她都會在這張桌子喝紅茶，吃那種叫做艾西的埃及麵包。

澤娜布喝紅茶的方式很古怪。她不是把砂糖放進杯子，而是倒在碟子上，再把紅茶倒在碟子上喝。而且她放的砂糖分量非比尋常。埃及人熱愛甜食，例如我家附近蛋糕店賣的甜甜圈，那種甜度在日本簡直難以想像，不過，我們漸漸習慣了那種味道，甚至開始覺得日本清淡的甜甜圈不夠滋味了。

我幾乎是蹦蹦跳跳地前往廚房。這時，我媽的聲音從裡面傳來。

我立刻發現，我媽在哭。

我動彈不得。我從來沒見過媽媽哭泣的樣子。即便在姊姊最暴虐的時刻，也能肅穆地繼續打扮自己的媽媽，可以把爸爸罵得啞口無言，在面對埃及小孩時大喊「走開！」的那個媽媽，居然在低聲哭泣。

她的哭聲之間，傳來布料摩擦的聲音。想必是澤娜布在摩挲我媽的背部。

我轉身回到玄關。悄悄走到門外，一邊發出誇張的巨大聲響，一邊打開門。然後，我放聲大喊：

「我回來了！」

我等了一會，聽見我媽說「你回來了」。之後，澤娜布出現，笨拙地用日語對我說「你回來了」。我把雞蛋交給澤娜布，裝出若無其事的表情，躲回自己的房間。

我沒有勇氣直視媽媽的眼淚。

她的確在哭，但我怕親眼目睹後，那就會變成現實。

而且我在想，媽媽肯定也不希望被我看見她的眼淚吧。向來不肯在我們面前示弱的媽媽，不可能想讓我們看見她軟弱地縮成一團哭泣。那同樣也是我渴切的心願。

然而，我的心願落空，從此，媽媽屢屢在我面前流淚。

圷家的不穩定時代，即將揭開序幕。

起因，是一封信。

看到那封寫給圷憲太郎——也就是我爸——的信函寄信人姓名的那一刻起，開始了我媽，以及圷家的「不穩定」。而我，親身經歷了那個現場。

我家的房子沒有信箱。郵件都是郵差特地走到我家門口塞進門縫的，如果塞不進去時就按門鈴。正如澤娜布來上班時由我負責開門，收信也是由我負責。

我很喜歡大聲念出收到的郵件寄信人名。學校有英語課，我已經可以閱讀簡單的英文，而且當我唸出寄信人的英文拼音時，爸媽總是一再讚賞我，令我很開心。

我們收到的通常是航空信，而且是日本寄來的。「NATSUE IMABASHI（今橋夏枝）」這十四個字母，是我最常念到的英文。

爸媽的朋友不多。所以，幾乎從來沒有收過陌生人的來信。即便偶爾有，幾乎也都是爸爸公司的人。

那天收到的信，照例又是航空信。

當時爸媽在桌前吃早餐，姊姊坐在沙發的老位子，優雅地啜飲紅茶。

「信來囉。」

那是我個人表達「快看我！」的方式。爸媽當然如我所願地看向我。

翻到背面的信封，寫著我不認識的姓名。猶如學校老師的字跡，非常漂亮。一看就立刻知道是出自女人的手筆。

我唸出英文拼音時，我媽站起來了。她站起來的動作很粗魯，甚至令餐具發出「鏘！」的一聲巨響。我姊轉過頭，而我，也停止朗讀。

媽媽就那麼站著，哪裡也沒去。她的左手按著額頭，保持靜止。我立刻知道，發生不得了的大事了。我很想搶先道歉，但是，我甚至發不出聲音。結果，我只能求助地看著爸爸。

「給我。」

爸爸平靜地說。我覺得自己得救了，急忙把信遞給爸爸。彷彿，這封信是甚麼爆裂物品似的。這時，本來動也不動的媽媽，忽然一把從我手上把信搶去。

「奈緒子。」

爸爸的聲音，低沉，乾澀。

「是寄給你的。」

媽媽看著信封的正面。那裡，以同樣秀麗的字跡，寫著「TO KENTARO AKUTSU（圷憲太郎收）」。

媽媽把信扔向爸爸，就此走出餐廳。我像傻瓜似地呆立原地。爸爸撿起信，放進口袋。然後對我說：

「小步，快點吃早餐。」

錯的不是我，我這麼想。

但是，因為我念的那封信，造成如此不穩定的氛圍，這畢竟是事實。我忐忑不安地坐到桌前默默吃早餐。姊姊盯著爸爸看了一會，但爸爸似乎無意向姊姊說明事情原委。姊姊大概也知道這點。她立刻背對我，再次沉浸在只屬於她自己的世界。爸爸灌下即溶咖啡，不發一語地與來接他的喬爾相偕出門上班。

爸爸把門關上後，澤娜布才慢半拍地去玄關送行。或許是察覺到甚麼，她立刻走向媽媽待的寢室。而我，也被姊姊拉著，沒說「我去上學了」就離開家門。

前往校車停靠站的路上，我對姊姊說：

「不曉得出了甚麼事。」

姊姊已經中學一年級了。她又長高了，幾乎像外國人一樣高。她依舊吃得很少所以瘦巴巴，再加上或許沒有好好睡覺，眼睛底下還有黑眼圈。

「誰知道。反正他們一定會說那不是小孩該插嘴的事。」

姊姊用有點憤怒的語氣說。

從此，我盡量不去注視媽媽。

我怕媽媽再次粗暴地起身離席，也怕看到她朝爸爸丟東西。我全力試圖忘記那天早上的事。我努力告訴自己，媽媽並沒有變。

實際上，我也只看媽媽沒變的地方。

我一回家，媽媽就會打扮得光鮮亮麗迎接我，還會和她在開羅交到的朋友講很久的電話，把家事全部交給澤娜布處理，自己跑去游泳。看到沒變的媽媽，我的心總算安穩下來。

爸爸回來得晚，我們一家四口很少共進晚餐，但早餐向來是一起吃。媽媽再也沒有突然起身離席，但是，她始終不看爸爸的眼睛。我看到的，不是不肯與爸爸四目相接的媽媽，而是那個一如既往吃早餐喝紅茶的媽媽。

聽到我媽在廚房哭泣的聲音時，我第一個想法是：所以我才「不想看」。我希望媽媽還是以前的媽媽。我不希望她讓我看到哭泣的樣子。如果承認媽媽在哭，我覺得全家好像都會改變。我想讓她發現「我在這裡」。

我在這裡喔，所以請不要在我面前哭，請讓我覺得「一切都沒變」。

然而，媽媽已肆無忌憚。

她從前的開朗消失了，變得時常陷入沉默，眼睛發直地凝視某一點。即使我從她身旁經過，她也無意掩飾那種氛圍，就算我興奮地找她講話，她也不想隱藏消沉的心情。

媽媽「很不穩定」。那種「不穩定」甚至溢出廚房，侵入走廊與餐廳。已經無法再當作媽媽沒變了。

媽媽終於在客廳毫不掩飾地哭泣。一旦連客廳都被占領，「不穩定」好像就已充斥在整個家中。

我一走動，就會不小心撞上「不穩定」的絲線。每天，我覺得自己好像都會被那絲線絆倒。

不管外面的世界有多麼快樂，只要一回家，我就會被家中的「不穩定」絆倒。即便待在房間，即便在看錄影帶，只要在家中，我永遠會被那種絲線糾纏。而當我與那絲絲縷縷纏鬥時，竄入我耳中的，總是我媽的哭聲。

在沙發上雙手摀臉的媽媽身旁，必然坐著澤娜布。如今澤娜布比我姊更頻繁坐在沙發上。她會用大而厚實的手掌撫摸我媽的背部，有時也陪著一起哭。

而且她還一邊說著：

「夫人，夫人……」

我媽與澤娜布的年齡差距還不到母女那麼大，況且我媽是日本人，澤娜布是埃及人。但是，有時她倆看起來就像一對母女。

我無意安慰我媽。因為我根本不知道原因，況且我也沒有勇氣問，所以我不知從何安慰。

我只能盡量假裝沒有發現她的眼淚。

我比以前更努力扮演開朗活潑的小孩。為了甩開家中的「不穩定」，為了告訴自己我家沒有問題，我在家中總是嘻皮笑臉的，把在學校發生的事加倍誇張地說給大家聽。我竭盡全力，不斷從「不穩定」移開目光。

然而，想當然耳，「不穩定」並沒有放過我。

18

我為雅各著迷。

雅各真的很帥。

如果說，向井熟知沙馬雷克地區所有的路徑，那麼雅各對於沙馬雷克所有的網絡都瞭如指掌。他帶著我，我與向井走過的道路前方居然還有路可走，我們鑽進那條小巷子，前往意想不到的場所。不僅如此，他也帶領我享受在牆壁塗鴉的樂趣，把垃圾場的垃圾拿來焚燒的樂趣，以及走進店內，與店裡的大人平等對話的樂趣。

壯碩的身材與高貴的態度的確讓雅各看起來像個大人，但是更重要的是，他有種可以接納他人的度量。我們明明同年，他看起來卻像下定決心要保護我，而且我也完全信賴他。

不知不覺，我也想穿和他一樣的服裝，我開始吵著要爸爸已經不穿的馬球衫。媽媽嘆息我也變得像姊姊一樣，但是鬆垮垮的大衣服，對當時的我而言是最帥的打扮（可惜媽媽終究不答應讓我穿爸爸的涼鞋）。

我與雅各不時會交換衣服穿。我怕我媽會生氣，所以回家時必須換回原來的衣服，但是穿著雅各的衣服時，我感到自己好像得到了他的勇氣與智慧。衣服上，沾染了他的體味。對我來說，那比任何事物更能帶給我安心。

有時，我甚至捨不得洗澡。在我赤裸的身上，還留有雅各的味道。我不想洗去他的味道。

只要還能感到雅各的氣味，我覺得「不穩定」就不會侵犯到我身邊。

所以被媽媽命令著不甘不願地洗澡時，我非常不安。乾淨的身體鑽進乾淨的被窩固然很舒服，但也僅此而已。我把臉埋進枕頭，一邊回想與雅各共度的一天一邊墜入夢鄉，並且在睡著後夢見雅各。

我與雅各的交流溝通，有了飛躍的進步。

短短幾個月之後，我們幾乎已經可以不用肢體語言交談了，那真的很不可思議。至今，我還是不會說阿拉伯語。我也不認為當時的我會說。但是，我的確能夠與雅各對話，為雅各講的笑話發笑，向雅各提出問題，得到明確的回答。

有一天，我們用對講機玩耍。雖是對講機，其實只是塑膠做的玩具對講機，不過就算相隔數十公尺也有對話的功能。那是我大手筆揮霍零用錢在陽超市買來的。

我們各拿一支對講機，隔著馬路走在街道兩側。然後，一邊交換各種情報一邊在街頭探險，例如「小心有野狗出沒」、「小心賣花的大叔吐口水」、「小心前方有山羊屎」等等。換句話說，我們成功地只靠語言進行溝通。

我們之間，一定存在著只有我們才懂的語言。

不是阿拉伯語，不是日語，更不是英語，那是只有我與雅各才懂的語言。

有句道別的話，我到現在還記得。

「莎拉巴。」

我們道別，永遠是在我家門前。我們會舉起手，大喊：「莎拉巴！」起初，我們用的本來是阿拉伯語的「再見」，也就是「馬莎拉瑪」。被我開玩笑喊成「馬莎拉巴！」，之後才有了那個說法。

結合阿拉伯語的「馬莎拉瑪」與日語「再會（莎拉巴）」的「馬莎拉巴」，令我非常中意，但雅各只是單純地喜歡日語的「再會」。

「這是很美的字。」

不管我怎麼說「馬莎拉巴」，雅各還是頑固地說「莎拉巴」。

實際上，雅各說出的「莎拉巴」很美。

聽起來，簡直像是意思並非「再會」的另一種語言。彷彿蘊藏光輝的可能性，是閃閃發亮的三個字。

不知不覺我也效法雅各開始說「莎拉巴」。而且我們的「莎拉巴」，最後已不只是「再會」，還包含種種意思。那代表「明天見」、「保重」、「一言為定喔」、「祝你好運」、「神祝福你」，以及「我們是一體的」。

「莎拉巴」，是將我倆緊緊相繫的魔法咒語。

曾幾何時，即便雅各不在時我也開始說「莎拉巴」。有危機時，遇到甚麼好事時，換句話說，只要想到時我隨時都會說。只要默念那三個字，我就會感到雅各在我身邊。我就可以感到雅各的氣味、雅各的氛圍，而那令我安心。所以，我在家裡時最常說「莎拉巴」。

「莎拉巴」是只屬於我倆的字眼。

在我急速與雅各加深關係的同時，也逐漸與向井疏遠了。放學後，我幾乎天天都和雅各在一起，況且「你太猥瑣了！」事件的餘波，也依然在我與向井之間留有很大的疙瘩。

不過，我們倒也沒有反目成仇。有時我和班上同學還是會在格吉拉一起玩，也會去每個同學的家裡玩。和大家在一起時，我與向井的尷尬就沒那麼顯眼了。

有一次，大家在我家中庭玩耍時，雅各來了。我和雅各並沒有每天特別約定見面。有時雅各來我家時我不巧外出了，有時即使我站在外面等，雅各也沒有來。

我們沒有聯絡方式。

與向井和班上同學玩耍時，我們可以打電話到每個人家裡，但雅各與我，沒有那個選項。基本上，我甚至沒有告訴媽媽我和雅各成為好友。

雅各是個非常成熟的少年，頭腦聰明，相貌英俊，但他是埃及人。而且，想必不是甚麼富裕家庭的孩子。

雅各多半穿著我第一次見到他時的白色馬球衫或褐色襯衫，而且，每次都穿那雙涼鞋。雅各穿著那麼大的涼鞋還能跑得比我快，令我很崇拜，但是那雙涼鞋，在大人眼裡想必只是骯髒的普通涼鞋。那直接顯示出雅各的家庭環境。

向井他們至今還在和埃及仔持續進行攻防戰，把「他們」視為敵人。雅各不是「埃及仔」也不是「他們」，但我沒有足夠的智慧說明這件事。

我和向井他們正在中庭踢足球。我傾注全力滿場奔跑，射進球門後，我高興地與向井抱在一起。我很高興在睽違多日後還能夠坦然與向井相處。

雅各露面時，我正好閃過能見兄弟的防守。我知道自己與雅各四目相接，但在驚訝的那一瞬間，我立刻移開視線。

我就那樣直接射門得分。大家圍過來拍我肩膀、稱讚我，但我無法開心。因為我很擔心，剛才那樣是否等於漠視雅各。我忍不住轉身看向門口，雅各已不見蹤影。

我頓時強烈地自我厭惡。剛才與雅各四目相接時，自己為什麼會移開目光？為什麼不能坦蕩蕩地舉起手打招呼？情急之下交給雅各做判斷的自己很可恥，同時，我也強烈感激悄悄離開的雅各。

我混亂複雜的心情無人發現，足球比賽繼續進行。之後，我再也無法進球得分。

第二天，我在門口等雅各。

那是迄今等候雅各的時間中，最痛苦、最漫長的時間。

我知道雅各或許不會來，也知道即使他沒來也不能怪他。雖然我很希望雅各以為當時我沒看到他，但我心裡也清楚，他不可能會忽略那麼明確地四目相接。

所以，當我遠遠看見雅各的身影時，我的心裡幾乎激動得跳起來。我想大喊雅各的名字，我想說出我能想到的所有感謝之詞，但我還是在表面上極力保持冷靜，舉起一隻手迎接他。我想裝作甚麼都沒改變。

「步。」

雅各擁抱我。那是他一貫的打招呼方式。能夠感受雅各的體溫與氣味，令我很開心。我還是很想放聲大叫，但我硬是忍住了。

「原來日本人也愛踢足球。」

雅各說。

我的心臟，頓時撲通發出巨響。雅各放開我，直視我的臉孔。

雅各的眼睛在陽光下發出金色的光芒。長得驚人的睫毛，在眼球上形成陰影，宛如美麗的藝術品。

「埃及人每天都踢足球，我沒想到日本人也是。」

然而，雅各平靜地如此述說，並未生氣。他挑起嘴角，露出格外溫柔的表情。

那一刻，我猛烈地感到羞恥。同時，對雅各的愛意幾乎令我心碎。

我想告訴他我是多麼愛著他，多麼衷心尊敬他。我希望他明白，至少那種心情絕非謊言。

我們，是「埃及人」與「日本人」，而且在那「兩者」之間或許有隔閡，但是我想說，我倆之間，至少在我倆之間，有種強大的東西足以超越那個隔閡。但我說不出口。至少我認為，該說的不是我。

我無法將幾乎滿溢的情感訴諸言詞，只能把手放在雅各的肩上。我將一切想法都寄託在手掌，只盼望那能夠傳達給雅各。

雅各握住我的手。比我大的那隻手，還是很溫暖、很潮濕。雅各如此說道：

「莎拉巴。」

光是那句話，就已拯救我。

我們有「莎拉巴」緊緊相繫。我們之間，沒有任何隔閡，我們是一體的。我，終於可以這麼想。

我這邊，也曾不期然撞見雅各與「雅各那個世界的人」在一起。

那天，我與我媽前往蓋在格吉拉前面的飯店。那天是星期五，在開羅是假日。假日見不到雅各，因此我很憂鬱。更何況，還被我媽帶去我最討厭的美容院，令我越走越憂鬱。

還是小孩的我，無權決定自己的髮型。飯店的美容院，當然有媽媽陪同在側。我照著媽媽的意見剪頭髮。

美容院裡，有一群妝容好似油畫的大嬸，還有那些香水濃郁得幾乎令人暈厥的美容師。兩者我都很討厭。大嬸看到我就會不顧自己還頂著滿頭髮捲靠過來，用力擁抱我；至於美容師，在剪頭髮的過程中，動不動就會親吻我的臉頰與腦袋。每次我都很想吶喊：「我不是小朋友！」自從遇到有男子氣概的雅各後，那種念頭格外強烈。

飯店共有三個出入口。從我家前往的話，位於飯店後方的入口最近。對於這家飯店，我也已經很熟悉了。因為我媽常去的游泳池和我爸常去的健身房都在這裡面，而且日本人聚集的沙馬雷克地區每逢夏天舉辦祭典活動或聚會時，也都是在這家飯店的中庭舉行。

飯店的後門口有點坡度。我看著媽媽穿高跟鞋的小腿肌肉緊繃鼓起，一邊拖拖拉拉地走著。

「小步，走快點。不然會曬黑。」

我媽難得沒有撐陽傘。她討厭流汗，只想盡快進飯店。

「聽見沒，快點！」

這時，一輛廂型車越過我們。

那是在埃及常見的骯髒廂型車。本來潔白的車身，已被沙塵染成奶茶的顏色。

我憤然啐了一聲閃避，然後看到雅各坐在副駕駛座。我大吃一驚。廂型車開上坡道，在員工出入的門前停車。

見我放慢腳步，我媽毫不留情地催促我：

「你給我識相一點喔！」

也因此，當我們抵達門口時，正好撞見雅各與留鬍子的大叔打開廂型車的後車廂。兩人從車中取出大量的床單，我當下垂落眼簾。但是，敵不過好奇心，我還是看到了。

起初，雅各並未發現我。鑽進車廂把床單遞給大叔，好像就是雅各的工作。雅各搬起足足有他上半身那麼高的成疊床單，放進大叔事先準備的籃子。雅各高舉雙手時，腋下已被汗水染濕。

我想起雅各的氣味。雅各那有點酸酸的、宛如棗子的氣味。幾乎在霎時之間，我毫無來由地想哭。

大叔等床單裝滿後，就運到員工出入的小門。

期間，雅各在廂型車上待命。他用襯衫的袖子抹去額頭的汗水，聳肩喘息。之後，他不經意瞥向車外，頓時與我四目相對。

迥異於之前就已發現他的我，雅各毫無心理準備。他當下露出驚愕的神情，接著立刻撇開眼。和我踢足球那次不同，他做得很明顯。不，說不定，上次我也是像雅各一樣明顯地撇開眼。

雅各低下頭，假裝檢查床單。我也立刻轉移目光，跟在我媽身後進飯店。那時，我已決定忘記剛才所見。

「怎麼，你認識那個人？」

媽媽說。

走進小門的大叔，遲遲不見出來。我想起這一瞬間，在那骯髒的廂型車中被床單包圍的雅各。

「不認識。」

我自行認定，堅持假裝彼此毫不相干就是我與雅各能夠一直做朋友的條件。莫名的罪惡感與惆悵，以及不可思議的甜美感受令我心頭戰慄，但我繼續行走。和暑氣逼人的戶外截然不同，飯店裡很冰涼。

翌日，我又在門口等候雅各。

這次應該輪到我原諒雅各了。但是，我就是無法這麼想。

我對雅各視而不見的事自不待言，即便是雅各對我的視而不見，我也認為有錯的是我。不，是我們這一方。而那種想法，我也知道很卑鄙很低級。換句話說，我不知如何是好。

雅各一如往常走來。他笑著揮手，摟住我的肩膀。

「莎拉巴。」

雅各在笑，我也做出一如往常的舉動。我認為不該提起昨天的事，況且除此之外我也沒別的辦法。然而，雅各說：

「小步的媽媽很漂亮。」

我頓時啞然。

我看著雅各，他正在嘻嘻笑。不是卑微的笑法，也不像強顏歡笑。

「不過，我媽媽也超級漂亮！」

雅各拉著我的手邁步走向前，事出突然令我很困惑。看樣子，雅各好像打算帶我去見他母親。

雅各的家，從我家走過去大約在三條街之外。沙馬雷克地區是高級住宅區。老實說，我很驚訝雅各能夠住在這種地方，也討厭如此驚訝的自己。置身在自己這一方，令我很痛苦。

一棟老舊得驚人的房子出現眼前。雅各一家人就住在那棟房子的地下室。那是雅各的叔叔擔任管理員（就像我家的哆啦A夢）的房子。在那有三個房間的家中，雅各與叔叔夫妻、爸爸媽媽、兩個妹妹住在一起。

那是地下室，所以沒有窗子。整體很潮濕，有種獨特的氣味。實際上，地板角落甚至有積水。在旁邊拿著抹布微笑的人是雅各的嬸嬸，以那個年紀的埃及女人而言，很罕見地穿著緊身牛仔褲。

雅各的媽媽穿的也是西式服裝，白色襯衫搭配褐色圓裙，露出的頭髮綁成一束。已經習慣看到埃及女人包裹頭巾的我，感到很新鮮。

雖然是臨時來訪，但他母親親切擁抱我，大聲說了些甚麼。我只聽懂雅各這兩個字。至於他那兩個妹妹，則是在一旁靦腆微笑。

他母親非常胖，容貌說不上是不是美女。雅各的兩個妹妹也是圓滾滾的身材，我好像終於明白雅各的體格為何那麼壯碩了。

雅各在家人的環繞下，看起來很高興。

雅各的家人很愛他，這點連我也看得出來，而且雅各也對他的家人感到自豪。他衷心認為自己的母親是美人，也一次又一次讚美不在場的父親。

這時我才察覺，在飯店相遇時，他刻意避開目光並非出於羞恥。雅各只是體諒我和我媽的身分罷了。說不定，飯店員工曾經警告過他們不可注視飯店的客人。我再次被自己卑劣的想法打擊，同時，也切實感到我更喜愛雅各了。對於自己的工作、自己位於地下室的家毫不羞慚的雅各，在我看來格外耀眼。

「我」與「雅各」之間，肯定有巨大的鴻溝。

但是，在沒有加上引號、毫無武裝的我與雅各之間，沒有任何東西阻擋我們。雅各愛我；而我對雅各的愛，想必更甚於他。我無法想像失去雅各。為了雅各，我甚麼都願意做。只要雅各肯對我一笑，再大的痛苦我都願意承受。

我久久凝視被家人環繞笑得開心的雅各。

我開始越發覺得與雅各獨處的時間很可貴，也毫不掩飾這種想法。我倆，就像戀情不被容許的情侶，天天度蜜月。

19

一如我與雅各的蜜月，我姊與牧田在當時也成為要好的一對，甚至成為全校的話題。

牧田和我們是在同一個停靠站搭乘校車。姊姊與牧田在校車停靠站碰面後，兩人理所當然地站在一起，上了校車後也坐在一起，而且沒完沒了地小聲交談。

明明在同一個班級上課，可是下課時間他倆也總是形影不離。彼此去上廁所時，另一個人就在廁所前面等候，放學搭校車時還是坐在一起。在停靠站下車後，兩人會繼續聊到幾乎天色變黑，有時還用家裡的電話繼續聊。那種關係太過親密，甚至連最成熟的學生都忍不住要調侃他倆。

姊姊想必很幸福吧。但對我而言卻是災難。在走廊遇到別人時，總有人笑我：

「啊，是圷小姐的弟弟。」

更糟的時候，還會調侃我：

「是牧田先生的小舅子啊。你姊夫還好嗎？」

在如此狹小的世界目睹親姊姊的戀情是一種痛苦，而且牧田有時見到我，還會像自家人似地朝我親暱微笑，也讓我感到很噁心。

即便在我看來，也覺得牧田是個帥哥。他的身材修長高挑，肌膚光滑，總是穿著清爽簡練的服裝。該怎麼說呢，給人的感覺就像「貴族」。我完全無法理解牧田為何會想跟我姊這種人在一起。即便穿上我媽精心挑選的漂亮衣服，姊姊給人的感覺還是「神木」，況且無論在姊姊的班級或其他班級，都有許多比姊姊更可愛的女生。姊姊不管在哪裡，老實說，都屬於那種「最不可愛的」女孩子。那樣的姊姊，居然像雛鳥似地與牧田形影不離。

我不得不感到愛情的不可思議。

與牧田在一起時的姊姊，笑口常開，積極發言，和她在家時截然不同。

姊姊當然也已察覺圷家的「不穩定」。

媽媽已經再也不避諱在我們面前哭泣了。她的身邊永遠有澤娜布陪伴，與她一起流淚，或是拍撫她的背部。爸爸回家後，直到深夜都能聽見他們的爭吵聲。雖然幾乎都是媽媽單方面吼叫，但有時，那個向來斯文的爸爸也會扯開嗓門。每次，我的心臟都會倏然緊縮，不得不每每將毯子拉起連頭都整個蒙住。

隔壁房間的姊姊不知做何感想。家裡雖大，但爸媽的「不穩定」，肯定連位於最後方的姊姊房間都聽得見。但我和姊姊從來沒有談論「那件事」。

因為我怕如果與姊姊談論「那件事」，它就會變成現實（雖然那的確是現實）。我以為，只要這樣繼續假裝不知道，總有一天「不穩定」會離開我家。

但「不穩定」加快了速度。

進入六月後，爸爸突然宣稱要暫時回國。

自從來到開羅，我們一次也沒回去過，事到如今才這麼說，我立刻猜到，是因為最近的「不穩定」。媽媽聽到爸爸的意思後，幾乎半是瘋狂地暴怒。

「我絕對不回去！」

媽媽幾乎像在發誓，非常頑固。

「我也不會讓你回去的。」

爸爸和媽媽每晚持續爭論。但是，最後談判似乎破裂了。爸爸不肯收回回國的決定，媽媽也始終不肯答應讓爸爸回國。

如今圷家的暴風圈不是姊姊，是媽媽。前一秒還看到媽媽在默默吃飯，下一秒她就忽然「啊啊」大叫跳起來，甚至每三秒就大聲啐舌，把家裡的氣氛弄得一片愁雲慘霧。

姊姊冷眼旁觀那樣的媽媽。

她倆的關係原本就談不上良好，而且姊姊是壓倒性的爸爸派。但是，姊姊與媽媽之間，不知幾時好像建立了某種共識。令人驚訝的是，這次的事，姊姊表現出的厭惡好像是針對爸爸而非媽媽。即使爸爸回來了，她也不去迎接，就算早餐同桌，她也不看爸爸。那和姊姊這個年齡常有的叛逆期反應不同。姊姊明顯是在閃避爸爸，而那個原因確實是出在爸媽的「不穩定」。

不過，饒是如此，姊姊也不是那種會站在媽媽這邊的人。她的確討厭爸爸，但她似乎也有點輕視為此方寸大亂的媽媽。媽媽的做法實在太難看，也太激烈了。即便媽媽自以為安靜地坐在沙發上，她的全身也散發出一種「我很可憐」的氛圍，很煩人。

那種樣子，證明媽媽的確是姊姊的母親，但是在姊姊小時候，已經經歷過不管再怎麼發飆或哭訴，都沒有人肯體諒自己想法（姊姊自己這麼認為）的滋味，所以她好像不可能完全原諒媽媽。

至於我，純粹只是困惑。

我喜歡爸爸也喜歡媽媽。最重要的是，在不清楚他們「不穩定」的原因下，我無從採取行動，那麼我有勇氣問那個原因嗎？我終究沒有。我選擇的永遠是保持中立。而在此，那意味著逃避。

每當媽媽一開始哭泣，我就會逃到看不見她的地方。要是聽見爸爸和媽媽的吵架聲，我就會拿毯子蒙住頭，不停說「莎拉巴」。然後，我會在腦中想像與我家無關的種種事情，以便趕走現實的聲音。

每晚如此想像後，曾幾何時那已發展成了故事。我在腦海中騎著巨龍翱翔宇宙，令人眼睛為之一亮的美麗貓咪替我療傷，長夜將盡時，在和平美麗的森林入睡。而那個想像中，必然有雅各的陪伴。當我有危險時，雅各絕對會來救我，我也會不時鼓起勇氣，解救陷入危機的雅各。

「莎拉巴！」

到了早晨，我會做出「這是多麼清新宜人的早晨啊」的表情，坦然向雙眼紅腫的媽媽問早，向默默啜飲咖啡的爸爸報告我今天的預定行程，甚至對過去我多半採取漠視態度的姊姊敘述我昨天做的夢。換言之，我繼續扮演「圷家開朗天真的老么」。

爸爸如他所宣言地回國後，圷家變得非常安靜。

原本，爸爸就是非常沉默寡言的男人。即便媽媽對他破口大罵，他多半也是以消極承受的態度熬過去，有時失控發飆後，他會像是難以忍受羞恥似地低下頭，就此再也不動。

到了假日，他一大早就去運動俱樂部，折磨自己已經夠緊實瘦削的身體，直到精疲力盡才回家。爸爸簡直就像忍受苦行的僧侶。而且不知不覺中，即便在家時，他也像苦行僧一樣渾身散發出沼澤般的靜謐。

那樣的爸爸就算離開數週，我以為我家應該也不會有任何改變。

但是，我錯了。爸爸的存在非常重要。

爸爸遺留在玄關、浴室、客廳的殘渣，始終不曾消失。那些殘渣，散發一種靜謐感。那是足以降低實際溫度的靜謐。爸爸的離開宛如沙塵暴籠罩圷家，在那靜謐的屋子裡，媽媽反而不再哭泣。她和澤娜布一同勤快地做家事，把自己裝扮得前所未有地奇特。

爸爸不在的期間，發生了一起事件。

開羅發生暴動。

暴動的原因我不清楚，總之轉眼之間規模越變越大，政府出動了軍隊鎮壓，最後甚至頒布禁止外出的命令。學校當然停課了，我們被命令整天待在家中。

媽媽看起來異常不安。澤娜布和喬爾都無法來上班，爸爸也不在。媽媽必須獨自保護我和姊姊。

幸好，全天外出禁止令幾天之後就解除了，改為一天數小時的禁止令，最後變成只有夜間禁止外出。但是，在埃及生活最可怕的時期，爸爸居然不在家，令媽媽對爸爸的信任就此瓦解。

雖然爸爸一再打電話來，但媽媽每次都以辛辣無比的言詞砲轟他。當然，她也堅決不肯讓我們聽電話。

即便在一天之中的某幾個小時解除禁止外出令時，媽媽還是不准我們出門。我非常想念雅各。家裡的氣氛致命地惡化。姊姊一直躲在房間和牧田講電話，媽媽在各種地點不停哭泣。我幾乎窒息，只好每天去陽台，至少呼吸一下戶外空氣。

某日，我一如既往地從陽台向外看，忽然看到人影。是雅各。

雅各利用外出禁止令的空檔來見我了！

我覺得自己幾乎像是愛著羅密歐的茱麗葉。雅各對我揮手，我也朝雅各揮手。僅此而已。但是，從此我每天都翹首期盼雅各的來臨。每到禁止令解除的時間，雅各總是準時出現。我們隔著陽台互相凝視，那是比傾訴言詞、互相擁抱更濃密的時光。

暴動在數週之後平息。媽媽如釋重負，但她眼睛下方的黑眼圈始終不曾褪去。

終於重逢的我與雅各，更升高了對彼此的喜愛。我們手拉著手，幾乎是以私奔的心情跑出格吉拉島。

要離開島上，必須走過有車輛穿梭且橫跨尼羅河的大橋。

我們這兩個男孩子緊緊牽著手。過了橋，從格吉拉島的對岸眺望自己居住的小島。在這標準的大都會中，我們的心情完全是《湯姆歷險記》的湯姆與哈克。或者，有過之而無不及。

起初我們只要走過整座橋就滿足了，但是，我們漸漸變得大膽。我們沿河行走，甚至走到埃及考古學博物館與塔哈里爾廣場等地。在沒有大人陪同下自行來到只有遠足時來過的場所，那種刺激感難以言表。

路上的行人，無一例外地，看著埃及小孩與東洋小孩這怪異的組合。其中也有大人和小孩不斷對我們搭訕，但雅各每次都妥善發話打發了他們。

雅各帶給我的那種印象，對埃及人也一樣。換言之，是非常成熟、高貴的印象。雖然他的穿著向來陳舊，涼鞋也依然很髒，但他挺直腰桿走路的姿態英氣凜然，笑的時候露出一口白牙，頓時迷倒眾生。

不可思議的是，和雅各在一起讓我得以忘記面對「他們」時的卑屈。因為擁有打從心底、單純只想在一起的埃及朋友，沖淡了我的罪惡感，而且驚人的是，雅各自己面對「他們」時，也做出與我相同的反應。

當「他們」出現時，雅各會面帶困窘地微笑。他從來不會動粗，也沒有怒吼。「他們」執拗地跟著我們，但是見我與雅各像要保護自己似地一逕沉迷在只屬於我倆的世界，最後那些人自然會索然無趣地離開。那種時候，我們會露出打從心底鬆了一口氣的表情，我與雅各在這點也很相似。

雅各只對「他們」發過一次脾氣。當時「他們」頻頻對雅各大聲嘲諷。

我懂得雅各的話語，但我還是對埃及的語言一竅不通。不過，我認為那一定和每次我們遭受的無聊嘲弄大同小異，而且平常的雅各，也不是那種會對人家隨便說說的嘲弄勃然大怒的男人。

然而，那次雅各竟撿起身邊的空罐子朝「他們」扔去，我打從心底吃了一驚。那樣的雅各，我當然是第一次見到。

「他們」逃走了，可是雅各似乎依然餘怒未消，他把視野所及的東西一一朝著已經逃走的「他們」扔去。

過了一會，終於回過神的雅各向我道歉。他看起來非常不好意思，同時，好像還是很生氣。

「我最珍惜的東西，被他們瞧不起。」

雅各的聲音低沉，乾扁。我靜靜地拍雅各的肩膀。

「莎拉巴。」

雅各看著我。他的眼睛安心地染上水光。

我們幾乎把那句話當成救命的繩索。

「莎拉巴。」

雅各握住我放在他肩上的手。然後，又恢復他那高貴的笑容。

「莎拉巴！」

那，幾乎是魔法的字眼。

後來，雅各又邀請我去了他家好幾次。

我見到他的父親和叔叔，換句話說雅各的全部家人我都見過了（只有雅各的叔叔是個瘦子）。每次去，他的家人都很歡迎我。我坐在潮濕的客廳沙發上，大家會替我斟茶，請我吃點心，有時毫無來由地擁抱我。

雅各的家人非常溫和善良。我漸漸真心覺得雅各的家舒適溫馨。他的家庭洋溢著某種溫暖，而那是當時的我家絕對沒有的。

雖然受邀去他家，但我沒有反過來邀請雅各來我家。

我很羞愧。對於那個雖有璀璨亮麗的水晶吊燈，雖有擦得晶亮的風琴，卻缺少雅各家那種柔軟的空間。對於那種「不穩定」。

雖然我始終不曾開口邀請雅各到家裡作客，但他並未責怪我。我很感激他，不時毫無意義地說出「莎拉巴！」。每次，雅各都會有點吃驚，但他會立刻回應我。

「莎拉巴！」

聽到那句話，我便可以感到自己置身在非常開朗、健全、毫無敵意的世界。我就可以認為，自己不是孤獨的，我是受到大家喜愛的幸福孩子。

莎拉巴。

對於當時失落的我，填滿我的空洞的，就是雅各的「莎拉巴」。

我媽，以及我姊，想必作夢也想不到我居然會去埃及小孩的家裡玩，還離開格吉拉島。她倆都無暇管我。尤其是媽媽，她隨時隨地都愁苦不堪。她很苦惱，有時放聲大哭，過了一會，又默默看著半空中。

在家時的我，只是一個嘻皮笑臉、故作天真刻意消除存在感的普通孩童。我的心，始終在外面。我盡可能把所有的時間都與雅各共度。

我喝爸媽禁止的生水，吃路邊攤賣的來歷不明的糕點，並且在雅各的家中享受他們全家人的疼愛。

有時，我會打從心底希望成為雅各家的小孩。我知道那種想法等於背叛了媽媽，但我無法遏止自己不那麼想。

20

爸爸回到開羅後，媽媽與爸爸的關係也出現變化。

又哭又叫、談判到天亮的時期消失了。取而代之的是，他們的舉動就像對方根本不存在。媽媽會做早餐，爸爸會吃她做的早餐。那本該是明確且重要的家族聯繫，但是，兩人如今只是做早餐、吃早餐的人。到此為止，斷絕得乾乾淨淨。

媽媽不再表露情緒後，兩人之間是甚麼狀況，我越發不明白了。爸爸越來越瘦，媽媽還是坐在沙發上。有時他們依然打扮得光鮮亮麗結伴出席派對。然而，我的安心沒有維持太久，回家後兩人又變得像是陌生人。

老實說，我覺得還不如以前吵吵鬧鬧的「不穩定」時期比較好。

吵吵鬧鬧的「不穩定」時，雖然我每次都得拿毯子蒙住頭，但安靜的不穩定時，我不得不用毯子把自己層層捲起。「不穩定」毫不留情地侵入寢室，從我的耳朵和鼻子，從我自己也不了解的毛孔，滲入體內。我需要更強大的故事，更明瞭的「莎拉巴」。那是在我睡覺期間，宛如在我房間張開結界的東西。為了不讓安靜又惡質的「不穩定」接近，我在夜裡變成陰陽師[6]。

我們升上四年級的夏天，向井要回國了。

正確說來，是離開開羅，去他父親新的派駐地點摩洛哥。雖然他母親打從心底喜愛埃及，但是好像也深受摩洛哥充滿異國風情的街景吸引。

向井消沉了好幾天。聽到這個消息後，我們全班也很沮喪。雖然極力想振作，但對我們而言堪稱精神支柱的向井離去，是個相當沉重的打擊。

其中最該沮喪的，本來應該是我。因為全班同學公認我是向井的好搭檔，我們在大家面前也一向如此表現。可是，其實在我倆之間，「你太猥瑣了！」事件的疙瘩依然存在。從那時起向井顯然就在刻意迴避我。況且那起事件也成為一大契機，讓我在事實上轉而投入雅各的懷抱，實際上我也的確滿腦子只想著雅各。

但是向井回國的那天，我哭了。

不只是我。全班同學，女孩子也哭了。大家都被那降臨自己身上的戲劇性事件深深打動。

尤其是「生雞蛋拌飯事件」的玉城哭得更是驚天動地。她癱坐在機場的地上，雙手蒙臉放聲大哭的樣子，有種被人高價雇用來表演的震撼力。

玉城的周遭圍了一圈女孩子。她們一邊安慰玉城，一邊陪她一起哭。

「因為太喜歡向井先生了嘛，對吧？」

雖然我對玉城毫無興趣，卻也因這句話受到打擊。我心想：女人真是夠了。

後來我才知道，玉城對所有她能想到男同學都表示過好感。而且因為這個原因，遭到那些現在圍著玉城溫柔安慰她的女孩子輕微的排擠。

6：本為日本古代官員之一，根據陰陽五行觀察風水天文，如今多指畫符念咒、施行幻術者。

女人真是夠了！

雖然遺憾，我們終究長大了。

我與向井約定要互相寫信後就此道別。但是那個約定，我也失信了。

原因是牧田。

姊姊依舊與牧田形影不離。但是，過去他倆之間瀰漫的「世界只屬於我倆」的感覺已消失，反倒是老夫老妻會有的那種乾巴巴的空氣、不拘小節的氛圍支配了一切。

變化尤其大的，是牧田。

本來他就有種非常貴族且女性化的氣質，現在變得更強烈。或者該說，簡直過剩。比方說他與我姊在一起時經常會笑，但他現在笑的時候會拿手摀著嘴扭動身體。在校內遇見我時，雖然還是會挑起嘴角優雅地微笑，卻開始積極找我說話。例如這樣：

「小步步，最近好嗎？」

換言之，就是那麼回事。

牧田不像我與雅各這種精神上的同性戀，他是真正的同性戀。只是，牧田自己過去好像並不了解自己的性向。和我姊在一起時，他非常輕鬆自在。因為我姊的性向雖然普通，但她的人格特質本身屬於少數派。

也就是說兩人是少數派的靈魂伴侶，彼此共鳴。

牧田之前就是這麼抱著不上不下的曖昧情感過日子。和我姊在一起雖然輕鬆自在，但他無法對我姊產生大家揶揄的那種情愫。

直到有一天，牧田終於明白了自己的性向。是因為那本雜誌。很驚訝吧？牧田是因為看到我和向井藏在音樂教室的那本雜誌，才對自己的性向覺醒。

我竟然在不經意間，間接終結了姊姊的戀情！

牧田為何會發現那本雜誌呢？他親口告訴我了。

「那本雜誌，是小步步你帶來的吧？」

我想，當時應該是在我家的客廳。我姊為何不在場，我已不記得了。也許是去廚房倒果汁，也許是去她房間拿甚麼東西，總之當時只有我和牧田兩人。

見我驚愕地陷入沉默，牧田很善解人意。

「不不不，我這不是在責備你，你懂嗎？那本雜誌，是我看完之後沒有藏好，才會被老師發現。所以我想向你道歉。」

我記得我當時大概是問了他怎會知道那本雜誌之類的問題。但是，其實在問那個問題時，我早已心知肚明。

「是向井先生告訴人家的啦。」

我沒有給向井寫過任何一封信。我與向井的友情已經完了。同時，那也是我姊與牧田的戀情終點。

我就此將向井忘得一乾二淨，越發迷戀雅各。我在雅各家猶如家人似地相處，與他手牽手在街頭漫步。

圷家的三人，各自度過一段晦暗期。宛如苦行僧的爸爸，不原諒爸爸的媽媽，初戀破滅的姊姊。我刻意迴避他們三人。與雅各分開時，我就打開「莎拉巴」的結界。為了不被我家的安靜糾纏，我把自己的心藏在結界的最深處。

無論待在自己的房間或是客廳，我都等於關閉了耳朵、眼睛以及我的心。

一九八七年，大致就這樣要結束了。

我的結界已變得相當堅固。編造故事對我來說輕而易舉，甚至可以把我媽的哭聲當作故事的背景音樂。我家唯一健全的人就是我。

然而，如此堅固的結界，在某一天被我媽打破了。

我做了一個夢。是冬天。夢中的我，依然置身在自己編造的故事中。雖有種種危機，但在我的故事中，我必然是為幸福結局而生的孩子。我安心陷入沉睡。因為差不多到了雅各該出場的時候了。

可是，身體忽然被用力搖晃，我的夢到此中斷。我未能見到雅各。回到現實的我，眼前只有媽媽的臉。

「小步，我們要回日本了！」

媽媽在哭。黑暗中，媽媽的臉頰閃爍著淚光。

媽媽抱起我，令人驚訝的是，她居然緊緊擁抱我。我已有好幾年沒被媽媽擁抱過了。

我很難為情，同時也很困惑。一直憂慮的事終於成真的恐懼令我戰慄，同時，被媽媽用力擁抱時身體產生的欣喜也令我吃驚。

我聽到我媽的心跳。

那一刻，我強烈感到，「我是媽媽的孩子」。

現實世界有種種無法逃避的事，這也是其中之一。不管如何掙扎、如何抗拒，我都無能為力，我就是媽媽的孩子。

宣告要回國的媽媽，好像是認真的。

她衝去我的學校替我請假，立刻開始打包行李。我很困惑。那當然。回日本？而且，就我所見，媽媽好像打算只帶我一個人回去。

我向姊姊求救，但她對我嗤之以鼻。

「那不是很好嗎？反正那個人每次都是選擇你。」

我很想說：這種節骨眼上妳就別使性子了好嗎？可是，在我好不容易鼓起勇氣時，姊姊已經縮回自己的房間了。

其實，媽媽也有叫姊姊一起回國。但是姊姊堅決拒絕。最近這段日子的父母失和，令家中籠罩陰影，姊姊其實也很煩躁。看起來錯的是爸爸，媽媽固然沒有錯，我們姊弟更是何其無辜。哪怕是父母，照理說也沒那個權利影響同住的小孩心情——這就是姊姊的主張。

昔日把我們圷家搞得那麼「不穩定」的姊姊說這種話，有點欠缺說服力。不過，簡而言之，那想必是她對於我們小孩永遠只能配合大人，被搞得團團轉，到頭來毫無選擇權的處境，所表達的憤怒吧。

說到配合大人被搞得團團轉，我才是最大的受害者。

「那我要轉學嗎？」

等我媽打包完行李，我對她說。我幾乎快哭了。

「又要？」

這句話，已是我竭力表達的反抗了。難道不是這樣嗎？突然宣布要住在埃及，就大老遠跑來甚麼撈什子埃及。然後，好不容易開始習慣了，又突然宣布要回國。

雅各怎麼辦？最重要的是，我的感受呢？

我媽一直認為自己是徹底的「受害者」，看到我的表情，殘存不多的母性似乎這才終於復活。

她拉起我的手，擠出笑容。感覺上，是那種「充滿慈愛」的笑容。

「不是的，我們只是回去一下子。」

媽媽努力試圖想讓我安心。而我，被她瞬間流露的「母親的臉孔」感化，暫時變回小孩。

「一下子是多久？」

就我的作風而言，這是罕有的執拗、甚至堪稱叛逆的態度。

「到底是多久嘛？」

可是，好像有點得意忘形了。

「就是一下子。」

我媽的說話態度雖然溫柔，卻有種不容許我再追問的頑強。

我噤口不語。然後再次使出我的拿手招數。

我的拿手招數？對，就是認命。

就因為有這種認命的態度相伴，我才能夠活到現在。或者該說，是倖存到現在。相較之下，我媽是那種認為「小孩就該聽父母的話」的人。所以，我們算是八字很合的母子。

我相信了媽媽的「一下子」。我不得不信。

我們安靜地離開了開羅。

21

在飛機上，媽媽到了這時候還在哭。

不過，隨著飛機逐漸接近日本，或許是因為喜悅，她漸漸露出開朗的神色。本來憂鬱的我，想到能夠回到久違的日本，心情也自然激昂起來。

夏枝姨特地到機場來接我們。她一看到我們就微笑著舉起纖細的手臂。

「小步，你真的長大了！」

我想夏枝姨這麼說應該是在讚美我。但是，我對忽然長大的自己感到很難為情，有種背叛夏枝姨的感覺。我決定在夏枝姨的面前更要扮演一如往昔的自己。我故作幼稚，為無聊的小事歡呼，企圖讓夏枝姨安心。

「你長大了。」

可是，夏枝姨在計程車上，還是不停重複這句話。

我們沒有回自己的家，直接前往外婆家。

外婆正在家門前等我們。強大、從來不哭的外婆，看到下了計程車的我就眼泛淚光，讓我也感到很心酸。

來不及拆行李，媽媽就和外婆在廚房的桌前坐下，開始熱切地聊了起來。

我刻意不去聽她們的談話內容。因為以這個時間點，還有這種熱切的程度看來，話題肯定是關於我家的「不穩定」。即便回到祖國，我還是貫徹自己的逃避姿態。

我窩進暖桌，狼吞虎嚥外婆做的令人懷念的褐色料理，對著日本夢幻般的眾多電視頻道不停轉台，吃著美味得難以置信的零食。那一瞬間，我已完全將開羅拋諸腦後。

「暖桌最棒了。」

聽到我這麼說，夏枝姨說：

「太好了。」

然後她笑了。

那天，我睡在外婆身旁。我做了夢。是甚麼夢我忘了，但八成有雅各。

翌晨醒來，身旁已不見外婆的蹤影。

我去廚房一看，我媽和夏枝姨正在桌前說話。媽媽的表情開朗多了。我感到家族的強大。但也正是因為家族，才讓我們陷入這種狀況，所以想想還真麻煩。

「小步，你還記得矢田嬸嗎？」

矢田嬸！

我幾乎失聲驚呼。那個一眨眼就馴服姊姊，宛如本地女王的大嬸。我怎麼可能忘記矢田嬸！她背上的弁天菩薩不知是否依然健在？成群的野貓野狗還在那裡嗎？

「矢田嬸？當然記得！她好嗎？」

「好得很。今天要去看她喲。小步你也會去吧？」

我和媽媽，確實開始享受日本。

徒步前往矢田嬸住處的途中，媽媽在各種場所發出歡呼。主要都是歡呼「好懷念」，不過偶爾也有對改變的事物激動的時候。

天空晴朗，澄澈。雖與開羅的天空相似，卻又有點不同。

「矢田嬸一點也沒變喔。」

夏枝姨說。

矢田公寓果然沒變，依舊在老地方。木造雙層樓房，老舊的外觀。不過，姊姊昔日埋葬種種東西的空地已經變成三層樓的公寓。

矢田嬸一看到我就大聲說：

「哎呀！已經人模人樣了！」

以前和矢田嬸在一起時，我好像還不是人。

「個子也變得好高。」

圷家的遺傳基因，不只姊姊，也同樣影響到我。我的個子轉眼間抽高，如今已經和年長的學生一樣高了。雖然還遠遠比不上雅各。

「進來，進來！」

大嬸的家，有種懷念的氣味。那是芳香的，好像烘焙過甚麼的氣味。昔日，姊姊就是整天泡在這裡。矢田嬸還替我換過尿片。

只有一隻桌腳特別短，坐起來會喀搭喀搭搖晃的暖桌，放在小電視機上的老虎擺飾和某種獎盃。院子的許多貓咪（很遺憾，沒看到野狗），乃至大嬸端出來的豆沙點心，全部和以前一模一樣。媽媽笑矢田嬸都沒有變，矢田嬸笑我變了好多。

不過，在大嬸的家，其實還是有一個變化。那個變化，有點讓人驚訝。

裡屋的牆邊，搭了一個大型祭壇。

那是白木組成的三層架子，最下層放了一升裝的酒瓶和水果。第二層放著裝在小木盒裡的白米，裝在信封裡的某種東西，以及念珠和木頭雕刻的花卉擺設。最上層放著一張白紙，白紙上是這麼寫的。

『沙特拉黃門大人』

我們在大嬸家時，有女人來訪。大嬸讓那個人進來後，她也不理會我們，直接走向祭壇。然後她開始祈禱，那種祈禱非常古怪。首先，雙手手掌放在榻榻米上。接著閉上眼，一邊喃喃唸誦一邊交互抬起手掌，就像在用手掌原地踏步。即使知道不該看，還是會對女人怪異的舉動耿耿於懷，移不開眼。

矢田嬸一直文風不動坐在女人的身後。

這一連串過程令我媽很錯愕。不過，她並沒有失禮地質問「這是在幹甚麼？」。在開羅的日本同鄉會，她多少也學會一定的社交手腕。她朝夏枝姨使眼色，但夏枝姨或許早就司空見慣，也可能是根本看不懂我媽使的眼色，只見她不過是微微點頭。

那個女人終於結束祈禱後，從皮包取出一個信封放到祭壇的第二層。然後再次朝祭壇深深一鞠躬，也對矢田嬸低頭回禮。

「真的都是沙特拉黃門大人的保佑啊。」
矢田嬸以令人迷醉的威嚴回答：
「那就好。」
女人離開後，媽媽她們也沒講話。好像是在找談話的契機，但我媽本來就不是會看場合講話的人，至於夏枝姨，更不是那種會對沉默感到痛苦的人。
我們自然而然就這麼有點尷尬地告辭了。在我起身時，矢田嬸又說了一次：
「真的變得人模人樣了！」

「妳為甚麼沒有告訴我！」
回程，我媽拍夏枝姨的肩膀。那種親密的動作只會對親姊妹做。
「告訴妳甚麼？」
「還能有甚麼，那樣簡直像甚麼宗教似的。」
「談不上宗教吧，只是弄個祭壇禱告而已。」
「那樣就是宗教！還取那甚麼怪名字！甚麼甚麼門。」
我媽是個很不擅長學習新知的人。
「妳是說沙特拉黃門大人？」
「就是那個！」
我暗想，這是個令人很想唸出聲音的字眼。沙特拉黃門大人。

「那是怎麼回事？」
「不知道，我們也是突然才發現它出現的。」
「妳說祭壇嗎？」
「對。不過，之前就經常有遇到困難的人來找大嬸。」
「所以就弄成宗教？」
「我認為那應該不是宗教。」
「可是都弄出祭壇了，而且不是還收了人家捐的香油錢？」
「可是，那並不是大嬸主動開口要的。」
「妳的意思是人家自作主張送錢來？」
「那算是自作主張嗎？應該是想表達謝意才拿錢來吧？」
「給大嬸？還是給那啥大人的？」
比剛才更過分了。人家是沙特拉黃門大人啦。
「嗯——基本上應該是給沙特拉黃門大人吧？不過結果等於是給大嬸。」
冬日的陽光很淡，柔和照亮路旁搖曳的細小雜草。與開羅相比，光線也不同。即便是冬日陽光，開羅的陽光也有種一切昭然公開的明朗開闊。可是，日本的陽光，連影子都略帶顧忌地橫越地面，換言之是有情緒的。
夏枝姨驀然看著我。
「順路去一下？」

我們已來到昔日的神社前。就是小時候阿姨揹我去的那間神社。

「嗯。」

神社比起我記憶中的小了很多。以前很害怕的石雕神獸、看起來陰森森的神社境內，如今看來，全都普通得令人錯愕。直到這一刻，我才能理解夏枝姨和矢田嬸連聲驚嘆我長大了的那種感覺。

還記得那時，姊姊也在。我還是個小不點，被夏枝姨整個抱在懷裡。姊姊踢打石獸、扯下青苔扔進功德箱（不管我姊做出甚麼暴虐舉動，夏枝姨都睜一隻眼閉一隻眼！）連神明也不怕，當時她把爸爸的T恤當成連身洋裝穿。也就是說，她當時同樣也是個小不點。

阿姨從口袋取出零錢包，分別給我和我媽一枚十圓銅板。當然，我媽在這種時候，絕對不是那種會主動掏錢的人。

我們三人同時丟出十圓，短暫合掌膜拜。這時，我發現這是自己第一次在這間神社祈禱。以前我還太小，那時的我根本不知道這裡是祈禱的場所。那時的我，只是望著夏枝姨虔誠地雙手合十。

雖然模仿兩人跟著雙手合十，但我不知道自己該許下甚麼心願才好。

『那個，呃，總之請多多照顧。』

我只在心裡這麼說完便睜開眼睛。連我自己都覺得是很沒有氣勢的祈禱。

祈禱完才終於想到，啊，這種時候應該請神明解決我家的「不穩定」，或者，祈求類似這樣的心願才對，可是，當我睜眼時，我媽早已離開神祠，正在一臉無聊地踢地上的碎石子。我很錯愕，照理說最該好好祈禱的就是我媽。

與我媽成對比的是夏枝姨，她非常虔誠，祈禱了很久很久。那一刻，我覺得好像看到了小時候的媽媽與夏枝姨。

在日本的時光一眨眼就過去了。

我們匆忙與好美姨見面（幸好，沒見到義一與文也），我們母子倆也在懷念的自家房子住了兩晚（姊姊房間的卷貝依然保持原狀。不愧是夏枝姨！），好不容易把時差調回來時，已經到了必須返回開羅的時候了。

為甚麼回日本，我還是一頭霧水。

不過，我在日本過得很開心，所以沒理由抱怨。我胖了幾公斤，也讓大人買了在開羅絕對無法奢望的大量最新型玩具與漫畫給我。而且，從媽媽上飛機時的氣色看來，這次回國，肯定也對她產生良好的影響。我不知道那會帶給我甚麼樣的人生，但不管發生甚麼，我想我都會用自己拿手的「認命」順其自然。雖然我和爸爸不同，但生存方式說不定很相似。爸爸若是忍受苦行的僧侶，那我的心境，就像是隨波逐流的僧侶。

這一次的短暫回國，最耐人尋味的，就是當抵達開羅的機場時，我竟然有種「我回來了」的感覺。

酸酸的體味與叫喊聲，破舊得匪夷所思的地板與骯髒的廁所。第一次抵達時一切都很可怕、令我們心生憂鬱的那些事物，如今卻讓我安心、油然升起懷念之情，所以「居住」這種經驗帶來的影響，還真是難以想像。

我媽也是，只見她撥開亂七八糟的人群，和計程車司機拚命殺價，甚至還指揮人家該怎麼開往我家。我們已完全成為定居開羅的人了。但是開羅，並非我們的故鄉。

我們不過是遲早會離去的過客。

一如家中的安靜，我們的未來，也被安靜地宣告。

我們要回國了。同時，爸媽也決定離婚了。那是一九八八年，時值春天。

那是極為自然的結果。老實說我不知道媽媽繼續與爸爸在一起的意義，況且媽媽自從上次回國後好像就已做出某種決定。我們回了一趟日本，三個月後，決定正式返國。

回國的同時，也要賣掉日本的房子，改為搬到外婆家附近，所以媽媽告訴我們，今後要就讀不同的學校。

她的語氣雖然平穩卻很堅決，果然還是沒有流露絲毫讓我們小孩抱怨的餘地。——我們要離婚了。但是，我沒有錯。小孩子本來就該跟著母親，而且今後，你們姊弟必須支持我——雖然沒有說出口，但媽媽的眼神、呼吸、伸得筆直的腰桿，都在這麼訴說。

我茫然聆聽媽媽說話，但姊姊在媽媽講到一半時就站起來，直接回自己房間去了。

結果，我並未從爸爸那裡得知他們鬧到離婚的原委。不僅如此，甚至沒有聽到他宣布要離婚。爸爸一如既往，幾乎像空氣一樣待在家裡，每到週末就從早到晚健身。他簡直像個運動員。

即將回國的事，我第一個就是向雅各報告。

我們走過塔哈里爾廣場。我們每次大多都是走到廣場這一帶逛來逛去，然後再回沙馬雷克地區，那已成了我們自然形成的路線。

那時是傍晚時分。

廣場擠滿許多車輛，喇叭響個不停。雅各靈活地閃躲汽車，不時推我的背，拉我走到人行道那頭。每次，我都感到一種幾乎近似於愛情的信賴感，目眩神迷地望著雅各的臉。

「我要回日本了。」

我這麼一說，雅各頓時停下腳步。

我與雅各杵在人行道中央呆站了一會。人行道的石磚已經破損，冒出雜草。不知從何處飄來開羅特有的氣味籠罩我們。

雅各語塞，最後終於開口：

「如果這是神的旨意。」

那並非我期望聽到的話。「為甚麼」、「我不要」——雖然單憑小孩之力並不能改變結果，但我還是期待雅各像個小孩一樣鬧脾氣。

然而，雅各很平靜。非常平靜。

「如果這是神的旨意。」

雅各說，走吧。然後，他不等我回答便逕自邁步。丟臉的是，我好想哭。我想代替雅各吶喊「我不要」，但我做不到。我滿臉陰鬱，跟在雅各身後步行。

雅各帶我去了我從未去過的場所。

那是石造的教堂。不是我們在開羅常見的伊斯蘭教的清真寺。圓形的屋頂上，有個稍微破舊的十字架，聚集的人們，沒有一個穿長袍，也沒有人戴頭巾。

這時，我第一次知道雅各的宗教信仰。

「我是科普特教徒。」

教堂非常安靜，瀰漫蠟燭燃燒的氣味。正面掛著女人微笑的畫像。

「那是聖母瑪利亞。」

雅各小聲向我說明。

聽到聖母瑪利亞，我能夠聯想到的只有基督教。那時，我還無法把雅各口中的「科普特教」與基督教連結在一起。我也沒發現，雅各這個名字其實就是來自聖經。

不管怎樣，雅各就是雅各。不是除此之外的任何東西。

於我而言，雅各就是獨一無二的雅各。這樣拉起我的手，平靜對我說「步，禱告吧」的雅各，於我，已經成了不可或缺的人，如此而已。

「禱告？」

「對。」

「禱告甚麼？」

「甚麼都行。只要是你心裡想到的，甚麼都行。」

我還沒伏身跪拜，雅各已經閉上眼。修長的睫毛整個覆蓋眼瞼，喃喃低語的嘴唇很厚，有點乾裂。雅各的耳垂很大，上面的汗毛發出金色的光澤。那個樣子，不容我繼續追問。雅各禱告時的完美模樣，深深打動了我。

我在雅各的身旁跪下。

像雅各一樣雙掌合十，舉到唇下。我不知道該向不認識的神祈求甚麼，於是打算閉上眼。我想，只要閉上眼，待在雅各身旁就好。但是，

『請保佑我還能再見到雅各。』

不可思議的是，這句話自然浮現。

和在那間神社的我，簡直有天壤之別。我閉著眼，同時感到雅各的氣息。雅各，就算閉著眼，還是如假包換的雅各。籠罩我，讓我安心，令我覺得自己比任何人都勇敢的雅各，他那巨大的力量，彷彿直接滲入我的體內。

雅各。

我在心中一次又一次呼喊那個名字。雅各明明就在我身旁，明明可以充分感到他的動靜，我卻宛如置身在雅各的體內。雅各，雅各，雅各。

『在重逢之前，請守護雅各。』

這一刻，有生以來第一次，我為了自己以外的人向神祈求。

『拜託，拜託，請守護雅各。』

我對著不知名的神虔誠祈禱。

當我們走出教堂時，幾個小孩在叫喊。他們吐舌頭，或者朝我們豎起手指。

雅各默默忍受。

「他們在否定我的神。」

我能理解雅各的意思，但對於那群小孩的叫喊，我還是一樣完全聽不懂。

「這種事經常發生。」

這時，我想起之前，雅各唯一一次失控時的情景。

那次，也是一群小孩對著雅各大呼小叫。但那時我壓根沒想到，原來那和科普特教有關。

「他們看得出來雅各你是科普特教徒？」

那些小孩不斷鼓譟，但見我們不理不睬，最後大概是厭倦了，各自開始做自己的事情。

「當然。你或許看不出來，但我們一眼就分得出來伊斯蘭教徒和科普特教徒的差異。」

很遺憾，我看不出雅各與他們的差異。畢竟，雅各於我，除了雅各之外甚麼也不是。純粹只是作為雅各這個人而存在。

不知不覺我們已走在尼羅河畔的步道。

尼羅河上，有稱為法爾卡的帆船以及豪華的郵輪停泊。河岸坐著法爾卡的操槳大叔們，有的喝茶有的抽水煙。傍晚的尼羅河，時間流逝得比任何地方都徐緩。

我們很自然地牽著手。雅各的手濕濕的，很溫暖，這種溫暖不知幫過我多少次。雅各的體溫滲入我的體內，絕對不會溢出。我不斷加熱雅各的火種，依偎在那火旁入眠。一次又一次。

西斜的太陽照亮尼羅河，令尼羅河閃耀橙色光輝。

清真寺傳來叫拜聲，那是在通知大家傍晚的禮拜。叫拜聲聽來如泣如訴。尤其今天的聲音，格外悲哀。

雅各與我好一陣子都默默無言，漫步河岸。

河上吹來涼風，溫度驟然下降的空氣令我們緊緊依偎。白鳥盤旋頭上，在河面落下小小的影子。尼羅河款款蕩漾，赤黑汙濁。不時有魚跳起，又深深潛入水底。

雅各在某個地方駐足。從他的動作，我明白他是說：坐下吧。我當然聽話地坐下。好安靜。除了叫拜聲，甚麼也聽不見。唯有那個勸大家向神祈禱的聲音籠罩我們。

我們這時想必該說些甚麼。關於我回國一事，關於今後各分東西，但是，除了我倆即將分開的這個事實，我不知道還能說甚麼。

我對我們的命運在我們不知情的情況下被決定感到很絕望。圷家四分五裂，被迫與雅各分開，比起這個事實本身，我無法參與那個決定更令我悲傷。

太陽幾乎已沉落尼羅河的彼方。法爾卡帆船的操槳手們不知幾時已不知去向，郵輪上亮起璀璨的燈光。

我在一瞬間想起八成正在家裡做飯的媽媽，但是，那個念頭旋即消失。此刻，我只想永遠停留在這個地方，但願時間就此靜止。若我能與雅各兩人就這樣定定看著尼羅河該多好。

叫拜聲停了。尼羅河流淌的細微水聲取代叫拜聲籠罩我們。

我的身體微微顫抖。

這是曾經見過的景色，曾經度過的時間，但這時的我，心情宛如誕生之後第一眼看到世界的嬰兒。

我與幾乎如自己的身體一般重要的友人，坐在世界最大的河流邊，看著沉落的太陽，以及被那陽光渲染的水面。我倆將在幾星期後分開，而且說不定一別將是永遠。

我的心，被這難以應付的感傷幾乎撕得粉碎。那絕非「寂寞」一詞所能道盡。

我的情緒超越所有感情的框架，不斷擴散，以驚人的聲勢，驚人的強度。最後我哭了。我不知道該拿自己的感情怎麼辦。我想放聲大哭，但那樣遠遠不夠。我用比哭叫更加強大的力道慟哭。我的眼淚簌簌落下，無法遏止。蒙住臉固然痛苦，屈身蜷縮還是痛苦。我就這麼坐著，凝視著尼羅河，只是默默哭泣。我哭自己的無力，我哭這世界的殘酷。

雅各也哭了。

雅各與我不同，是嗚咽。他蒙臉，抓頭，放聲大哭。那是道地的埃及人做法，但雅各做來，還是有種令人悲傷的高貴。

直到剛才，我們還一直牽著手，可是此刻，我們甚麼也沒做。沒有拍肩，也沒有互相擁抱，只是真摯面對自己的感情不停哭泣。唯有藉由此舉，我倆才完全合為一體。

「莎拉巴。」

雅各呢喃。我也呢喃。

「莎拉巴。」

發出聲音後，伴隨語言溢出眼淚，溢出比眼淚更燙的東西，令我幾乎呼吸困難。但我還是說：

「莎拉巴。」

我們繼續說。

「莎拉巴。」

這時，河水開始掀起巨浪。

起初好像是小波浪，之後越變越大，最後已變成威脅到我們腳下的高浪。我們沒有出聲。不僅如此，連站都站不起來。只是默默流淚，看著河面。

要回想當時的情感，非常困難。

那麼不可思議的體驗，無論之前或之後都沒遇過，況且到底該如何看待那件事，迄今還是無法明確地說明。

我們早就知道。

對於數秒之後發生的事，我們是真的，真的打從心底驚奇，但那時我們早就知道了。知道它將會發生。

「莎拉巴。」

在我們面前，出現巨大的白色生物。

起初，我以為是鯨魚。我以為是大白鯨現身尼羅河。但是，那不可能。

白色的生物，就我們肉眼所見，足足有三十公尺。我們看到的，不知是背部還是腹部，但當它露出水面時，光是那樣就有十公尺高。

生物的皮膚，看起來黏黏滑滑的，也好像很堅硬。輪廓很模糊，但我不知道是因為水花遮蔽視線，還是那個生物本身造成的。

我和雅各茫然望著它的身影。

白色生物畫出弧形，潛入水下。響起吼喔喔喔喔——宛如地鳴的聲音，尼羅河掀起前所未有的巨浪。

我沒看到生物的臉孔。所以，我們看到的生物，並非生物的全貌。所謂的長三十公尺、高十公尺，僅只是生物的一部分。生物肯定是我們難以想像的龐然大物。

等到生物完全潛入河中之後，波濤洶湧的水面，徐徐恢復原狀。我與雅各的腳下，已被水浸濕。不僅如此，我們還被濺了一身尼羅河的河水。頭髮濕了，臉也濕了，所以已分不清何者是眼淚、何者是河水。

當河面徹底恢復平靜時，雅各終於開口了。

「你看到了吧？」

我說：

「看到了。」

之後，我們再也沒說話。發生這種事，當然很驚訝，但是，對，畢竟，我們早就知道。我們早就知道它會出現。

我們很安靜。只是默默看著尼羅河，直到天黑。彷彿之前發生的事全是假的，河水只是靜靜流過。

「莎拉巴。」

雅各說。

「莎拉巴。」

我也說。那就是我與雅各的訣別。

第三章　沙特拉黃門大人誕生

23

飛往日本的班機上，留在我耳中的，是澤娜布的哭聲。

澤娜布自從聽說我們要回國後日日以淚洗面。我媽曾坐著哭泣的那張沙發，這次輪到澤娜布搶先占據不停流淚。在她身旁坐的是我媽，偶爾是我姊，她們會摩挲澤娜布的背部，陪她一起落淚，熱烈地依依惜別。

就連我，也很難過。

澤娜布真的很照顧我，有時候，我對她甚至有種更甚於親生母親的親密感。但是，被娘子軍那樣感傷後，已無我出場的機會。換言之沒有我難過的餘地。我不得不在回國當天爽快地向澤娜布道別。

「有一天我會再回來埃及！」

當我開朗地這麼說完後，澤娜布哭著抱緊我。那真的是我衷心的想法，但是被澤娜布這樣痛哭擁抱，我覺得自己好像做了甚麼壞事。我很想哭，但我還是哭不出來。

結果，我是在飛機上的廁所哭泣。

我的耳膜每一條皺褶（如果有的話），都黏附著澤娜布的哭聲。那個聲音，牽動我在開羅的一切回憶。街頭響起的叫拜聲，賣瓦斯的聲音，肉店吊掛的無頭牛，大量的山羊屎，在沙發哭泣的媽媽，雅各的一切，以及尼羅河中出現的白色巨大生物。

我像要追隨澤娜布的哭聲般痛哭。飛機的狹小廁所，被埃及種種宛如繁花的回憶塞滿，宛如棺木。

有一天，我一定會回到埃及。

那一瞬間，我強烈地，真的是強烈地這麼想，但是說來窩囊，畢竟我純粹只是個小孩。我甚至無法想像有一天自己變成大人，脫離爸媽庇護的情景。我絕對要回來——這麼想的心底某處，也藏著「恐怕再也無法回來」的認命。

爸爸要過一陣子才回國。因為和派駐伊朗時一樣，還有剩下的交接工作要處理。

在開羅的道別，成了事實上我們父子間的道別。

爸爸看起來很痛苦。他看看姊姊，然後看看我，好像有話想說。但是，結果還是甚麼也沒說，這就是我的爸爸，圷憲太郎。他用那過度健身已瘦骨嶙峋的手臂，拍拍我和姊姊的肩膀。這時，我還是格外爽朗地向他道別。

其實，我也很難過。我也想哭。

但是，那時的我打從心底贊同身旁的姊姊。

我並沒有錯。

姊姊很失落。戀父情結的她，要和爸爸分開肯定不好受。但她心裡一定是這麼想的：

我們沒有錯。

而我，也有同感。

爸爸之所以與媽媽離婚，而且不得不與我們分開，並不是我們，至少不是我造成的。不管爸爸多麼傷心，看起來多麼痛苦，都沒道理讓我為此心痛。如果他真的很難過，和我們在一起不就好了。努力讓我們全家能夠繼續在一起不就好了。如果說大人之間的問題，小孩無法介入，那我們小孩也不打算無怨無悔地付出自己的感情。我就是這麼想。

況且，按照協議我們今後依舊可以自由與爸爸見面，這並非永遠的訣別。這一年來，爸爸平日都是深夜才回來，假日又整天都在健身，所以實際與我們相處的時間幾近於零。姊姊已開始進入叛逆期，我也把全副心思都放在外面的世界而非家中。所以，我們幾乎不需要超乎必要地傷心。

唯一令我衷心難過的，是我們以前住過的那個房子已經被賣掉了。我甚至無法好好向自己的家道別。爸爸和媽媽一旦下定決心後行動特別快。一決定離婚就請日本的代理人出馬，早早確定買家，甚至連我們今後要住的新家都找好了。當然，完全沒有和我們姊弟商量。

爸爸與媽媽似乎決定徹底告別可能會成為彼此回憶的事物。

我自認對大人的任性早有刻骨銘心的理解，但這次還是被打敗了。即便那個家充滿對他倆來說是恨不得抹消的過去，對我們姊弟卻是重要的家。在開羅時，每當想到「好想回日本」，一定會浮現那個家，而且那個家，完全等於我心中的「歸屬之處」。住在那個家時，我還很小，但是浴室有大蜘蛛出現、曾經從樓梯摔下來流血……那一切都是絢麗的瞬間。或許是因為我長大了，但驚人的是，就連姊姊描繪的那些可怕的卷貝，對我來說也成了寶貴的回憶之一。

聽媽媽說買我們家房子的人，和我們一樣也是一家四口。「卷貝房間」不知會是誰住？

我不知道姊姊是否仍有眷戀。她變得越來越沉默，除了眉間的皺紋，她不再流露任何算是表情的表情。自從她與牧田的戀情告吹的那一瞬間起，她就不再積極表露感情了。我們回國時，她也是非常乾脆地與牧田道別。

我們的新家，和外婆家在同一區。

不只是同一區。甚至在同一條街。不過，是比外婆家漂亮好幾倍的獨門獨戶，還有個小院子。後來我才知道，買房子的錢全是爸爸出的，而且我們的贍養費、生活費，按照協議也都是由爸爸負擔。媽媽在實質上幾乎不用工作了。而且，爸爸還是持續匯錢給夏枝姨與外婆。今橋家徹底依賴爸爸圷憲太郎，今後似乎也打算繼續靠他過活。

但是，當時的我還不知道那些事。

總而言之，是爸爸傷害了媽媽，而且是相當嚴重的傷害，然後他就逃走了。我當時如此以為。

「居然逃跑了。」

如今想來，我認為那是非常孩子氣，正因如此也非常殘酷的感想。但是十歲的我，想像力到此已是極限。

我在實質上，被留在我媽與我姊的戰爭現場。我姊，我媽，以及外婆與夏枝姨。在我周遭，已經只剩下女人了。

我從五年級的新學期開始上小學。

由於是第一學期轉入，班上同學都才剛重新分班，彼此本來就還不熟。不過，從一年級一直念上來的學生彼此都見過，或者與朋友分到同一班，看起來好像混得如魚得水。

我很緊張。不，幾乎是恐懼。

在開羅，每個年級只有一個班。可我現在就讀的小學，一班四十人，而且共有五班。過去我只在一年級的第一學期見識過這麼龐大的人數。單憑那麼靠不住的記憶，根本不足以讓我在新環境生存下去。

我被編入的，是五年一班。老師介紹我是轉學生後，

「我來自埃及。」

我這麼一說，只見班上同學認識的一同發出歡呼或互使眼色。氣氛相當熱烈，這我能夠理解，但那是出於善意，還是甚麼別的，我還不清楚。

我一直很緊張。

我早就知道，強調自己在埃及住過是不行的。如果炫耀自己的特別，絕對沒有好下場。但是又得透露到足以讓大家尊敬我的程度。為了拿捏那個分寸，我拚命動腦筋。我的手心冒出大量汗水。我摸索著一邊自我介紹，一邊在心中喃喃默誦：「莎拉巴，莎拉巴……」我想像雅各就在我身邊。那個英勇強壯又聰明、值得信賴的雅各。那令我的心情在瞬間鎮定下來，但也正因為只能靠想像，不在身旁的雅各令我的心口倏然一緊。

座位是按照座號順序排列。我坐在會田後面。緊張雖未解除，但我坐下後，並未掀起竊竊私語或笑聲，所以我總算暫時鬆了一口氣。

在這世上，有一種人會率先找轉學生搭話。那種人，通常個性輕浮、好奇心強烈，而且很貼心。轉學生會在各種場合得到那種人的幫助。他會告訴你廁所的地點與現在流行甚麼，還會暗示你班上自然形成的人際關係，有時甚至還會幫你趕上落後的課業進度。

但不可思議的是，這種人和轉學生，到了下一學期就會彼此疏遠。並不是吵架翻臉，也不是對彼此感到幻滅。只不過是在班上各自有了安身之處。

第一個找我講話的，是叫做長木的男同學。

「今橋你是從埃及來的？好厲害。」

差點忘記說了，我現在改姓今橋。

從圷步，變成了今橋步，不過座號倒是沒有太大改變[7]。長木（Nagaki）是特地從「Na」行那一區走到我的位子跟我搭訕。

「一點也不厲害。我只是被爸媽帶過去而已。」

我從幼年就已學會謙虛，再加上，我在開羅曾與「他們」邂逅。「他們」甚麼也沒做，但是靠著爸媽的庇蔭住在大房子的我，卻因他們種下決定性的羞恥心與罪惡感。不可自大，不可驕矜，因為這並非我自己的功勞。我肅穆回答長木的問題。

「可是我第一次見到住過埃及的人耶。」

7：座號是根據學生姓氏的發音按照五十音的先後順序排列。

「不過，我也只住了四年而已。還有人住更久。」

「哇！你爸媽也是日本人？」

「都是日本人。只是因為我爸的工作關係才過去。」

「帥呆了！」

「沒那回事。」

「啊，我叫做長木。」

我差點不假思索喊他「長木先生」。

但是，我已牢牢記住，長木一看到我第一句話就是說「今橋你」。在這個地方，這才是標準稱呼。我留意班上同學們的說話方式後，不再用彬彬有禮的說話方式，改成比較有男子氣概的語氣。那對我來說很簡單。因為早在轉學生自我介紹時，我就已經改說關西腔了。

每當我試圖迅速融入大家時，我的腦海浮現的，總是姊姊。姊姊肯定又闖禍了。看著教室裡的大批學生，姊姊想必又會受到那種強迫症驅使。我如此猜想。

果然不出我所料。

她果真又搞砸了。

姊姊在市立中學三年四班做自我介紹時，甚麼不好說，偏偏要在日語中夾雜英語。

「大家好，我是今橋貴子。來自埃及的開羅。能夠見到大家so happy，雖然對日本有很多不了解的事……」

類似這樣。

姊姊鬥志十足。

面對大批學生，而且是穿著同樣制服的數十人，八成讓她又想起本來遺忘已久，堪稱暴力的「快看我！」願望。就算姊姊變得再怎麼沉默寡言，精神上的叫囂，還是絲毫不見衰退。不僅沒有衰退，反而更強烈了。

姊姊的班上和我一樣有四十人，一個年級更是多達八班。許久沒看過這麼大量的同年齡孩子，面對看似毫無個性的同班同學，她不得不竭盡所能虛張聲勢。

以前在日本時的同學，那些喊姊姊「神木」的學生如今一個也沒出現，或許也為姊姊的精神帶來不良的影響。姊姊渴望重新來過，說不定，對於昔日那段可憎的日本回憶，她也想復仇。以前被貶低為「神木」的人，這次渴求被當成真正的「神木」受到尊崇。

「埃及來的女孩子」的確是一大話題。和我的小學一樣，姊姊的中學以前也沒出現過那樣的學生，姊姊「日英雙語夾雜的自我介紹」，也的確轟動她的學校。

但是，姊姊失敗了。

她並不知道，中學生擁有多麼複雜的感情。姊姊的確帶給他們驚訝，但也帶來更大的困惑，而且那最終造成反感。姊姊的行為說穿了，除了「自我感覺良好」之外啥也不是。只是個得意忘形、虛張聲勢、自不量力的傢伙。換言之，姊姊就是個「把自己從埃及這種稀奇地方回來的事洋洋得意地向人炫耀的討厭鬼」。

而且，這裡沒有牧田。不只沒有牧田，也沒有牧田所代表的那些成熟的同班同學。

我敢斷言，姊姊的新同學絕對不壞。面對姊姊這種異質的、而且企圖發揮自己那種異質性的人，他們只是沒有多餘的心力採取寬容態度罷了。他們幾乎從出生到現在都沒離開過這個城市，而且今年馬上要面臨高中入學考試。

他們懷抱著一旦萌芽，轉眼就如怪物飛快成長的自我意識，正在拚命活下去。說到拚命，我姊當然也一樣，但她的做法，和大家實在太不相同。而異類，通常注定要遭到排除。

姊姊從此被同學稱為「搜黑皮」。

當然，那不是帶有善意的綽號。姊姊遭到大家的疏遠。她對此很困惑，不明白自己到底犯了甚麼錯。

相較之下，把我們逼進新環境的罪魁禍首——我媽，她自己也好不到哪去，對於曾經住了那麼久的日本生活，她顯得不知所措。

首先，超市的琳琅滿目又乾淨衛生的商品就讓她大受打擊。之前短暫回國時，看似寶物的那些東西，一旦意識到今後永遠都能隨手取得，頓時變得無比奢侈，無比荒謬。

看到事先切碎處理好的盒裝蔥花，我媽的反應是「太誇張了吧」，看到冷凍速食品的袋子上註明「請從此處打開」的箭頭，她會說「腦子有病」。

我媽的意思是，這樣下去，日本人的手會退化，大腦肯定也會萎縮。去車站會聽到「電車將誤點一分鐘敬請見諒」，搭乘電車會聽到「請注意您的雨傘不要忘記帶走」，這樣子，的確無暇自己思考。

用不著每次討價還價的計程車，一轉動就會冒出美麗火焰的瓦斯爐，絕對不會停電的電力，以及永遠有乾淨的熱水源源流出的浴室。我媽很高興，同時也反感得幾乎爆炸。

「這個國家在搞甚麼！」

其實她根本沒有權利講這種話。說穿了，這都是因為她沒有長年來往的友人。她在開羅的那種風光生活，被許多人簇擁宛如名人的夢幻時光，在此刻，正式宣告結束了。

雖然媽媽與姊姊水火不容，但是都意外地適合開羅的生活，在這點上不愧是母女。DNA的力量果然不可小覷。

另一方面，呈現截然對比的是我。

迥異於姊姊與媽媽那種人有適合的場所也有不適合的場所，對我來說，場所並沒有那麼大的影響力。有力量的是我自己。在抹消自我存在感這點，我發揮了最強大的力量。無論在任何場所，遲早我都能巧妙融入。

我習慣了五年一班，不知不覺中，再次得到「班上中心人物的好友」這種地位。一如世間的慣例，也與長木逐漸疏遠。當然，並非反目成仇。早上遇到了還是會說聲早安，如果位子靠得近也會聊聊天。但是，我倆不再積極地打交道。

成為我的好友的，是叫做大津的傢伙。

他的身材高大，有著丹鳳眼，雖是五年級學生卻比六年級學生更有威嚴。在幾乎都還穿著短褲的班上同學之中，只有他一個人穿上下都是黑色的運動服，那和大津黝黑的膚色相映成彰，演繹出一種宛如黑豹的氛圍。

大津喊我時，習慣把「今橋」（Imabashi）的發音簡化成「伊瑪巴」。區區一個「shi」的音本來發出來也可以，但他那種滿不在乎的發音方式更酷。班上同學都開始模仿大津。姓氏發音有四個音節以上的同學，全都被簡化為三個音節。例如高橋（Takahashi）就變成塔卡哈，永澤（Nagasawa）就變成哪嘎沙。

老實說，我還沒有習慣今橋這個姓氏。在我心中，我依然是圷步。但是伊瑪巴這個稱呼，雖然只差了一個音節，卻好像遠離了今橋。僅僅一個音節，就區隔了今橋與伊瑪巴。

我立刻成為伊瑪巴。而且對大津，也不再喊他「Otsu」，感覺上更像是喊他「歐——子」。

通常，像我們這種歸國子女，多半會進入私立學校就讀。尤其是國中生與高中生，會另外劃分出歸國子女，甚至另外編成特別班。歸國子女多半會講英語，而且大多家境富裕。

我與姊姊雖然不會講英語，卻是道地的歸國子女。況且，就我們在開羅的那種生活看來，也的確稱得上家境富裕。

但是，我們姊弟就讀的學校，是本地的公立學校。學生之中，有家裡賣菜的小孩，也有上班族的小孩，有我這樣單親家庭的小孩，也有酒廊媽媽桑的小孩。這點令我很驚訝。

在開羅時的朋友，大家的父親都是開貿易公司或像我爸這種一般企業的上班族。而且，算是經濟比較富裕的。總之家長的經濟狀況大抵相仿。可是在日本，尤其是在我的學校，有各式各樣家世背景的小孩。

也有些小孩的父親甚至沒有工作。有個姓室井的學生，總是穿同樣的衣服，聲音帶痰。根據大津的說法，室井小小年紀已經開始抽菸了。換言之我們這個地區，成分好像不太高尚。

爸媽本來可以顧及我們的環境，讓我們念私立學校。但是，他倆的全副精神都放在自己的離婚上。尤其是我媽，滿腦子只是堅決認定一定要在娘家附近買房子。除此之外的事，她一概沒考慮。

如果轉入有許多歸國子女的私立學校，姊姊或許也不會那麼惹眼了。英日語夾雜的自我介紹，或許也會被視為尋常小事。但是，若是在那種行為被視作尋常的地方，姊姊想必也不會那麼做了。因為她只想在她待的場所中成為最特別的人物。想必，她不管去哪都會失敗。最主要的是，早在那種「若是」、「如果」之前，我們的生活，就已開始了。

這個街區，就是我們的一切。

我全力試圖融入本地。十一歲，正是身體開始出現變化的年齡。在班上同學之中，有的男同學已長得稀疏的鬍子，也有人才小學五年級就有點疲憊滄桑的中年男人味。在那當中，我顯得過分可愛。我的鼻子底下和下巴，都毫無長鬍子的動靜，褐色的頭髮也光滑柔順，滴溜溜的大眼睛黑白分明。換句話說我是個美少年，或者該說，還保持美少年的外型。

那想必是足以傲人的事。但是，對我們這種十一歲，即將變成大人的男孩子而言，那絕非優點。尤其是在這種有點龍蛇雜處的地區。

班上當然也有人像我一樣，完全沒有長鬍子的跡象，不管怎麼看都像是低年級小朋友。或者該說，幾乎大部分都是那樣的人。但是，我無法對這樣的自己安之若素。

我早早就開始努力讓自己變得男性化。

美少年之後肯定會變成「娘娘腔的傢伙」吧。修長的體型，遲早也會變成別人口中「像豆芽菜一樣的傢伙」。光是粗魯地自稱「老子」還不行。就像大津，上臂現在已經隆起結實的肌肉，當然也開始長鬍子了。最重要的是，大津的父親是柔道教練。大津從小就跟著父親學柔道，他那個國二的哥哥，甚至在本區的柔道比賽獲得亞軍。

我毫不遲疑地請求我媽讓我去大津家的柔道教室上課。

為了讓自己變得男性化，一切在所不辭。我媽聽了我的請求，大吃一驚。

「你要學柔道？那樣會變得瘦巴巴耶！」

或許是因為姊姊太讓媽媽失望，她非常中意我的容貌。

嚴格說來，她更想把我打扮成小少爺。比方說藍格子扣領襯衫或白色馬球衫之類的。一再講這種話很不好意思，但美少年的我，的確非常適合那種服裝。和我媽在一起時，如果遇到別的日本媽媽，那些媽媽總會看著我瞇起眼，說甚麼「哎喲，好有氣質的小少爺」，令我媽得意非凡。

在開羅期間，那樣還無所謂。因為那時我的朋友都是真正的小少爺。但是，在這裡不同。握有主導權的是大津，而且今後，「大津式的事物」想必也會繼續成為主流。總之男人就該像個男人，這就是此地的做法。

「你該不會是在學校被欺負了吧？」

我媽懷疑起我忽然想學柔道的動機。

我當然沒有被欺負。不過，我想先摘除未來可能會對我不利的苗頭。如果我這張美少年的臉孔已經無藥可救，那就只能靠特殊專長決勝負。

我媽的拒絕，比我的請求更堅決。

「學柔道會把耳朵撞壞！不行！」

我媽徹頭徹尾都是這種女人。

我難得向她撒嬌使性子。我一再請求她一定要讓我學一項有男子氣概的運動。

最後我和她各讓一步達成的協議，就是加入本地的足球俱樂部。雖然沒有柔道那麼有男子氣概，但是擅長運動的人，永遠可以輕而易舉贏得尊敬。今後我每星期有三天要參加放學後的足球練習。

持續練個半年後，我的雙腿漸漸有了肌肉，臉也曬得黝黑，顯得很精悍。就算在大津身邊，也不會太遜色。而且在校外交到朋友，一下就拓展了我的世界。

雖然還是沒有長鬍子，但在我心中自己已成為及格的男人了。

24

我們三天兩頭去外婆家。

爸爸替我們買的新房子固然漂亮舒適，但外婆家那種老舊的感覺與雜亂的風景反而更令人安心。我們經常在外婆家吃飯。

姊姊與媽媽的生活和姊姊的校園生活一樣，前途多難。

姊姊把她在學校的無聊、自己遭受的惡劣待遇，全都歸罪於媽媽。回日本明明是早就決定的事，她卻說得好像是因為爸媽離婚才硬把她弄回國似的。

前面也提過，就算回到以前住的地區，姊姊肯定也會很痛苦。因為，那裡有一群給她取了「神木」這個綽號的學生。

可是姊姊也怨恨這個位於老街平民區，學生有點粗暴的學校。而且，她也怨恨那個硬生生、把自己帶來這種場所，完全不考慮讓她就讀私立中學的媽媽。

可是，媽媽壓根不理睬姊姊的那種抗議。對媽媽而言錯的是爸爸。錯的只有爸爸。那個原因我不知道，但既然她的態度如此頑強，想必應該就是這樣吧——我頂多只有這種程度的感想。因為我也同樣為了融入新環境非常拚命。

姊姊與媽媽的關係，一天比一天惡化。

雖然沒有再在房間牆壁雕刻卷貝，但姊姊又開始拒絕吃飯了。她把自己關在房間，就算出來也是對媽媽採取叛逆的態度。家裡的氣氛，坦白講簡直糟透了。

所以外婆家等於是我們的避難場所。

我是為了逃離那種惡劣的氣氛，媽媽是為了逃離養育小孩的艱難，我們幾乎天天泡在外婆家。可憐的爸爸花錢買下的漂亮房子，如今幾乎成了姊姊一個人的家。

而且就連姊姊也經常來外婆家。她本來就很喜歡夏枝姨，況且待在外婆家時，她和媽媽的關係也會比較緩和。我們吃著外婆做的褐色飯菜，有時還在外婆家狹小的浴室洗澡，然後才不情願地回家，在至今還是很乾淨美觀的房間睡覺。

外婆家裡，不只是我們，也有形形色色的人上門。

那些人多半是外婆的朋友，全都是女的。換言之，被迫傾聽女人各種身體上的失調、困擾和傾向成了我的家常便飯。

比方說，我對班上女生月事來潮就毫不驚訝。

在大津那種家裡只有兄弟沒有姊妹，而且是在純男性的環境長大的傢伙看來，女生的生理期似乎是一種威脅。每當女生羞澀地拿著小袋子站起來，光是那樣就會掀起一陣鼓譟。被指名調侃的女生很可憐，羞得面紅耳赤，甚至有人哭出來。

不過，大津一定也不知該如何是好。大津還沒有成熟到可以對自己不懂的事默默置身度外，可他也不是那種會羞紅了臉低頭不語的小朋友了。也就是說他正處於不上不下的狀態。對男孩子來說，女孩子的身體變化純粹只是威脅，面對那種威脅，男孩子只能用嘲笑的行為來對抗。

即便於我而言，女孩子的成長也是一種威脅。

看到坐在我前面的女生背後胸罩的線條時我會小鹿亂撞，體育課時，在運動場奔跑的女生露出的性感大腿，也曾令我戰慄。只是，我沒有像大津那樣丟臉地慌了手腳。所以我用不著採取嘲笑的攻勢。

外婆家的廁所毫不遮掩地堆放著生理用品。那是出於外婆的粗枝大葉，但如今想來，當時外婆不可能還有月經。那是夏枝姨的，想必也是我媽的。

我媽自從和我爸離婚後變得越來越邋遢。在日本的安心感以及不管做甚麼都不用扯高嗓門交涉的環境也有推波助瀾的作用。即便在我看來也知道，她已經失去危機意識。

比方說，我所認識的媽媽即便在家中也會化上完整的妝容、綁起頭髮、穿著露出合身曲線的服裝。可是回國後的媽媽套上鬆垮的衣服，只有心血來潮時才會化妝。家裡三餐大抵都交給外婆料理，即便房間角落已蒙上一層灰，媽媽也不以為意。

我以前以為爸爸毫無存在感，但爸爸的存在其實很重要。

直到爸爸不在了我才發現，媽媽是為爸爸這個男人過生活。媽媽在身為一個好母親之前，更想成為一個好女人。

最好的證據就是我媽後來也交了各種男朋友，但有男友的時期與沒有男友的時期差異之大，甚至堪稱奇觀。交了男友時，她不會向我一一報告，但我立刻就會發現她有了男友。因為她原本鬆弛的輪廓會變成緊繃的線條，那線條動得很勤快。家裡不但變乾淨了，媽媽更是把自己打理得光鮮亮麗。

剛回國的媽媽，在她的人生史上想必是最鬆懈的時期。

她放棄了在埃及這個異國被奉為社交界（其實規模也沒有那麼大）之花的地位，在自己的家鄉，盡情縱容自己。

外婆也好不到哪去，她本來就不是會責罵媽媽的人。

外婆家等於是靠我爸撐起來的，而且，外婆本來也是鬆懈的人。不，是變得鬆懈。以本地招牌西施的身分經營麵店的時期已經過去，如今外婆就算不工作也能糊口。外婆好像也有過幾個類似情人的對象，但外婆與我媽不同，她不會在男人面前試圖扮演好女人。外婆就這麼鬆懈地交男友，絕對不修飾自己。彷彿養大三個女兒後，已切斷了所有緊繃的線，外婆徹底貫徹鬆懈的人生，那種鬆懈也成了家的型態。換言之，外婆家被視為附近女人皆可自由進出的，為任何人敞開大門的場所。

會聚集到這種地方的人，果然也很鬆懈。

比方說，那些人不會因為有我在場就迴避某些話題。從「經痛很嚴重」開始，到「停經了」或「更年期症狀很難受」，最後甚至連「與丈夫的性生活」這種露骨的話題都在我面前喋喋不休，我不容分說地成為一個很了解女人各方面問題的男人。

所以，即使班上女生拿著小袋子起身去廁所，我也不會像大津他們那樣調侃女生，也體貼地不去看女生晃動的胸部。和大津這些人在一起時，要保持那種原則很困難，幸好我有傳家寶刀——消除存在感的絕技。只要大津他們出現那種跡象，我就會不動聲色地離開，假裝被其他的事物吸引。

當我察覺我姊好像迄今沒有月經時，她已經放棄上學了。在大約可感到冬天氣息時，我穿著外套，在附近的小公園練習挑球。
我在公園練習挑球時，為何會想到姊姊的生理問題，至今我還是不知道。我並沒有數過廁所的衛生棉數量，也沒有直接問過姊姊。但是那時，我忽然領悟到，姊姊沒有月經。
姊姊真的骨瘦如柴。
她拒絕吃我媽做的飯菜，但是外婆或夏枝姨做的她會吃。但是姊姊正值發育期的身體光靠那點食物根本不夠。本來姊姊就不肯吃中學的營養午餐。幾百人吃著同樣的菜色，而且是用塑膠與鋁製餐具進食，她說那樣簡直像囚犯。
對，姊姊的確這麼說了。
姊姊為了讓自己的意見引人注目，管他是甚麼種類的話題，她都會積極發言。
「用相同的餐具，和大家吃相同的東西，簡直是囚犯。」
聽到她這麼說的學生，心裡肯定在想：
「那麼，是在說欣然用餐的我們是囚犯囉？」
姊姊的說法，一再令同學們心碎、反感。如今「搜黑皮」已經成為大家的攻擊對象。
姊姊開始遭到霸凌。
起初，是英文課時老師命姊姊朗讀，她一用那種似乎很流暢的英語開始朗讀，大家就摀住耳朵。那種情形接著轉移到國文課的朗讀，最後，大家都開始不看姊姊。
姊姊一到學校，大家就趴在桌上或拿手掌蒙眼，總之就是要讓姊姊知道「我們不看妳」。
霸凌有很多種。

每種霸凌都很卑劣，所以絕對無法容許，況且對霸凌分出優劣也毫無意義。但是對當時的姊姊而言，沒有比「被人漠視」、「被當作自己不存在」更痛苦的折磨了。姊姊渴望、、、被看見。她永遠都想在某人的視線之中。就是因為太過渴望，才會一再做出怪異的言行，結果就會傷害到別人、招人反感，陷入最糟糕的惡性循環。

對姊姊來說肉體上的，或者被罵、被人找碴、總之被積極介入的那種欺負，或許還能令她稍感安慰。不管是遭受暴力還是挨罵，至少攻擊者正在看著、、、姊姊。說不定，那時她的心情更接近被德軍逮捕的安妮．弗蘭克，或許也可以體驗到被猶太人痛罵的基督徒的心情。因為姊姊一直是個想像力非常豐富的人。

然而，當姊姊發現自己再次被看見、、、時，也決定性地受到傷害。

那天，擔任值日生的姊姊下課後正在擦黑板。一起當值日生的男學生大嶽並沒有幫她一起擦黑板，基本上，那個人同樣不肯看姊姊。

姊姊很認真。雖然遭到大家漠視，但她無法對值日生的工作自暴自棄敷衍了事。她把理科老師寫的細小文字從左端開始仔仔細細地擦掉。即便粉筆灰落到身上也不在意，當自己挺直腰桿時，從制服下襬隱約露出背部的肌膚她也同樣不在意。因為還是一樣沒人看姊姊。

但是，擦到黑板的右半邊時，教室內，傳來吃吃笑聲。

姊姊是個敏感的人。尤其在不再、、、被看見的那時。

她知道，那個笑聲是針對自己。大家正在看著自己笑。那是睽違數月的視線。

姊姊已經有點不正常了。

在被當成不存在的透明人，並歷經數個月的渴望後，即便是那種輕蔑的吃吃低笑都讓她覺得感激。她想把那個當成「我此時此刻在這裡」的證據。她想好好接受那一切。

姊姊越發仔細地擦黑板。她覺得就算花再多時間也沒關係。姊姊這麼一做，笑聲變得更大了。姊姊被盯著。

但是最後，擦完全部的黑板時姊姊眼睛看到的，是這麼一行字。

「今日值日生　大嶽
　　　　　　今橋→神木」

姊姊嚇得低呼一聲。

這裡應該沒有學生知道「神木」才對，所以姊姊才會渴望重新來過。結果她搞錯努力的方向而導致失敗，還得到「搜黑皮」這個負面的綽號，但即便如此姊姊還是用「happy」是個正面的字眼來安慰自己。

神木。

不知那是誰寫的。

但對姊姊來說，那已不是問題重點。

在無人知道自己過去的地方，自己依然是「神木」。就算再怎麼試圖改變，自己看起來終究只是「神木」。

姊姊對自己的外貌並不在乎。

她不知道自己微黑的乾瘦肌膚看似樹幹，也不知道制服上的蝴蝶結那種白色，令人聯想到繫在神木上象徵神聖的繩子。換言之，比起小學被這麼稱呼的時期，她更加沒有注意到自己看起來就是神木。

對姊姊而言，那個綽號不只是對外貌的中傷，更是對自己存在的詛咒。自己就是「神木」，不管去何處。

姊姊從此不再去學校。並且，也拒絕繼續升學。

我媽鬧得雞飛狗跳。

雖然媽媽自認早已習慣姊姊的難以理解、難纏，但她做夢也沒想到姊姊會拒絕上學、拒絕繼續升學。

老實說，這點小事我早有心理準備。不是站在母親的角度，也不是站在弟弟的角度，單就一個年齡相近者的角度來看姊姊的話，她的確有那種程度的危險。

但是媽媽還是把姊姊當成自己的小孩。媽媽依然深信姊姊是「只要好好溝通就會理解的孩子」，只要身為母親的自己對她付出關愛，她遲早會成為「正常的女兒」。換言之，媽媽非常樂觀。

我說過很多次了，即便是我這個做兒子的看來，媽媽都是那種把做女人看得比做母親更重要的人。關於離婚錯的是爸爸，只有爸爸——她這種態度令人敬佩，但她對於比任何人都無辜的我們姊弟，未免也太不關心了。不僅不關心，媽媽還多少有點表現出「我都是為了你們姊弟才犧牲」的態度。

我當時還是小鬼。

爸媽離婚時，我以為該照顧小孩的當然是母親。不，那簡直太天經地義，我甚至壓根沒有想過這個問題。

媽媽本來也可以選擇把我們交給爸爸。

媽媽本來可以恢復單身女性的身分，重新開始她的人生。

那種事，我甚至無法想像。我一直覺得我媽作為一個母親有點不及格。若是她肯好好關心我們，姊姊應該也不至於走到這種地步吧？我不知有多少次如此暗想。

然而，講那種話的我自己卻甚麼也沒做。完全沒有。

姊姊就算拒絕吃飯，我也沒有勸她「快點吃」，即使她對媽媽採取叛逆的態度，母女倆激烈對罵，我也沒有說「別吵了」。我在家中，純粹只是化為空氣。那時我學到，如果企圖徹底保持中立，便會失去人性的輪廓。我已不再期望得到媽媽與姊姊的肯定。

我沉迷於外面的世界。我和大津他們玩，在足球練習比賽做出漂亮的動作，這些已經填滿了我的容受力。

所以，我在不知不覺中拋開了開羅時代的回憶。

剛回國的頭幾個月，我天天都會想起開羅，滿腦子只想著好想見雅各，有好多話想對雅各訴說。但是過了第二學期，又過了第三學期後，我的腦中幾乎只剩下學校與足球了。

而且曾幾何時，我也不再說「莎拉巴」了。

曾經給我那麼多幫助的「莎拉巴」，不知不覺已淪為遙遠的昔日記憶。
成長期的少年，殘酷如斯。

25

不再上學的姊姊，倒也沒有把自己關在房間搞自閉。

她經常去外婆家，和夏枝姨談論電影或小說。夏枝姨從以前就很懂藝術，而且那種喜愛隨著年齡日漸加深。

夏枝姨沒有工作。對於自己和外婆的生活是來自我爸和治夫姨丈的金援，她完全沒有受到良心的苛責。阿姨拿到的錢都揮霍在電影、小說和音樂了。

我用「揮霍」來形容，或許會讓人以為她是個不知節制的敗家女，但她並不是。阿姨是個非常簡樸的人。我記憶中的阿姨只有穿過四套衣服。她和媽媽大不相同，媽媽（如果交到男友時）每天穿不同的衣服，有時甚至一天換兩套的。基本上阿姨連妝都不化，也不會把白頭髮染黑。所以阿姨不只比外表年輕的媽媽看起來年長許多，甚至看起來比大姊好美姨大上一截。

去看電影時，她也是經過精挑細選，多半都是用家裡的小電視機觀賞租來的錄影帶。她有許多唱片和書籍，但那些都是舊唱片和舊書，全都已經磨損起毛了。

姊姊會從阿姨的書櫃借書來看，或從唱片櫃抽出唱片放上唱盤。阿姨櫃子裡的收藏品毫無脈絡可循。比方說書櫃陳列的大多是日本的近代文學，但其中也夾雜兒童文學作家麥克・安迪或犯罪小說家詹姆士・艾洛伊的作品，壇一雄的料理書旁邊是新約聖經……大致是這種感覺。放唱片的櫃子也是，後來模仿別人開始當DJ的我，就經常從阿姨的架子借唱片。

靈魂歌手奧蒂斯・雷丁、山姆・庫克、女子樂團至高無上（The Supremes）這些我還能理解，但夾雜其間的蕭邦、琉球民謠歌手登川誠仁令我有點驚訝，後來再看櫃子，甚至出現搖滾樂團超脫樂團（Nirvana）和嘻哈音樂團體武當幫（Wu-Tang Clan），簡直超乎想像。

阿姨選的東西固然毫無脈絡，但正因毫無脈絡更可看出她的認真。阿姨不是為了向誰炫耀才吸收那些東西。換言之，她絕非為了建立自己的個人特質才利用藝術。阿姨只是為了自己，或者說是為了撫慰自己才想要那些東西。阿姨想必從艾拉・費茲潔拉、碧玉、太宰治與相米慎二都平等地獲得力量，並當作她的精神食糧。有時她會哼起邦喬飛的歌，吟詠銀色夏生的詩句，模仿史派克・李的電影中的台詞。

姊姊深愛那樣的阿姨。雖然阿姨喜歡的東西有太多令人無法理解，但唯獨阿姨的真實，比起任何事物都值得信賴。

阿姨依然是昔日的阿姨。雖然阿姨沒有積極地為我們做甚麼，但她全然接納我們的一切。換言之阿姨徹底擺出被動的姿態，但絕對不會否定我們。

所以關於我姊的拒絕上學，阿姨也未置一詞。我媽對阿姨的這種態度好像很不滿。

「那孩子向來最聽小夏的話，所以小夏妳也說她幾句嘛！」

我曾多次見到我媽這樣逼夏枝姨表態。每次阿姨都含糊其詞：

「這個嘛……。」

但最後阿姨還是沒點頭也沒拒絕。

姊姊一天有大半時間都在夏枝姨的房間度過，所以姊姊並不孤獨。不只有沉默的阿姨，還有大量的音樂、小說與電影圍繞她。

之後，姊姊成為不念高中的十六歲少女。

我升上六年級，獲得足球俱樂部的正式球員資格。我的位置是左後衛。我是右撇子，但在足球隊我一直偷偷練習用左腳踢球。左撇子的球員很少見，而且我經常練習，所以比較容易成為正式球員。不過我真正想踢的位置，其實是中場球員。

中場球員決定比賽的進行，是帶動整支隊伍的靈魂人物。運動量和負擔雖大，卻也格外出風頭。但是，足球踢久了，我漸漸發現自己其實很適合擔任後衛。後衛和中場比起來，是更注重防守的位置。重點不在於主動帶動比賽，而是要徹底守住隊伍。除了防守之外，有時當然也會轉為進攻，但嚴格說來那並非我們後衛的職責。

我非常適合扮演被動的後衛。不是自己主動採取行動，而是從隊友背後仔細觀察同時跑動，我立刻適應了這個位置。有時我會鼓起勇氣給無人接應的前鋒來個長傳，大家爆出歡呼後，那種快感幾乎令我腦袋爆炸。實際上進攻球門和看守球門的都不是我，即便如此，自己對勝利有所貢獻的想法，還是讓我比自己以為的更激動。

分居的爸爸，得知我在踢足球後非常高興。

我經常和爸爸通電話，一個月也會見一次面。星期天若有足球比賽他會來觀戰，聖誕節和我生日時也會送我禮物。

媽媽表現得好似我與爸爸完全沒有接觸。

即使我出門去見爸爸，她也不會不高興，但我回來後，她絕對不會問我今天過得如何。媽媽會若無其事地做飯，或是在桌子上留張紙條：「我在外婆家。去那邊吃飯。」

我想她那時候差不多已開始新的戀情了。

講到這裡要回頭插幾句話。

回國後，我們立刻去見矢田嬸。

矢田嬸的家裡架起大型祭壇，有很多陌生人進進出出，而且還供奉「沙特拉黃門大人」這個讓人很想唸出聲，類似神祇的東西，我很好奇姊姊對這件事的想法。

姊姊除了安妮．弗蘭克，也很傾心於甘地、馬丁．路德．金恩、坂本龍馬及切．格瓦拉這些人物。換言之，她是個非常容易受影響的人。

這些都是大人物，而且一律很孤獨，但越是孤獨，姊姊越會把他們與自己的身影重疊。說到這裡，在她六年級時還和牧田寫過聖女貞德的劇本。那齣戲雖未上演，但在客廳發現劇本的我衷心慶幸那齣戲沒有上演。因為肯定會是姊姊自己扮演聖女貞德。

矢田嬸當然不是聖女貞德也不是安妮．弗蘭克，但對姊姊的影響力也不容忽視。姊姊經常描繪矢田嬸背上的弁天菩薩圖樣，那種精緻度令我驚訝。姊姊很有繪畫才華。

我忘不了畫滿牆面，乃至天花板的卷貝。

那些卷貝，不只是七歲的我，連我媽都被震懾（當然，媽媽或許是基於別種意味被震住）。但是，總之姊姊對大嬸的背部觀察入微到可以清楚回憶她的弁天菩薩是甚麼樣子，而且姊姊也的確把地位猶如教父維多柯里昂的大嬸當成偶像。

大嬸家裡依然有巨大的祭壇坐鎮。

和上次短暫回國時不同的是，造訪大嬸家的人數顯然變多了。

當時我媽、我姊，還有我和外婆四人一起去矢田嬸的家。我們四人待了兩個小時左右，期間就有五個陌生人上門。數量很驚人。

每次有人來，我們就不得不中斷對話。每個上門的人都會在祭壇放點東西虔誠祭拜，但在那期間我們四人當然很不自在。尤其是我媽，以及一直把矢田嬸當成大姊敬愛的外婆，看起來更是尷尬。

說話的主要是我以外的四人。我過了三十分鐘就已完全厭倦了。

姊姊起先一看到房間中央放的大祭壇就已啞然。但她看著那個不發一語，說不定是因為早已從外婆那裡聽說了甚麼，也可能是因為姊姊已經長大了。

姊姊很喜歡矢田嬸的擁抱，聽到矢田嬸聊起往事（泰迪熊玩偶被半埋在土裡時我真的嚇得腿軟，誰教我那時候要跟妳說狐狸娶親的故事……等等）也會害羞，她一邊回答大嬸連珠炮似的問題，一邊不時偷瞄祭壇。

寫有「沙特拉黃門大人」的白紙已褪色，放置那張紙的祭壇上，白布也處處泛黃變得很寒酸。成對比的，是祭壇上的供品，每一件都發出嶄新的光彩。以前我看到時，是酒或白米這種比較庶民的東西，現在放的卻是看起來就很昂貴的葡萄酒和電器用品，甚至還有男人求婚時會準備的那種裝戒指的小盒子。

每次有人來祭壇祈禱，姊姊就會瞪大雙眼，彷彿堅決不肯錯過那一瞬間，聚精會神地注視。祈禱儀式還是一樣很古怪。大家都是輪流用雙掌踏地，或也因此，大嬸家的榻榻米只有一塊地方嚴重變色。

我朝大嬸投以一瞥，她還是和以前一樣。或者可以說始終如一。她的視線落在比對方略低之處，只是呆坐著。唯有最初和最後她才會向上門的人發話。來的人也一樣，連招呼都來不及打就默默祈禱，之後向大嬸點頭行個禮，在祭壇放下某些東西，就這麼走了。

連我都知道，矢田嬸的家變得有點奇怪。我完全了解。因為我媽是個不會掩飾驚訝的人，而且我也發現以前和矢田嬸那麼要好的外婆，現在已經很少去矢田嬸家。

那時的我，還沒有所謂「新興宗教」的概念，但我已理解，在矢田嬸家正在進行類似新興宗教的某種活動。

姊姊想必懂得比我還多。她最愛的矢田嬸家發生的種種現象，肯定讓她受到某種程度的震撼。

但麻煩的是，矢田嬸個人一點也沒變。

大嬸對於祭壇的不祥、來訪者散發的不穩定氛圍完全不當回事，她依舊是她。威嚴十足的派頭，找我們說話時那種難以形容的爽朗，以及撫摸流浪貓時帶有慈悲的動作，正是我們從小親近的她，而且即便隔了幾年再見面，大嬸也完全沒有變老。實在太大嬸的大嬸和大嬸家的環境之間的落差，令我們無所適從。

我想或許正因如此，我媽和我姊才會開不了口直接詢問大嬸「這是怎麼回事」。大嬸家雖有大型祭壇坐鎮，可是住在裡面的大嬸卻表現得好像完全沒發現祭壇的樣子。

況且大嬸自己也從來不在祭壇前祈禱，只有去她家的人會祈禱。大嬸的屋子裡，彷彿突然長出一棵樹。樹成了大嬸屋裡的日常，大嬸完全不受干擾，照舊過她自己的日子。

但是，「沙特拉黃門大人」這行文字，分明出自大嬸的手筆。用麥克筆寫成，力道強悍如男人的字跡，我也見過。顯然是大嬸替供奉在這祭壇上的某種東西命名為「沙特拉黃門大人」。可是到頭來，那到底是甚麼玩意，為何是它，誰也不敢問。

回程，姊姊也沒有像之前媽媽那樣大呼小叫地嚷嚷那到底是怎麼回事。她一直保持緘默，似乎在認真思考著甚麼。姊姊當時穿著及膝裙，至今我還記得很清楚，她的裙擺沾滿溜進大嬸屋內的野貓身上的白毛。

回國後的那一年，我媽和我，甚至外婆，都疏遠了矢田嬸家。我是因為忙著融入學校與本地生活，但是沒工作的媽媽和外婆不能用那當藉口。她倆是刻意不去。想必是對矢田嬸家正在進行的某種活動抱持戒心吧。

不過，姊姊開始不時前往大嬸家。

尤其在她拒絕上學後，她去得越來越頻繁。如同前面所述，姊姊並沒有閉門不出，但她接觸的人只剩下我們家的人和外婆、夏枝姨。就一個十幾歲多愁善感的少女而言，姊姊的世界未免太狹小了。所以矢田嬸依然在姊姊那狹小的世界中燦然發光，我們一點也不驚訝。

尤其是媽媽，姊姊肯出門似乎讓她鬆了一口氣。在家從早到晚和姊姊大眼瞪小眼，想必令媽媽難以忍受。媽媽果然有了男友，但是只有姊姊識相地去外婆家或矢田嬸家時，她才能夠無所顧忌地與男友見面。

我媽是在哪兒交到男友的，當時的我並不清楚。

她靠著爸爸匯來的錢完全不用工作，我放學回來時，她多半不是在家裡就是在外婆家。出門頂多只有去超市買東西，或是和外婆上街買衣服，所以當我發現不知幾時媽媽又開始化妝得美美的，好像是去見男友時，我覺得那簡直是魔法。

我才剛進入所謂的青春期。正在為煩悶不穩定的情緒和身體的變化感到吃驚。母親有了男友這件事，我當然不可能歡迎，但比那個更強烈的是「她怎麼交到的？」的驚愕。

其實我早就隱約覺得，我媽不可能就這麼結束一生。我也知道，她不是那種會顧慮我們姊弟勉強犧牲自己的人。所以對於她像變魔術一樣轉眼便交到男友的俐落身手，在感到厭惡之前，我反而感到佩服。

26

某晚，我姊與我難得在自家客廳獨處。

我當時累得要命。雖然我媽留了字條叫我「晚飯去外婆家吃」，但我懶得去。我在廚房弄了兩碗泡麵後馬上狼吞虎嚥。

從外婆家回來的姊姊來到客廳。

她默默在我對面坐下，然後目不轉睛地看著正在吃泡麵的我。

「幹嘛？」

坦白講，我覺得很煩。但是就算想漠視，姊姊的視線也太露骨了。

「老是吃那種東西，小心會早死喔。」

我知道她是在說泡麵，但我沒有回話。

當時，像現在這樣關心食品添加物和食物的人還很少見。像我姊這樣十幾歲就在意的人更是微乎其微，但她是認真的。在我家這一帶沒有超市可以買到無農藥汙染的新鮮蔬菜，但我姊替夏枝姨去蔬果店跑腿買菜時，總會詢問產地是哪裡、有沒有用農藥，即便在這一帶也成了小有名氣的人。當然是被視為「麻煩人物」。

對於我姊老是在壞事方面出名，我自認早已習慣。問題是，一旦要上國中，就不可能這麼簡單了。

姊姊的存在，在我入學時已成了小小的傳說。畢竟，她可是那個「神木」。而且是中途消失，拒絕上學的學生。

其中我尤其注重的問題，就是姊姊曾被霸凌。

兄弟姊妹酷不酷，對當時的我們而言，不，至少對我個人而言相當重要。大津的哥哥參加過大阪府的柔道比賽，安井的姊姊是漂亮的小太妹。大津和安井，他們都是靠自己的本事受到歡迎，但是多多少少，還是會被視為「那個某某人的弟弟」。

正因如此，我絕對不能被人稱為「那個神木的弟弟」。

我很害怕。我並未忘記上小學時跑來我班上找碴的五年級學生。因為沒有重新分班，所以我小學六年級時也是和大津他們繼續同班，好不容易才確立某種程度的地位，但是國中這個新世界終究令我不安。

結果是加入本地足球俱樂部這件事拯救了我。

我們就讀的國中學生來自兩所小學。我們以前念的是南小，但北小也有學生就讀這所國中。也就是說，一個年級有一半的人都是第一次見面。但是我之前就加入本地的足球俱樂部，所以和北小的學生也很熟。

我被分到一年一班，和大津不同班，但班上有同樣隸屬足球俱樂部的小池與大垣。所以，我從入學第一天就沒有落單。我們三人從入學第一天就聊得很熱絡，所以非常顯眼。雖然我向來督促自己盡量不要引人注目，但此舉著實有效。交友圈以我們為中心逐漸擴展，於是很自然地，我也成了班上的中心人物。小池與大垣都不是特別饒舌惹眼的人，但他們很會踢足球。小池是中場，大垣是右後衛。

青春期的我們，判定優劣的條件就是「很會打架」、「擅長運動」、偶爾再加上「是某某人的弟弟」。功課好的書呆子自然不在討論範圍內，宅男型的傢伙也同樣不列入評分對象。

我有「姊姊是那種怪人」這個糟糕的負面條件，但我是足球隊的人。加入運動社團，是男生作為男生的最低限度的條件，而且我長得高。老實說，小學的時候男生的外貌無關緊要，但是上了中學後，這點頓時變得很重要。英俊與否倒還在其次，重點是體格。像大津那樣高頭大馬體格壯碩是最理想的，不過我至少不是小矮子。今後的中學生活，目前看來似乎可保安泰。

所以姊姊找我說話時，坦白講，我嚇了一跳。感覺就像是意外被障礙物絆了一跤。

「步。」

姊姊難得喊我的名字。

「至少，千萬不能把湯全部喝光喔。因為那全都是毒素。」

煩死了！我心想。姊姊把泡麵的汁說成湯固然令我火大，她到現在還堅持講新聞主播那種標準語更是令我鬱悶。

我無視姊姊。但是她並未離開。

我很反感，但我也沒那麼大的勇氣去頂撞她。我只好繼續默默吃泡麵，

「你知道那個人的男朋友是誰嗎？」

這是我最不想聽見的話題。

我姊口中的「那個人」，除了媽媽沒別人。

前面提過我累得要命，那天二年級學長因為有了學弟加入而過度興奮，毫無意義地命令我們「全力衝刺操場十圈」。弄得我大腿僵硬，吃了又吃還是覺得餓。在一天之中最軟弱的這個時刻，我當然不想聽到那種話題。

但是，我是個徹底被動的人。我實在無法繼續無視姊姊，也不可能朝她怒吼「少囉嗦」。雖然就在幾個月前，我才剛進入青春期，但就算這樣我也絕對說不出傷害姊姊的話。不是因為我善良，而是因為害怕，因為懶得自找麻煩。

「不知道啦。」

所以，我頂多只能很不耐煩地這麼說。姊姊當然不是那種會體諒我心情的人。

「是高中同學。」

「啥？」

「是那個人以前的高中同學。」

儘管聽到她這麼說，我還是毫無概念。基本上，我對我媽也有高中時代這件事本身就有點無法想像。感覺上媽媽好像打從出生時就是以「媽媽」的身分活著。雖然，我媽並不像世間一般所謂的母親，而且也已離了婚變成單身女性。

「那個人，翻畢業紀念冊調查人家的聯絡方式，一一打電話給有苗頭的人。」

「有苗頭的人？」

「就是以前喜歡過她的人，或者現在可能會喜歡她的人。」

聽到這裡時，我開始真正厭惡聽她爆料了。我不懂我姊說的話有何意義，而且歸根究柢，我媽並沒有告訴我們，我很訝異姊姊到底是怎麼知道媽媽的手法。

「就像電話購物一樣。」

姊姊定定看著我。那是有點古怪的眼神。她有一陣子沒和親人以外的人接觸，所以肯定抓不到人與人的距離感。沒事一直盯著別人的眼睛是很沒禮貌的行為、做人要懂得察言觀色等等，這些事姊姊完全沒學到。

「關我甚麼事。」

我垂下眼簾。我只能那麼說。泡麵變得很難吃。油脂浮在表面，麵條也泡爛了，有道理，看起來的確對身體不好。

我端著碗站起來時，

「對方有家庭也沒關係嗎？」

姊姊的聲音響徹客廳。雖然開著電視，她的聲音還是聽得一清二楚，這讓我很厭煩。

「也就是說，那個人在搞外遇。」

我想，我當下只發出了嗚或呼這種奇怪的聲音。

「身為一個人，簡直瘋了。」

我去廚房，把剩下的泡麵倒進水槽。

「一定會遭到報應。」

客廳那頭，繼續傳來姊姊的聲音。

我沒接話，逃回自己的房間。

我很不甘心，卻無法否認自己的確動搖了。而且是嚴重的動搖。

我媽在搞外遇。

當時，我還沒有性經驗，但我精通相關知識，也懂得自慰。一旦學會，每天都在想那件事，右手停不下來（當然有時也會換個方式用左手）。

我不知道性交到底是怎麼一回事，但正因不知道，那變成非常猥褻的東西黏著在我身上。我對與性交有關的所有字眼產生反應。其中也有「外遇」這個字眼。對於一個整天沉溺在剛剛識得滋味的自慰，像猴子一樣的小鬼來說，沒有比「母親的外遇」更具有衝擊性的字眼。那是我媽和性交連結的瞬間。

我是甚麼反應呢？

我恨我姊。

比起現在或許正在搞外遇、正在性交的媽媽本人，我更恨告訴我這個事實的姊姊。要不然我不知道該如何昇華這種無能為力的傷心才好。

於是，我把一切負面的情感統統扔進「憎恨姊姊」這個黑箱。換言之，對於從小就胡搞瞎搞的姊姊，不知不覺中，我已認定她是可以憎恨的存在。

要我去恨爸爸、恨媽媽，到頭來我都無法真正做到。因為我害怕去憎恨家人，遑論憎恨我媽。姊姊雖然也是我的家人沒錯，但是她太脫離常軌了，在我心裡多少有點把她當成怪物看待。

我在無意識中把我所有鬱悶的負面情緒，都扔進「憎恨姊姊」這個箱子。

當然，我沒有露骨地表明我對她的厭惡，也沒有直接用過分的話語攻擊她。單憑這一點，我認為自己已是非常善良體貼的弟弟了。連這樣的姊姊我都沒抗拒，我覺得自己真是個好弟弟。

但我姊是個非常敏感的人。我是怎麼看待她的，她肯定心裡有數。

她想必是那種把我難以表露的惡意一肩扛下的人。

就從那晚起，我姊開始越發頻繁地去矢田嬸家報到。

「會有報應的。」

那想必既是姊姊的預言，也是詛咒。

矢田嬸的，不，沙特拉黃門大人的新家，就蓋在矢田公寓的四條街外，我們小時候玩滑輪溜冰的場地一角。

總之那是棟很詭異的建築。清水混凝土外牆的建築物，幾乎像個立方體，上面到處都有圓窗，感覺就像一塊有很多眼珠子的蒟蒻。建築物本身並不大，但是一進去就是高達三樓的挑高空間，二、三樓的走廊環繞建築一圈。也就是說，這是非常巨大的單一空間。

沙特拉黃門大人的祭壇（不過，其實只是在鋪著雪白桌布的長條型台子上，放置那張寫有「沙特拉黃門大人」的白紙），放在一樓的後方。從二樓和三樓也可俯瞰它。

大嬸從來沒說沙特拉黃門大人是神明，也沒有自稱是甚麼沙特拉黃門教。當然更沒有宣傳自己是教祖，更何況就算蓋了新房子，大嬸依舊住在那個兩房一廳的狹小矢田公寓。

誰都沒有明言那棟建築是新的宗教設施，但是光是那種氛圍就已足夠。那棟建築在我們這個地區明顯格格不入。

事後我聽我姊說，打從那棟房子落成後，不只是區內，從別的地方也有許多人跑來。基於某種理由，沙特拉黃門大人成了吸引各色人等的存在。

而我姊也開始去新建築報到。

雖未明言，但那就是她也信奉沙特拉黃門大人的證據。她當然超喜歡矢田嬸，矢田嬸也喜歡她。但是那不足以構成姊姊去新建築的理由。她分明是被沙特拉黃門大人本身所吸引。

我不知道姊姊和其他人是憑著哪一點信奉沙特拉黃門大人，到底又在祈禱甚麼。但是，我媽的臉色很難看。那是理所當然。拒絕上學也拒絕繼續上高中的女兒，居然對一個來歷不明的邪教（雖沒有明說，但我媽顯然就是這麼認為）如此虔誠。

但是，媽媽早已放棄禁止姊姊做些甚麼或強迫她做甚麼。媽媽試圖用「貴子就是喜歡親近矢田嬸」的想法來說服自己接納這個狀況。

實際上，矢田嬸的確還是一如既往。

蓋了那種建築後，起先對矢田嬸感到訝異的附近鄰居，之後也因大嬸完全沒變而安心，終至默認。況且，大嬸可是這一帶的教父。不管大事小事，沒有一個人沒受過她的照顧。大嬸受到大家的熱烈愛戴。

有人說，

「那麼受到大家愛戴又有影響力的人，正適合當教祖。」

也有人說，

「不，基本上那根本不是甚麼怪裡怪氣的宗教。想必只是因為她心腸太好，所以才弄個像避難所一樣的地方讓困苦的人有地方可投靠吧。」

換言之，誰也不想討厭大嬸。

最好的證據就是，即便大家都知道建造那棟房子的資金來自放在沙特拉黃門大人的祭壇上那些財物，也無人提及此事。光靠老舊的矢田公寓那點房租收入，照理講絕對蓋不出沙特拉黃門大人的宮殿，但大家看起來好像就是努力這麼相信。

我當然也喜歡大嬸。

即便升上國二，邁向所謂的叛逆期，我還是喜歡大嬸。在路上碰到時，大嬸會問我足球練得如何。當我向她敘述時，她會靜靜點頭，不時開心地笑出來。而且臨別時，還會給我五百圓銅板，多的時候甚至是一千圓鈔票，

「這些錢拿去買果汁。」

說著拍拍我的肩。

不時，也會目擊她和我姊走在一起。姊姊不知在扮演甚麼，變得只肯穿黑衣。大嬸穿著鑲有亮片的花俏運動衣或毛衣，那種氣派簡直像美國的黑幫成員，但在她身旁全身裹著黑衣的姊姊，看起來就像個服喪的寡婦。姊姊這年十八歲，可她看起來既像歐巴桑也像小小孩。她非常瘦，只有細細的眼睛發出銳利的光芒。大嬸自己毫無怪異之處，反倒像是我姊率先把「沙特拉黃門大人」變得很可疑。

不過，姊姊開始參拜「沙特拉黃門大人」後，精神狀態好像變得穩定多了。

姊姊與媽媽的冷戰，在今橋家持續進行中，但是不再有以前那種一觸即發的氛圍，感覺倒

像是出於慣性地繼續相看兩相厭。

姊姊不再直接攻擊媽媽，彷彿轉而寄託在「遲早會有報應」這個巨大的力量。主動停止憎恨與攻擊的姊姊，看起來似乎變得比較神清氣爽。所以外婆和夏枝姨都無法阻止她虔誠地參拜沙特拉黃門大人。

我不知道沙特拉黃門大人到底是代替誰來懲罰世間眾生或是給予報應。沙特拉黃門大人到底有甚麼樣的教義（如果有的話），是甚麼樣的神明（如果是神明的話），誰也不知道。因為大嬸這個當事人擺出最不了解的樣子，所以事情變得有點複雜。

不過，不管大嬸有多麼漠不關心，不管我姊有多麼虔誠，沙特拉黃門大人本身還是越變越龐大。小小的建築物每天都有人造訪，留下各種財物才離開。

建築物就這樣變大了。大嬸最後幾乎可以把昔日曾是溜冰場的整片土地都買下了。

27

當時，我這輩子第一次交到女朋友。

說是女朋友，其實並沒有約會，當然也沒有接吻，只是彼此確認喜歡對方而已。

一升上國二，校內突然緋聞滿天飛。

起初只是像國一的延續，始自某某人好像喜歡某某人這種隨便說說的傳聞，但那轉眼變成了整個年級最大的話題。

迄今，我也對幾個女生有過好感，在足球隊的休息室，大家也會熱烈討論「某班的某某人很可愛」或「某某人跑步的時候胸部會搖晃！」之類的話題。但是，也就僅此而已。我們要練習足球，還要被學長折磨，況且還有不熟悉的期中考、期末考。縱使會想到女生，也被日常生活的種種瑣事干擾，往往難以成就戀情。對於國一的我們而言，戀愛依然還是電視裡發生的事，也是只有國三的不良少年才被容許的僥倖。

但是上了二年級，也適應了學校後，我們才有多餘的心力戀愛。

收拾足球球門和整理運動場都成了新加入的學弟們的工作，也抓到應付期中考與期末考的訣竅。雖有「獲得正式球員的位置」這個最大目標，但那全看每個人的熱情。我當然也有熱情，但還不至於為此心急如焚。

想成為活躍於聯隊的足球選手只是小學六年級時短暫的想法。我覺得只要能繼續這樣開開心心踢足球就好了。我是個沒有夢想的國二學生。不過實際上，我認為自己的確沒有令人瞠目的才華，我們的球隊本身也很平庸。偶爾進行練習賽，遇上私立學校的強隊，他們的技巧與熱情，以及那種「絕對要成為一號人物」的閃亮野心，總令我畏怯。這種人肯定會成為職業球員，而我沒有那個資格。我早早就放棄了。

率先替空前的戀愛熱潮點火的，是某個學生。

那個學生隸屬於環境社這個土氣的社團。他叫做長內，自然捲的頭髮成了爆炸頭，臉上有青春痘，是個很不起眼的學生。但就那個長內，居然和同樣屬於環境社的土生千惠理開始交往了。

老實說，土生也完全不可愛。整體給人的印象就是粗野，胡亂綁起的頭髮長度及腰，而且還乾燥蓬亂。與其說她是個嫩妹，還不如說像個歐巴桑。

那樣的兩人，居然開始手牽手上學。那是非常聳動的風景。大家看到他倆來上學，就會起鬨鼓譟或者開玩笑。

「真的一點也不令人羨慕！」

也有人講出這種沒禮貌的話。不過，對於兩人互相承認是情人的狀況，到頭來，大家心裡其實都有點羨慕。

長內是二班，土生是四班，但長內特地送土生到四班。然後還要摸摸頭才分開。那種動作當然也成為大家調侃的對象，其中甚至有人故意裝出嘔吐的樣子，但最後大家還是沉默了，因為他倆看起來很幸福。

長內依然頂著自然捲的爆炸頭滿臉青春痘，外表很醜，但他那個動作看起來非常成熟。一點也不「幼稚[8]」（後來在我們之間，開始流行喊長內「不幼稚」。國二的男生，就是這種德行）。

大家都在想，居然被那種傢伙搶先了！

老實說，足球隊比環境社的格調高級（歸根究柢，環境社平時到底在幹嘛!?）。高格調的我們居然沒有女朋友，這太奇怪了吧！這就是我們的想法。

並非只有我們這麼想。籃球隊和棒球隊和手球隊，乃至吹奏樂隊、漫畫社肯定都是這麼想。

我們才不會輸給環境社（所以說，環境社到底是在做甚麼的？）。

自此，整個年級刮起告白的狂風。

告白有兩種。首先，是向友人告白自己喜歡的人，另一種是實際向喜歡的人告白。無論哪一種，都炒作得轟轟烈烈。當然最大的目標是後者，但是對於我們這些傢伙來說，本來只能靠著自慰折磨自己剛長出幾根毛的小雞雞，現在光是有了喜歡的女生，和死黨共享這個消息，就已足夠聳動了。

在足球隊，「你喜歡誰？」已經變成打招呼的暗號。大家起先都扭扭捏捏不肯說，但是最後還是會老實招認自己喜歡的對象。到頭來，大家其實都巴不得告訴別人。

我最喜歡這個社團的地方，就是大家即使喜歡上同一個女生，也不會因此破壞球隊的氣氛。

比我們高一年級的學長都很讓人討厭，至於我們這個年級，全是率直的好男兒。說不定我們就是因為被學長折磨得很慘才變得如此團結，也可能正因為這樣的氣氛才會表現平庸，但總之球隊的氣氛非常和諧。尤其是暑假結束，三年級學長退出後，我們的凝聚力變得更強。也沒有折磨一年級學弟。其中甚至有一年級的學弟對我們講話不用敬語，但我們球隊休息室有種「那就算了，反正他就是那種人」的穩定氣氛。我很喜歡球隊休息室。

我們這個年級的可愛女生畢竟有限。光是足球隊內，就有四人喜歡上同一個女孩子。她叫做雜賀真琴，是田徑隊練短跑的女生。喜歡雜賀的四人，得知那個事實時，

「我就知道！」

「你也是嗎！」

「雜賀的確很可愛嘛！」

類似這種感覺。換言之，大家根本無法想像和好朋友搶女生的狀況，況且基本上，和女生交往這件事本身就很不現實。

老實說，我也覺得雜賀很可愛。但是我覺得她非常清楚自己的可愛，而且引以為傲。首先，雜賀雖是田徑隊的卻完全沒曬黑。因為她塗了防曬霜。在曬得黝黑的隊員當中，膚色白皙的雜賀特別顯眼。而且雜賀穿著田徑隊制服的方式也與其他人不同。大家都是穿背心短褲，雜賀卻把背心打結綁起來，所以從背心的下襬可以看見若隱若現的肚皮。而且那裡的皮膚也很白，換句

8：長內（おさない）日文音同幼稚。

話說雜賀連肚子也塗了防曬霜。

拿雜賀和我姊比較實在很抱歉，但我對於那種「快看我！」的女生，就是會有一種近似恐怖的厭惡。不過即便如此，對於完全不在乎自己的容貌，例如汗毛濃密到糾結打旋的遠地香苗，或是雙眉連成一條線的城之內賴子當然完全不列入考慮。

我喜歡的女生，也就是我的第一個女朋友，她叫有島美憂。

除了我之外沒有其他隊員喜歡有島。這點令我很驚訝。其中甚至有人說，

「有島是誰？」

有島沒有參加社團。在我們這所社團活動盛行的學校（畢竟連環境社這種社團都有了）是很罕見的情形。我想是因為這個緣故大家才會不知道有島。因為足球隊員能夠接觸到的，不是班上同學就是放學後同樣在運動場進行社團活動的學生。

有島乍看之下的確不起眼。

她並沒有特別大的眼睛、或是有酒窩之類那種淺顯易懂的亮點。但是，有島的皮膚非常漂亮。她的肌膚光滑細緻，完全符合晶瑩剔透這個形容詞，我為什麼會知道呢？那是某天放學後發生的事。

當時興致勃勃去足球隊的我正要走出教室，有島正好走進來。有島不是我們班的，但她和我們班上的八幡惠子很要好。八幡也和有島一樣，是沒有加入任何社團的少數學生之一，不過她很不起眼，倒也不是那種會被瞧不起或嘲笑的類型，只是悄無聲息地在教室生存。

「啊！」

我們差點撞到，我急忙扭身閃開，但有島閃開的方向跟我一樣。那一瞬間，身體前傾的我和有島之間，僅有幾公分的距離。我們馬上分開，所以時間應該不到一秒，但當時我清楚看見有島的皮膚。有島的臉頰是淡淡的粉紅色，宛如單薄的陶瓷。那射中了我的心。

在女生當中，想必也有人像有島一樣皮膚很好。但是，我沒有和那些女生以數公分的近距離接近過。就只是因為這個？如果這樣問我真的很羞愧，但真的就只是因為這個。因為我在幾公分的近距離內看到有島的肌膚。

原本我壓根沒把有島放在心上，可是從此我便一再想起有島的肌膚。幾乎看不見毛細孔，光滑得彷彿會發出聲音的肌膚，被我用慢動作一再重播反芻。

我開始有意識地觀察有島。那個走過走廊的有島，放學後來我們班教室的有島。

有島通常是獨來獨往。在喜歡呼朋引伴整天黏在一起的女生當中，那種作風很罕見。她的孤高氣質也令我心動，而且我覺得有島應該是那種不在意別人眼光的人。她是和我姊與雜賀正好相反的類型。但是，有島和遠地與城之內也不同，她有種清潔感。

有島的頭髮及肩。根據學校的校規，及肩的長度必須綁起來，她的頭髮就是勉強可以打擦邊球閃避校規的長度。不知是因為髮量太少還是耳朵太大，當她低頭時會從髮間露出耳朵，那讓我無比亢奮。雖然耳朵只是耳朵，我和大津以及瀧谷這個顧問軍師也都有耳朵，但那是屬於有島的耳朵，是從有島的髮間露出來的，頓時它變得特別高貴。

而我的隊友，因為我說我喜歡有島，於是也開始注意有島。大體上所有人的第一個感想都是「很不起眼」，但隨著日子過去，他們開始說：

「她好像變可愛了。」

我很高興有島的可愛只有我能夠發掘，私下頗為自豪。

然後在某一天，我們成了「彼此都知道對方有好感的一對」。不是因為我告白，我沒有那種膽量，那只是來自於我不想出糗的自尊心作祟。

隊友之中有人很有勇氣地去向女生告白。其中有人告白成功，也有人陣亡。我們對兩者都報以喝采。我想我們一定是對告白這個行為本身樂在其中。

例如溝口這傢伙，被他最喜歡的玖波沙織拒絕之後，居然向第二喜歡、第三喜歡的女生……依序告白下去，對告白上了癮。最後，當他終於向第七喜歡的女生告白成功時，他才發現自己其實沒那麼喜歡對方，弄得場面很尷尬。我們雖然嘲笑溝口，但也很讚賞溝口的勇氣，對於溝口這種荒唐的草率抱有善意的藐視。老實說，女生的感受根本不重要。我們只是自己沉浸在這波熱潮中，玩得很開心。

足球隊以外的人，也有幾人告白成功。

雜賀被各式各樣的男生告白，最後與籃球隊的須崎交往。須崎即便在男生看來也很英俊，最主要的是他有點壞痞子的氣質。雜賀成為須崎的馬子時，我們足球隊的休息室也鬧得沸沸揚揚。喜歡雜賀的四個人，雖然感嘆自己在沒有勇氣告白的情況下就失去雜賀，但是感覺上好像也有點「你們盡情嘲笑這樣的我吧」那種自虐式的樂趣。我們誇張地安慰他們四人。每當雜賀被告白時，那個消息都會傳遍校內，因此我懷疑是雜賀自己到處宣傳的。那種女人，送給我我都不要，但這四個人卻用懊惱地跺腳、滿地打滾來表達自己的震驚。而且越發團結一致，

「我們只剩下足球了！」

聽到他們如此大吼，再次引發一陣爆笑。

坦白講，我很想像這四人一樣永遠和好哥兒們混在一起。雖然我敢明確說出我喜歡有島，但是比起與有島成功交往受到大家羨慕，我覺得這樣逗得大家哈哈大笑、勾肩搭背肯定更快樂。我的個子高，五官也很端正，所以隊員都說，

「今橋絕對很受女生歡迎！」

我當然很高興，但是與其被分派到那種角色，我寧願像溝口一樣，得到人見人愛、教人好氣又好笑的稱號。實際上，溝口有張大餅臉，身材矮小又是個小胖子，但他在男生圈和女生圈都很受歡迎。校慶園遊會時還與暗戀雜賀四人組當中的高知搭檔表演相聲，當時表演的段子就是溝口寫的。如今想來，那只是國中生會說的無聊笑話，但在全校學生前裝瘋賣傻逗得大家大笑的溝口，看起來很酷。那是和大津不同的另一種男子氣概，也是我絕對無法擁有的魅力。

我雖然也會和大家一起嬉鬧，但我畢竟還是很被動。我無法主動搞笑，而且我知道就算自己那麼做也不會有溝口那樣的破壞力。溝口滑稽的笑料，是因為溝口才能夠成立，如果換成我這種人去做，只會被同情或是弄得冷場。

我對溝口和暗戀雜賀的四人組懷有強烈憧憬，同時也跟著大家一起嘲笑他們，挖苦他們。和大家一起笑時，我每每在想，要是這種時光能夠永遠持續下去就好了。

一方面也是自己的自尊心作祟，所以，我沒有告白。我只是在有島每次經過時，大叫一聲：「超可愛！」能夠保持用這招逗大家發笑的狀態，讓我感到很舒坦。那是我唯一能讓大家歡

笑的話題。換言之，是我能夠得到大家善意嘲笑的瞬間。

然而，我這種心情，有島當然沒有察覺。有島終於來向我告白了。

我對有島有好感的事好像傳了開來。

比方說有島經過時，隊友們會大叫「今橋！」，偶然在走廊錯身而過，班上同學也會用手肘頂我。或也因此，常常我看有島時，有島也正在看我。

那樣對我就已足夠。

「對上眼了！」

如此大叫，我很想珍惜被大家調侃，七嘴八舌討論「趕快告白啦！」「不行，我太害怕了！」的時光。

但是有一天，八幡惠子交給我一封信。

「這是美憂給你的。」

我想這應該是我第一次和平時土氣的八幡講話。八幡看起來也有點緊張。那封信是淺藍色的，上面綴有小小的白色圓點。

不用拆開信我也知道內容。不過我當然還是拆開看了。信中以小小的渾圓字體寫了上次那相距數公分的瞬間，以及她從那時就開始意識到我的存在，每次四目相對有多開心等等。

我的第一反應很丟人，是勃起。我譴責在如此神聖的瞬間硬要出來搶鋒頭的性器，為了安撫它只好先用左手解決。然後以神清氣爽的身體與腦袋，再次重讀那封信。直到那一刻，我才終於可以衷心喜悅。

我們是兩情相悅。

這時在我心中浮現的，是許多蠟筆。粉紅色，以及藍色的蠟筆，從我的記憶之櫃，源源湧出幼稚園時的蠟筆。我很驚訝自己的記憶力。也很驚訝和蠟筆同時浮現的宮川早紀。

我甚至連宮川早紀胸前配戴的名牌上「宮川早紀」這幾個字都記得清清楚楚。宮川早紀給我的膚色蠟筆，宮川早紀那張宛如爬蟲類的臉孔，彷彿此時此刻正在注視似地，清楚浮現在視網膜。

於是，我又堅硬地勃起了。我沉迷於自慰，同時有點不安，我該不會有戀童癖的傾向吧？

28

與有島的戀情開始，也等於是和好哥兒們無聊又快樂的時光結束。

隊上告白成功的傢伙，都受到大家的祝福，但同時也會畫下一線之隔。例如球隊練習結束後，

「你要和女朋友一起走吧？真好！」

諸如此類。

的確很羨慕那些和女友一起回家的傢伙，但那終究無法取代一群男生打打鬧鬧相偕離去的樂趣。比起被人吹口哨揶揄的那一方，揶揄別人的那一方永遠滿臉開心。我們都還是小鬼。

被大家羨慕的確是一種快感，但因此與大家拉開距離，卻非我所願。實際上，溝口就是因為無法再和大家一起回家太寂寞才和女友分手，後來即便有人向他告白，他也很少再交女朋友了。

那我是怎麼做的呢？

我暫且保留我的回覆。只要知道有島的心意就足夠了，所以我決定把那種優越感、幸福感暫時擱置。而且，我當然也沒有對隊友提起那件事。

有島現在想必心情七上八下很不安。

明明已確定我對她的好感才寫信給我，我卻一直沒回音。而且我這個當事人，每次有島經

過時，還被大家調侃「快上啊」或「加油」之類的話。
那種狀態大概持續了一個月吧。有島終於使出強硬手段。
她開始等候足球隊練習結束。
對此我也很困擾。不知道我收到信的隊友們，看到有島坐在運動場邊的長椅上，目不轉睛看著我們練習，他們想必也靜不下心。
我隱瞞收到信的事萬一被拆穿，別說是快樂時光了，甚至可能失去友情。終於，我也不得不下定決心了。
說來可笑，我被迫不甘不願地向兩情相悅的女生告白。
我當著大家的面，向有島告白了。
一方面是因為我沒有勇氣獨自站在有島的面前，同時也是因為我希望這場告白，能夠逗得大家哈哈笑。既然告白肯定會成功，那我希望盡量用滑稽、親暱的做法，讓大家開心。
「我喜歡有島。」
大家都在操場上看著去長椅那邊告白的我。有島的神情非常喜悅，同時，也帶有不可思議的表情，彷彿想問「咦？那封信呢？」。我早已決定如果她提起那封信就裝傻不認帳。在我的背後是足球隊全體隊員，大家都在豎起耳朵聽著。幸好有島並沒有提起那封信，
「我也喜歡你。」
我知道背後的大家正在怪叫鼓譟。從有島的口中，實際聽到「喜歡」這個字眼，令我的身體激昂，開心得頭暈眼花。但是同時也有種「唉，好想加入那群鼓譟的傢伙」的悲傷。我完全處

於怪異的狀況。

我與有島成為情侶的事，立刻傳遍整個年級。

那是當然，因為我是當眾告白。我被班上同學調侃，被女生們偷瞄。雖是自作自受，但我還是非常難為情。

相較之下，有島倒是非常理直氣壯。一到下課時間就會來我的班上，拿信給我。大家當然都看著我。我受不了那種注視，所以，我對有島的態度變得非常冷淡。我討厭看到當我這麼做時有島失望的表情，也討厭有島即便如此還是不屈不撓地來我班上。

我最討厭的是八幡對我的態度轉變。本來在班上也很低調的八幡，開始動不動就過來找我說話。而且，她的態度非常親密，例如，

「今橋，你有沒有好好寫作業？」

「喂，今橋，橡皮擦借我！」

類似這種感覺。見我不悅她會有點退縮，但這時八幡總會說，

「你要回信給美憂喔！」

對，她會搬出有島的名字。

八幡自己也知道，當她那麼說時，班上女生就會有點心神不寧。八幡是在向班上女生示威。她在強調：我可以光明正大地，這麼親密地和今橋說話喔。也就是說，與我隨意交談，原來是一件足以令女生拿來炫耀的事。

我太小看自己了。因為之前從來沒有被人告白，所以我不曾想過自己在女生心目中的排名

高低。

我的排名，相當高。

足球隊、身高、臉蛋。我的手裡，原來已有許多藍色蠟筆。

大概會有人覺得我是得意忘形的笨蛋吧。但是，請原諒我。我畢竟才十四歲。實際上，有島的信中也這麼寫過。

『自從我和今橋交往，大家都用羨慕的眼光看著我。好想趕快和你一起回家。我想和你一起散步，向大家炫耀，這個人是我的男朋友！』

當然，令我高興的並不是有島的「想一起回家」。我高興的是那句「大家都用羨慕的眼光看著我」。

就算瞧不起我，說我很不要臉也無所謂。我敢斬釘截鐵地說，青春期的男生都是這樣。

我漸漸開始後悔向有島告白。有島三天兩頭寫信給我，但我沒有回信。而且，最重要的是，有島美憂這個人對我而言已不再具有魅力。

在我心中的有島，本來應該是個不屑與其他女生為伍的孤高女學生。可是實際上的有島，只是一個沒有朋友的傢伙——除了八幡這個不起眼的朋友。

交到我這樣的男友，而且被當眾告白，令有島頓時成為整個二年級的名人。她那白皙的肌膚依然吹彈可破，從髮間若隱若現的耳朵也依然令我怦然心動，但有島的表情，看起來變得很卑賤。

有島來我的班上時，總是有點驕傲。她會略為挑起嘴角，把頭髮別到耳後，以前從來不會那樣做，現在卻連制服上衣的第二顆扣子都不扣。那種行為，即便在學校，也只有漂亮的小太妹才有資格做。

換言之，有島開始有了自信。

那絕非壞事。而且帶給她自信的對象是我，身為男人本該沾沾自喜。

但是，有島那種「快看我！」的氛圍，讓我無比失望。那當然是因為我那惡名昭彰的姊姊造成的影響，同時也是我個人處世之道最忌諱的東西。

有島開始在我面前做出可愛的動作。實際上的確很可愛。驚人的是，有島真的越變越可愛了。過去對有島不屑一顧的男生，現在會不時偷瞄有島，如此一來，有島更加煥發光彩。但是對於有島隱約流露的「看著我！」欲望，我實在無法覺得可愛。

我對有島與雜賀擁有同樣的印象感到很可悲，而且有島還沒雜賀那麼可愛。是我自己喜歡上有島，現在又覺得有島沒有那樣的權利，我真是個卑鄙的傢伙。

另一方面，我也會想像自己與有島做下流的事，沉溺於自慰。在我的想像中，有島還是以前的有島。是那個獨自走過走廊，完全沒意識到被人注視，令我單純感到喜歡時的有島。我想像著陶瓷般的肌膚，髮間露出的耳朵，一邊運用右手，偶爾用左手。

我知道自己很任性。但是至少我還知道，不能如此要求現實中的有島。

我們甚麼也沒做就分手了。

難以想像？的確。我也這麼覺得。但是，被逼到絕路的我已經別無選擇。

我們沒有接吻，也沒有牽手，基本上連兩人單獨約會都沒有。雖說是小鬼頭的戀愛，未免也太草草了事了。

當我提出分手時，有島好像很受傷。那也是應該的，我倆之間根本甚麼都還沒開始。況且歸根究柢，一開始告白的人是我。

看著有島受傷的臉孔，我非常心痛。只因自己是個麻煩的男人，就把有島耍得團團轉，讓我感到很愧疚。過度愧疚之下，幾乎想收回分手的提議。

但是聽到下一句話，我僵住了。

「是惠子說了甚麼嗎？」

「啥？」

我如此反問後，有島更加咄咄逼人。

「是惠子跟你說了甚麼吧？」

那是我從未見過的嚴厲表情。

「因為她根本沒幫我把信交給你。」

「啊？」

「我第一次寫給你的信。」

我開不了口說我收到了。因為她如果追問那我為何不回信，為何用那種告白方式，我沒把握能夠好好解釋。我卑鄙地沉默了。

「她絕對喜歡你。」

此刻就在我眼前，有島身上正有甚麼要溢出，那肯定是不好的東西，肯定是我不想看到的。正因如此我無法動彈。我雖畏怯，卻只是沉默地看著有島。

「自從我和你交往後，她好像覺得自己也和你平起平坐了，不是嗎？她太得寸進尺了。如果她對你講了我甚麼壞話，你絕對不能相信。她絕對是在嫉妒我們。」

在我心中，蠟筆折斷了。雖不知那是甚麼顏色，總之就是折斷了。發出「啵」的一聲脆響。說不定，我有點微微顫抖。但是，直到分手的那一瞬間，我都不想在有島面前讓她看到丟臉的自己。我使出渾身力氣，

「和八幡無關。」

最後，我只擠出這句話。

有島赫然一驚。那張意外心慌的臉孔很可愛，非常可愛。但是，我已經不覺得自己喜歡有島了。

「我得專心練足球。」

說完，我就走了。換言之，我落荒而逃。

回家的路上我陷入前所未有的憂鬱。但那是我的錯，是我一個人的錯。

本來，我應該可以和有島一起回去，害羞地互相訴說自己的事情，約定下次的見面，或者牽牽小手。但是，我卻讓它就此結束。

這個第一次，同時也是異常苦澀的戀愛經驗，對我日後的戀愛，帶來莫大的影響。

29

我的初戀為我留下無法抹滅的傷痕，但對我媽來說，和我爸離婚似乎並未造成她太大的創傷。至少在我看來是這樣。

我當然沒有忘記我家的悲慘混亂，以及之後降臨的詭異安靜。剛回國時的媽媽，還能感到那些往事的殘渣，看起來很疲累。她對外婆撒嬌，對夏枝姨發牢騷，至於好美姨，我媽並不太想見到她。

我媽從以前就喜歡和嫁給有錢人的美女好美姨比較。本以為自己隨夫派駐國外領先了一步，結果隨著派駐國外的任期結束也離婚了，為此她想必覺得在好美姨面前有點抬不起頭吧。當然好美姨也會來外婆家，那時我媽也會和她聊很久，但好美姨每次邀請她「來我家玩嘛」，我媽總是找各種理由推拒（對我或對我姊而言，那樣最好。姊姊是不想見到真苗，而我也不想見到義一與文也）。

想躲著好美姨的媽媽，感覺就是個失敗的人。至少她自己好像是這麼認為。不過，現在她彷彿完全沒有那段過去，以今橋奈緒子的身分，生氣蓬勃地享受自己的時間。

首先，她瘦下來了。她本來就是身材非常纖細的人，但是回到日本後的幾年，她的腰圍和下巴都添了一層薄薄的贅肉。雖還不到變胖的程度，卻給人輪廓多少有點模糊的印象。那個輪廓，曾幾何時又變得緊實了。她不再穿寬鬆的衣服，在家中也穿緊身裙。原本三餐幾乎都丟給外婆料理，現在她又開始勤快的烹飪料理，桌上堆滿就連發育期的我都吃不完的菜色。

我媽顯然心花朵朵開。

與有島兩情相悅時，幸福得令人害怕的瞬間稍縱即逝，我隨即變得莫名憂鬱，不時還會產生罪惡感，或是被羞恥心襲擊。也就是說，我並沒有那麼快樂。我對戀愛這碼事畢竟還很生疏，或許這種情況也是在所難免。但是，看到我媽的樣子，不得不讓我再次驚嘆，「戀愛有那麼快樂嗎？」。

我媽每個星期必然有一個非假日的晚上會出門。那種時候，她會極力打扮成我們這個地區最耀眼的裝扮。她又開始在頭上包裹絲巾，有時還把指甲塗成紫色。穿上窄管牛仔褲後，不會有人否認她身材很辣。兒子已經唸國中的母親絕對不會穿的超高高跟鞋，就放在玄關口。

我姊說過我媽在搞外遇。

在我心目中，外遇本該是晦暗、充滿罪惡感的，可我媽身上壓根感覺不到那種氛圍。她就像有島與雜賀一樣活潑開朗，積極面對自己的愛情。

媽媽看起來活潑快樂當然是好事。在今橋家，還有我姊的信仰這個重大問題，但我媽已經可以連那件事都不在乎，逕自笑得開心，至少對兒子來說也能安心了，至少總比她整天煩惱哭泣、心情不好拿我出氣要好得多了。簡而言之也就是隨便她了。

唯一令我掛心的是我爸。

媽媽依然靠爸爸匯來的錢生活，就連這棟房子的貸款，也是爸爸默默按月繳交。爸爸想必不知道媽媽正在開開心心地談戀愛。若是知道自己給的錢被媽媽拿去買衣服、盛裝打扮後去見男人，爸爸不知會做何感想。

回國後那段時間，我每個月都會和爸爸見一兩次面。但上國中後驟然變得很忙，所以見面的機會減少了，不過爸爸會來參觀我的足球練習比賽，或者不知何故很巧地總在我媽不在時打電話來。

電話那頭的爸爸，聲音雖乾澀，但是好像已經從那最糟的幾個月的陰鬱當中回復了不少。不時也會問我「你媽還好嗎」，但那只是禮貌上必須這麼問候，那種問法顯然沒有考慮萬一我回答「她不太好」或「她最近好像怪怪的」該怎麼辦。換言之，就像「生意不錯吧」、「馬馬虎虎」一樣，「你媽還好嗎」、「很好」也只是單純的寒暄之詞。

升上國三，我也必須決定上高中的問題了。

媽媽忙於自己的戀愛，八成沒想過我會做出像姊姊那樣驚人之舉。當然我也無意那樣做，但當我告訴她必須決定升學方向時，

「你去問你爸。」

她只撂下這一句。

出錢的是爸爸，這麼說並沒有錯。但是，我媽的冷漠令我很氣憤。我差一點想嗆她：「妳是滿腦子想男人，所以對兒子考高中沒興趣是吧？」說出來也無所謂。問題是，我怕說出來之後，看到她受傷的表情。也不希望被當成嫉妒母親談戀愛的小鬼頭。

我想報考私立學校，私立的男校。該校的升學成績算是中上，距離我家搭乘電車約需一小時的路程。我並不是被私校的校風吸引，也不是有甚麼特殊科目想學習。

純粹是因為溝口和大津，我的好哥兒們都說要去報考這間私立學校。

我就是這種人。在我心中沒有強烈的衝動。我喜歡足球，練習時也很投入，但基本上那是始自「我必須像個男人」這種念頭。

戀愛亦復如此。我喜歡有島，但是真的開始交往後，我頓時害怕自己的生活改變，才會演變成那種結果。經歷與有島的失敗後，我越發感到自己是個窩囊廢。

而且也感到自己的心態非常卑鄙。

因為我是對有島宣稱「我得專心踢足球」才提出分手，所以我並不打算再和其他女生交往。況且，好不容易才重新拾回與哥兒們互相安慰、互相嘻笑的時光。我應該守住這樣的生活。

但是坦白講，我還是會忍不住看女生。比有島可愛的女生很多，而且我也風聞，那些女生一聽說有島和我分手了頓時各個躍躍欲試。

看樣子，除了我本來就擁有的穩定地位，向有島公然告白之舉好像更抬高了我的身價。一旦變成這樣，我的身價就更穩定了。小學就認識的女生們，到處替我宣傳說小時候男生喜歡欺負女生，只有今橋沒有那樣做；運動社團的女生也嚷嚷著說我專注踢足球的樣子很帥；其他的女生們，則是替我宣傳說我不會隨便跟著大家起鬨，深思熟慮的個性是一大優點。最誇張的是有些天真的女生，

「他長得超帥！」

她們乾脆直接如此大叫。

老實說，我很後悔「當初要是沒有對有島講那種話就好了」。如果沒有和有島交往，再多

等一會，我豈不是可以任意挑選全年級的可愛女生？這麼想像讓我很不甘心（就連嚴格說來應該算是我討厭的雜賀，聽說她已分手時，我都暗想「要是沒有跟有島交往就好了」）。

我開始遷怒有島。我心想，有島要是乾脆另外找人交往就好了，可是她偏偏好像對我一直難以忘情。

有島每到下課時間就會來我的班上，故意和八幡聊天。不時放聲大笑，如果我聽到聲音轉頭朝那邊看，她就會目不轉睛地回視我。我開始怕有島。因為她之前那樣批評八幡，回過頭卻又表現得好像兩人是最好的密友。

但是，我終究無法對所有的女孩子幻滅。我在想像中讓各種女生登場，沉溺自慰。那或許是我這個年紀的男孩子必然會有的現象，但我總在自慰之後陷入自我厭惡。我懷疑自己是無法愛上任何人的異常性慾者。但是那種事立刻被我拋到腦後，只要聽到和我四目相接的女生在錯身而過後立刻大呼小叫，我便開心極了。

所以，聽到大津和溝口要去念私立男校時，我毫不遲疑地說「我也要」。

說穿了，我只是想去沒有女孩子的世界。當然我並不是討厭女人，不僅不討厭還想和我見到的每一個可愛女生交往。問題是，像有島當時那樣一度交往過又分手後，若要再與別的女生交往，需要相當大的勇氣，況且如果立刻與其他女生交往，說不定會令我好不容易才得到的人氣暴跌。

男校，沒有女孩子。

就算要交女友也只能找校外的女生。若是找校外的女生，縱使和一大堆女生交往，甚至劈腿，我想也不至於被女生們發現。而且，只要是在校外交往，應該也不至於失去和哥兒們之間的寶貴時光了。身為男人，我可以繼續和哥兒們打打鬧鬧，同時又可以和女生甜甜蜜蜜。對於當時的我而言，那正是我最期盼的場所。

說來其實是很自私的選擇，但總而言之，我就是想去私立男校。

我想念的私校，在私校中算是比較有良心，但和公立學校比較起來學費還是很貴。爸爸雖然是在還算不錯的企業上班，而且又完全省下了姊姊的學費，即便如此，我仍舊不忍心增加爸爸的負擔。

我決定和久違的爸爸見面。

打電話約時間時，爸爸在電話中語帶欣喜。光是聽到那個聲音，我就有種自己做了壞事的罪惡感。真不知道我媽到底哪根筋不對。抑或，爸爸做的壞事，真的嚴重到這樣都無法彌補的地步？若真是如此，那到底是甚麼樣的事？

得知爸爸做了甚麼，是在很久之後了。

那不是國三的我能夠理解的事。只談過有島這段失敗初戀的我，終究無法理解爸爸和媽媽那樣的感情。只可惜媽媽沒有足夠的耐心去解析那段感情、克服障礙，爸爸也沒有那種笑罵由人、我自為之的堅定。總之爸爸與媽媽的戀情結束了。

久違的爸爸，瘦到不可能再瘦的地步。

個子高挑的爸爸，好像瘦得只剩一副骨架子。爸爸穿著長袖長褲，並未露出身體，但他若是脫光衣服，想必連骨頭的形狀都會看得一清二楚。手肘與膝蓋關節，成了手臂與雙腿最粗的地方。

我不禁啞然，但爸爸出乎意料地有活力。甚至可以說，雖然瘦到那種地步，但他反而雙眼炯炯有神，皮膚也光滑發亮。換句話說他很健康，那令我感到不可思議。失去家庭，還得替不是自己的房子付房貸，匯錢給前妻的母親，這樣的男人照理說不可能保持健康。

「我現在不吃肉了。」

大概是察覺我的視線，爸爸有點不好意思地說。我對自己露骨地看著爸爸感到很羞愧。

爸爸叫了咖啡，我叫了七喜汽水。女服務生離開後，

「七喜啊？小步你在開羅就常喝七喜。」

爸爸看起來很高興。七喜我當然喝過，但嚴格說來我常喝的其實是百事可樂。爸爸認識的那個在開羅的我，想必總是在喝七喜吧。

那一刻，我不由自主地熱淚盈眶。我當然沒哭。我用力忍住了，但淚水早已蒙上眼球。我連忙低下頭以免被爸爸發現，假裝褲子上沾了髒東西。

爸爸身上，散發出對一切都已認命的氣息（「對一切都已認命的男人」我以前並未見過，第一個見到的男人就是我爸）。

我所認識的爸爸，雖然瘦削，但給人的感覺卻很有男子氣概。爸爸是個運動健將，而且英俊瀟灑，當他偶爾開玩笑說「爸爸以前很受女人歡迎喔」時，你絕對會相信。

但是，現在坐在我眼前的爸爸，絲毫感覺不到男人身上該有的光芒。爸爸有種老人的氣質。因此，親眼見到媽媽變化的我輕易便可知道，爸爸並沒有談戀愛，而且是這幾年來一直都沒

有。現在，爸爸想必離這種事非常遙遠。

我漸漸開始同情爸爸。

看著很高興能與我見面的爸爸津津有味地喝著咖啡，我心頭一酸。那一刻，我幾乎已決定不要念私立學校了。因為我不忍心再給爸爸增添負擔。對於這個如此細瘦、邁入五十大關的男人，我不想再落井下石。

我一口氣喝完七喜汽水。本來想喝別的，但我還是叫女服務生過來，又要了一杯七喜。我在刻意討好爸爸。

果然爸爸面露喜色。在我還沒出聲前，他就說，

「步，你決定念哪所高中了吧？」

我當下「啊？」了一聲。

「我是聽你媽說的。那你要加油喔。」

我定定凝視爸爸。

「是私立的耶？」

「嗯，那我也聽說了。」

「透過電話？」

「對呀。透過電話聽說的。」

爸爸和媽媽居然透過電話保持聯絡令我很驚訝。因為媽媽表現得好像爸爸從一開始就不存在這個世界上。

「那──」

「甚麼？」

那你知道媽媽有男朋友嗎──我想這麼問。但是，我當然問不出口。所以我改口說道：

「那你會讓我去念那個學校嗎？」

爸爸露出很意外的表情。

「你這是甚麼話，那當然呀。因為那是你想去的學校！」

那一刻，我當然感到空前的罪惡感。

我寧願爸爸發脾氣。

你是靠誰才能夠上高中──我希望他能像個「父親」似地發怒。爸爸如果肯生氣，而且如果是為了莫名其妙毫無道理的事罵我，我想自己不知會有多麼輕鬆。可是，爸爸當然沒有那樣做，實際上，我身為兒子也做不出那種惹火爸爸的事。

「關於學費，你絕對不用擔心。」

爸爸說著笑了。

「高中在人生只有短短三年，你就盡情去享受吧。」

那時我很慶幸自己在父母離婚時選擇跟著媽媽（雖然我想我根本沒有選擇的權利）。爸爸是個好人，可我沒想到他好到這種地步。和那樣的爸爸一起生活，我肯定會受不了。

我並不是說我媽就有多壞。但是，我對我媽從來不會有這麼於心不忍的感覺。我媽在母親這個族群當中算是相當自私任性的，而且看起來也不像我爸那樣有種為了兒子粉身碎骨在所不惜的氣魄。換言之，對於我媽，我沒有甚麼非得感謝她不可的地方。

若是和爸爸住在一起，我恐怕天天都必須感謝他。我無法理所當然地認為他是父親，所以那都是應該的。想必，我不得不屢屢感到這種不忍心。我肯定會受不了吧。

爸爸細細品嘗著咖啡。握著杯子的手指纖細卻青筋隆起，非常有男人味。

30

沙特拉黃門大人轉眼變成龐然大物。

我不知道沙特拉黃門大人實質上到底是甚麼，況且變大的正確說來其實是矢田嬸的家，但對我來說，那的的確確是「沙特拉黃門大人的巨大化」。

大嬸買下溜冰場建造的沙特拉黃門大人宮殿，是以前建造的清水混凝土建築加蓋而成的相同建築。如果大嬸的意圖是要讓建築物不那麼像宗教建築，那麼在她的意圖下，反而更增添了宗教氣息。

那座建築沒有寺廟的莊嚴，也沒有神社的神聖。光溜溜的方形水泥建築群，正因為徹底排除了莊嚴與神聖，看起來反而更有莊嚴與神聖的氣息。

參拜者絡繹不絕。新建的建築物，成了這些參拜者的下榻之處。也開始有許多人遠道而來。那是網路還不普及的時代。換言之，光是透過口耳相傳，就已經這樣聲名遠播。

一眼就認得出來誰是來參拜的信徒。通常是在此地沒看過的生面孔，帶著苦惱神情的人，神情格外開朗的人也是。

參拜者把沙特拉黃門大人的建築稱為寢居。

寢居內已形成種種秩序。有了資深的前輩和新來的後輩，前輩會教導後輩在這個設施的規矩。後輩再把規矩傳授給新人，不知不覺前輩成了「階級地位崇高的人」。開始擁有權力。

擁有權力的人被直接稱為最高者，底下依序是高階、中堅、新人。新人要過多久之後才能變成中堅並不確定，但中堅永遠不會變成高階，高階也不會變成最高者。

最高者是熟知沙特拉黃門大人草創期的人，也就是我們都見過的人。當初那些仰慕矢田嬸、幾乎天天來大嬸家拜訪的人們當中，有幾人不知不覺跳過大嬸，開始向沙特拉黃門大人祈禱。知道沙特拉黃門大人誕生在那個小屋子的最高者，約有三十人。他們在建築物中受到大家尊敬，大家都會向他們徵求意見。

沙特拉黃門大人的最大特徵，就是沒有所謂的教祖。本來，矢田嬸應該會成為教祖，但大嬸從來沒有自稱教祖，也不讓人這麼喊她。基本上大嬸連沙特拉黃門大人都不肯讓人稱為「沙特拉黃門教」，而且也不准參拜者自稱「信徒」。

大家都認為那是親近神明者特有的謙虛。他們認為，正因為矢田嬸知道神的莫大力量，所以才選擇保持沉默。但矢田嬸對於那樣的傳言，同樣還是沒有答覆。

沙特拉黃門大人的寢居建好之後，矢田公寓又恢復過去的安穩。矢田嬸不會去寢居，最高者也禁止參拜者去矢田公寓。不知是出於矢田嬸的要求，還是本就與大嬸認識的最高者如此細心顧慮，總之不得接近矢田公寓成了鐵律。因此，在中堅與新人當中，有許多人始終不曾見過矢田嬸，正因如此，大嬸漸漸被神格化。

最後甚至出現「就算矢田嬸走在路上也不能看她」這樣的規定。大嬸有時會在附近閒晃，也會去車站前的超市買東西。參拜者看到大嬸難免會激動，但是被禁止注視大嬸後，他們開始努力忘記大嬸的模樣。不知不覺，那成了寢居內的一種修行。遺忘大嬸的存在，幾乎成了開悟的同義詞。一開始就不認識大嬸的新人，也因此反而被視為幸運兒。

至於大嬸自己，還是一樣壓倒性地保持大嬸的本色。穿著花花綠綠卻很廉價的衣服，大多在屋裡無所事事。任由野貓自由出入的房子，少了祭壇後變得比較寬敞，但還是很狹仄、寒酸。

換言之，大嬸並未把參拜者供奉給沙特拉黃門大人的財物用在自己身上。那些全都充作建設費，修繕寢居，援助有經濟困難的人。另外也會煮大鍋飯給遊民吃，修理老舊的路燈，捐款給小學等等，信奉者們的善行滋潤了我們這一帶，所以區長和自治會長不僅沒有發話干涉沙特拉黃門大人，甚至很感激。而且，那些事全都由最高者和高階參拜者包辦，矢田嬸在實質上與沙特拉黃門大人好像毫無瓜葛。

令人驚訝的是參拜者來到寢居時的良好秩序與完美紀律。矢田公寓已經廣為本地人所知，所以參拜者就算偷偷去參觀一下應該也沒關係，照理說應該也有人發現在附近閒晃的大嬸後跑過去偷偷跟在她後面。

可是大家真的非常遵守最高者和高階決定的秩序。沙特拉黃門大人是巨大的建築，而且隨時都有很多人住宿，但是完全沒有那種會帶給附近居民困擾的噪音或臭味。本來沙特拉黃門大人就沒有宣教說法的教祖，所以祈禱時也不用念甚麼經。

參拜者們只是靜靜祈禱。就是那種端正跪坐，雙手交互在地上踏步的奇妙祈禱方式。那被稱為「踏」。想必是來自「踏步」，「踏」就是讓沙特拉黃門大人看起來最像宗教的行為，但那都是在封閉的建築物內部進行，外人無從得知。建築物永遠靜悄悄，和矢田嬸無關，僅只是聳立在那裡。

就這樣，沙特拉黃門大人徹底成為沒有教祖的宗教團體（如果可以稱為宗教的話）。

我媽和外婆又開始像以前那樣去拜訪矢田嬸。

少了祭壇的大嬸家，彷彿與世間一切無緣般悄然無聲。並且也提供了那種獨特的舒適感。

我也在準備考試之餘，偶爾去大嬸家透透氣。無論是週日白天或平日的夜晚，大嬸家的門永遠不會上鎖。只要在門口喊一聲，屋內便會傳來這樣的聲音：

「小步嗎？進來。」

大嬸多半在撫摸膝上的貓咪，尤其經常看到的是黑白花色像乳牛一樣的貓，以及褐色的虎斑貓。大嬸沒有替貓咪取名字。每隻貓她都一樣疼愛，絕對不會偏愛某一隻。那也直接表現在大嬸對人的態度上。

大嬸對於來家裡的訪客一視同仁。照理說她和外婆這個多年老友應該特別要好，可她對待外婆和對待我時並沒有太大分別。大嬸那種個性從以前就是如此，但我覺得好像一年比一年更強烈。

那樣的大嬸，只對一個人特別。

就是我姊。

我姊現在，已成了徹底的沙特拉黃門大人信奉者。她每天虔誠地去寢居報到，到了晚上就對著寢居的方向做「踏」的儀式。起初好像是偷偷在自己房間做，漸漸演變成在我們這些家人面前做。她認為羞於承認沙特拉黃門大人是可恥的。

對她來說，祈禱是早已習慣的行為。

每當清真寺傳來叫拜聲，澤娜布就會停止打掃，朝麥加的方向頂禮膜拜。如果走在街上，到處都有人鋪開布塊，額頭貼地做祈禱。姊姊也有樣學樣地跟著祈禱，有時還會向澤娜布借用古蘭經。

但那畢竟只是模仿。姊姊不了解伊斯蘭教的內涵，基本上也不是相信甚麼才祈禱，她純粹只是喜歡那個「祈禱的自己」所以才祈禱。

現在，姊姊看似在認真祈禱。她之所以如此虔誠，想必是因為沙特拉黃門大人拯救了她甚麼吧。我是完全不懂，但是，自從向沙特拉黃門大人祈禱後，姊姊不再像以前那樣鬱鬱寡歡，也不再向我媽投以憎恨的視線。沙特拉黃門大人明顯改變了姊姊的甚麼。

沙特拉黃門大人的參拜者，本來應該見不到矢田嬸。畢竟，就連忘記大嬸的模樣都已成為信奉者的修行目標。可是，唯有姊姊被容許與矢田嬸見面。大嬸不會見那些從以前就認識的最高者，唯獨會持續與姊姊見面。

姊姊是以今橋家一員的身分去大嬸家玩。大嬸當然不會和姊姊談沙特拉黃門大人，姊姊也對此有所顧忌。在少了祭壇的大嬸家，姊姊就像小時候一樣對大嬸撒嬌，不時還一起去澡堂（大嬸家至今連浴室都沒有！）。姊姊肯定對大嬸背後的弁天菩薩心醉神迷地百看不厭。度過那樣的時光後，從大嬸家回來，姊姊會以沙特拉黃門大人信奉者的身分祈禱，前往寢居。姊姊竟能如此乾淨俐落地轉換立場。

所以，姊姊在寢居內的地位，變得很特別。

對於無法見到矢田嬸的信徒而言，獲准見大嬸的姊姊，成為教祖的預言者。大家每次看到姊姊都會發出感嘆，就連比姊姊年長很多的高階者都會對姊姊使用敬語。如今信奉沙特拉黃門大人的人已多達數百人，姊姊等於集那所有視線於一身。

換言之，姊姊終於被看見了。

我認為，姊姊的心情穩定，正是因這種被看見而得來。姊姊終於得到她渴望的神級待遇。姊姊只不過是安靜走路，只不過是低聲咳嗽，最後甚至只是靜靜呼吸都會被注視。

所以，姊姊不需要再用特異獨行來引人注目。不用再日英語夾雜地講奇怪的話，也不用努力在空地埋甚麼東西了。姊姊只要以她本來的面目存在就夠了。想必比起以前有牧田這個知己時，處於更強烈的安定中。

姊姊也是從這時候開始逐漸變胖。雖然仍保有十幾歲的少女不該有的纖瘦，但姊姊不僅吃外婆煮的東西，驚人的是，連我媽煮的東西，她也肯再次動筷子了。

對於她那種變化，我媽當然樂見其成。

姊姊在餐桌坐下吃媽媽做的飯菜時，我媽那樣的人居然眼泛淚光。

我一邊看著小口小口吃奶油焗蟹肉的姊姊，以及含淚吃著葡萄柚涼拌醋漬鮭魚的媽媽，一邊吃西洋菜炒飯。乍看之下這個家的氣氛正在好轉，但我還不敢相信。

以前姊姊說的那句「會遭到報應」，肯定還潛伏在這個家的某處。說不定哪天又會萌芽，用它的棘刺企圖刺傷媽媽，而媽媽，也會再次傷害姊姊。

今橋家的兩個女人，令我變成一個充滿懷疑的人。我並非對女性徹底絕望，雖然依舊懷有與天下所有可愛女生想交往的願望，但我心底終究無法全然相信女人。

而且，當時還有第一次面臨升學考試的壓力，以及秋天那場引退比賽的慘敗（以五比零輸球），我的心情很黯淡。因此，我無法坦誠歡迎今橋家這感人的瞬間。不僅無法歡迎，我幾乎是對姊姊又開始多此一舉感到氣憤。

是的。姊姊又變成（負面的）名人，令我也遭到波及嚴重受害。

國中同學的母親當中也有沙特拉黃門大人的信奉者。那些人多半是中堅或新人，想必早已聽說我姊猶如神明的地位。我雖然沒有大肆宣傳過我的家人與沙特拉黃門大人這種可疑的玩意有關，但是只要有人悄悄跑來找我，

「今橋你姊是甚麼樣的人？」

會這樣問的，肯定就是與信奉者相關的人。

我姊國中就輟學，也沒有上高中的事，不知不覺傳開了。而且那段過去反倒對她的神格化產生推波助瀾的效果。有人說姊姊在國中時期的某一瞬間聽到「神諭」，也有人說「她的精神高潔所以受不了日本的義務教育」。

當然，我對那些傳聞嗤之以鼻。姊姊只不過是遭到霸凌。更何況，那也是姊姊過剩的自我顯示欲、「看著我！」願望造成的。

甚麼狗屁神諭，甚麼狗屁高潔精神。

但是，我當然無法對任何人那樣說，基本上我根本就無視這些傢伙的存在。總之我徹底迴避姊姊的話題。姊姊和我長得不像（正如我媽和我爸不像），如此一來，今橋這個比圷更大眾化的姓氏倒是幫了忙。我裝出與今橋貴子毫無關係的嘴臉，每天肅然度日。心裡雖然怨恨姊姊，表

面上卻一派淡然，繼續上學。

所以，當我考取志願校時，我真的很開心。

一方面固然是對考取高中這個事實的單純喜悅，也很興奮可以和大津與溝口繼續一起玩，但最重要的是，那怕只有上學期間也好，我終於可以離開這個地區了。

除了大津與溝口，還有幾人也考上同一所高中。但是他們與沙特拉黃門大人無關，大津和溝口也是。我終於可以前往誰也不認識姊姊的場所。

錄取名單公布的那晚，大家在外婆家慶祝我考取高中。

我媽、我姊、外婆、夏枝姨還有我五人同桌用餐，這其實是睽違已久的風景。每次不是少了我媽就是我姊或我，總之老是少了一個人或兩個人，所以外婆很高興全體到齊。當然，也很高興我金榜題名。

我想應該不至於，但外婆好像隱約以為我也會像我姊一樣拒絕升學。對我而言姊姊是不像出自同一個家庭的異次元人物，但對外婆來說姊姊和我都是可愛的外孫。

「步，辛苦你了，了不起！」

餐桌上準備了火鍋，旁邊排滿了大螃蟹和蝦子，烤好的牛肉，甚至有醬油醃鮭魚子。那當然是由爸爸的皮夾埋單，但唯獨那一刻我無視罪惡感，開開心心地享用大餐。

坐在我旁邊的夏枝姨甚麼也沒喝。阿姨不知何故在用餐時絕對不攝取水分。我姊坐在阿姨的隔壁，她一下子用手指描摹螃蟹殼，一下子拎著蝦子鬚甩動，但是她好像還是會小口小口吃著油豆腐和大蔥。我盡量不看她那邊，但是餐桌狹小，難免還是會看到。

「小步真的很用功。」

媽媽好像以為我待在房間時一直在用功。實際上，有一半的時間我都是以各種女生為對象沉迷自慰。不過，我已經考取高中了，就讓我媽這麼以為吧。

「升學考試已經離我太遙遠所以我都忘了，不過我印象中多半是在很冷的時候考試。」

「印象中？」

「唉，那若是夏天就沒那種氣氛了。在天寒地凍時努力用功，櫻花綻放時開學，那多有情調啊。」

「可是，美國是九月開始新學年吧？」

夏枝姨博學多聞。她看過很多書。就算沒吃過也沒看過，她照樣知道麵包布丁的美味；即使一輩子都無緣見識，她也知道高中畢業舞會的華麗。

「真的啊？九月開始新學年？」

「對呀。」

「那就沒有早讀生[9]了吧？」

「嗯——應該還是有吧？因為中間夾著過年。」

9：日本是四月二日開始新學年，一月一日至四月一日誕生的人，必須與前一年四月二日之後誕生的人編入同一年級，在同年誕生者當中等於提早一年入學，因此稱這種人為早讀生。

阿姨與我媽兩個講話時總是有點孩子氣。尤其是我媽，動不動就噘起嘴得理不饒人，講完還逼阿姨笑，徹底流露任性的老么氣質。這種時候的媽媽，不可思議地竟和我姊一模一樣。雖然五官不同，但表情與流露的氣質都很相似。她們果然是母女。

酒量不佳的媽媽，過了一會已醉得慘不忍睹，躺在暖桌底下睡著了。外婆好像還打算繼續喝，不知幾時拿來燒酒，正在小口淺酌。我和外婆聊天時，我姊和阿姨已把餐具收拾好。廚房那邊傳來水流聲以及我姊和阿姨交談的聲音。媽媽睡在暖桌下，發出響亮的鼾聲，軟趴趴伸長的手上還握著筷子。

我對這個缺少爸爸的空間竟能如此完美感到有點悲傷。我試著在腦海想像爸爸在場的情景，但我辦不到。即便讓爸爸坐在某處，他也會立刻變得透明，隨即消失。

最後外婆也在暖桌底下睡著了。時間已過了晚間十點。夏枝姨笑著替我媽和外婆裸露的肩膀蓋上毯子，然後對我說：

「小步，要不要一起去道謝？」

「道謝？」

「對。去神社。」

阿姨難得沒有聽我答覆就已起身。把在廚房的姊姊喊來後，我們三人一同前往神社。

走到戶外，冷得難以置信的夜風拂面。但是先前被暖桌和火鍋烘得雙頰發燙，所以反而感覺很舒服。瘦削的姊姊穿得像中國小孩一樣厚重。她身上沒有脂肪，所以稍不留意就很容易感冒。

二月的路上，無人行走。

我們默默走在熟悉的路上。小時候覺得很遙遠的神社，在身高已超過阿姨的現在，距離近得可笑。

這是我第一次在晚間來神社。那是非常小的神社，所以參道也很短。但是，被夜晚的黑暗籠罩的參道，彷彿是異世界無盡綿延的漫漫長路。換言之很恐怖。

馬上就是高中生了，我不想讓別人發現我在害怕。阿姨或許是常來，面不改色地筆直向前走。我稍微落後，在我後方的姊姊隨後也跟上。

老實說，我很意外姊姊會一起來。

她身為沙特拉黃門大人的信奉者，神社對她來說應該是異教的場所吧？我如此以為。可是，姊姊就像以前那樣，向阿姨討個銅板丟進功德箱，規規矩矩地雙手合十開始默禱。

看著姊姊開始祈禱後，阿姨也給我銅板，驚人的是她自己居然塞進一張千圓紙鈔。

我站在阿姨身旁閉上雙眼，風聲頓時變大。咻——發出不祥的聲音，撫過我的背部。那一刻，我想起與雅各在那個教堂祈禱的瞬間。唯有當時，我才能夠如此自然地想著某人祈禱。這麼一想，我竟然得以奇蹟似地回想起，當時我的身邊曾有雅各存在過。

雅各垂下眼簾的長睫毛，雅各望著伊斯蘭教孩童的大眼睛，雅各撫摸教堂大門的筋骨隆起的手背。

那些細節逐一浮現，那種同性戀式的影像令我退縮。我與雅各的事，雖然的確是閃亮的回憶之一，但是若回想當時，我總會非常羞恥。

因為我已經成長了。

結果，我竟然就傻傻地站在那裡望著祠堂發呆。

我看向阿姨，只見她閉目合掌，口中念念有詞。在她的呢喃之間，傳來一句「謝謝您」。那時，我才發覺阿姨每天都來這間神社參拜。那想必是為了祈求我考取高中，但八成不只是這樣。阿姨是個祈禱得非常自然的人。

「謝謝您。」

在我們倆背後，傳來姊姊踢碎石子的聲音。

31

四月，我成為高中生了！

入學典禮上，看到體育館裡密密麻麻的同學，我們看得瞠目結舌。

「雖然早就已經知道了。」

我說，

「但是女生真的是寶貴的存在啊。」

大津如此說道，彷彿已開始懷念國中生活。

遺憾的是，我和大津與溝口分到不同的班級。我在二班，當然教室裡只有男的。

班導師叫做青田。

走進教室的青田，頭髮濕濕的。想必不是汗水，因為青田的頭髮濕淋淋。這若是汗水，青田肯定生病了。青田一再撩起濕頭髮，每次都會甩出水花。弄得坐在最前排的學生——日後與我交好的高岩，制服外套留下點點水漬。

青田是個很熱血的傢伙。我猜他應該才二十幾歲。開口第一句，就叫了一聲「嗨！」，並環視著我們，

「幹嘛幹嘛！都這麼緊張幹甚麼！笑一個笑一個！」

說著對我們挑起嘴角。

青田留著長髮想必與他喜愛搖滾（他在自我介紹時說的）有關，那麼他為何每天早上頭髮都是濕的呢？這點三年來我始終不得而知。我們私下喊青田「Blue」。那種慘綠青澀的稱呼，很適合青田。

「你們可要小心喔！一直待在男校，就連看到福利社的大嬸都會覺得可愛喔！」

青田說完，好像覺得自己講話非常好笑似地笑了。他的笑法，不是咧開大嘴笑，而是半閉著嘴噗哧一笑，所以高岩也遭到青田的口水洗禮。

青田雖然那樣講，但是根本沒有人會愛上福利社的大嬸。

大嬸幾乎可以稱為老奶奶了。她非常和藹，有著大得誇張的胸部，但她並未成為任何人的戀愛對象。或者在學生之中真的有人覺得她很可愛？就算真有那種人，想必也不是環境造成的，而是和那傢伙個人的性癖好有關吧。無論是放學搭電車遇到的高中女生，或者電視裡巧笑嫣然的偶像明星，我們的戀愛對象處處皆是，正因為無法輕易見到女孩子所以想像更加無限擴展。

校舍大抵充滿汗臭味。上完體育課後味道更嚴重。到處都有人放屁，而且大家也理直氣壯地走進廁所的單間上大號。

我漸漸開始享受這種狀況。比起沒有女生的寂寞，解放感更勝一籌。雖然少了在走廊和女生錯身而過後女生尖叫的那種騷動，但是相對的也不再感到難為情或者顧忌其他學生。最重要的是，可以逃離有島的注視。我從容不迫地走著，不時和大家一樣放屁，體育課後，也不用在汗水晾乾前就得穿上制服長褲了。

我的課業突然變得艱深。尤其數學更是毀滅性地一竅不通。首先我就搞不懂虛數是甚麼。

能和高岩拉近距離，也是因為高岩在數學課時發問，

「虛數這種東西，是人生必要的嗎？」

我們被高岩這句話逗得捧腹大笑。因為實在太好笑，我很難得地主動找高岩說話。高岩是個滿臉青春痘的傢伙，有種類似溝口的可愛。我還是喜歡班上人氣王的朋友這個位置。

選擇社團時我有點猶豫，但最後還是和溝口一樣加入了足球隊。

這支球隊只要參加大阪府的比賽必然會打進前幾名，練習很嚴格，學長學弟制也嚴謹得和國中有天壤之別。即便不是放學後，只要看到學長走過走廊，就得從頭到尾保持墊腳直到學長從視線消失；在學生餐廳排隊時如果學長來了，必須立刻禮讓學長。學長心血來潮時會叫我們沒完沒了地跑操場這點倒是和國中時一樣，但是還得加上學長心血來潮想到的仰臥起坐與深蹲運動。我們因此練出六塊肌，小腿肌肉也變得格外明顯。

不只是在放學後練習，早晨也要，有時甚至包括假日。

我費了整整一個學期才適應這種生活。別說是到處和女孩子交往了，連認識女孩子的時間都沒有。所以我們的妄想越來越膨脹，最後我甚至把記憶中國中時代的可愛女生全都拉出來當作自慰對象。

溝口憑著他的好笑與喜劇化的容貌，果然在隊上又成了人氣王。即便是嚴厲的學長，看到溝口好像也會不由得笑出來。我和溝口在一起，得到不少好處。我的足球本領和其他學生比起來差了一截，但是當過左後衛的人不多，所以我好歹還是贏得在隊上的地位。

我們這個年級的隊員有二十一人。溝口固然有趣，但我在意的是須玖這個學生。須玖不像

溝口和其他隊員那麼吵鬧，但也不是那種躲在休息室角落彆彆扭扭的人。換言之他本該是最不起眼的隊員，但不知何故卻有種吸引我的目光的獨特氛圍。

須玖很會踢足球。他以前在國中好像是中場球員，腳程快又有體力的須玖，在練習時經常擔任前鋒。平時明明很斯文，一上場就像變了個人似地充滿攻擊性，甚至拿到球就會用蠻橫的盤球一路直衝球門，面對學長也毫不退縮地撞上去，動作也很粗暴。但是練習結束在休息室換衣服時，他卻非常安靜，有時甚至有點羞澀，之前的踢球表現彷彿只是一場夢。

大家都覺得須玖這種雙面個性很有趣，基本上對須玖這個罕見的姓氏本就極感興趣。可是，我基於和大家不同的角度受到須玖吸引。

須玖的輪廓深邃，眉毛與眼睛非常近。鼻梁挺直，形狀優美的嘴唇，光澤水潤帶著粉紅色。換言之他是個極品美少年，但是無人在意須玖的美少年外型。不是因為他是男人。該怎麼說呢，須玖所在的位置並不會被人品頭論足。須玖是個非常安靜的男人。

可是，我很在意他那種安靜。須玖的足球踢得好，個子雖矮卻很英俊。但他經常像是完全不在場似地抹消自己的存在。而且，我認為那是須玖自己刻意如此作為。

在爭先恐後想展現自己的隊員當中，須玖這種態度與眾不同。大家對於安靜的傢伙不屑一顧，壓根沒有注意到須玖的魅力，可是我一直看著須玖。仔細想來那大概也是因為我姊吧。長年和全身都在不停吶喊「快看我！」的人一起生活，自然而然地會被那種隱藏實力低調過日子的人吸引。

老實說，我一直以為自己才是那種人。我知道自己相貌英俊身材高挑，但我向來避免強調這點。可我無法抗拒不時襲來的「快看我！」這種願望。當我使出一記妙傳時我希望得到讚美，當我想到好笑的話題也會戰戰兢兢出聲。最重要的是我渴望被大家視為好人。我希望大家慶幸能夠與今橋做朋友，那比起被女孩子說「今橋長得好帥」來得更重要。

可是，須玖擁有我望塵莫及的謙虛。他故意留著長長的瀏海遮住漂亮的臉蛋，個子已經夠矮了還駝背走路。當大家鼓譟時他微笑，偶爾也會插嘴說出意見，但那只是因為如果一直悶不吭聲反而會更惹眼。

唯有站上球場時的須玖宛如魔鬼，但我知道那不是因為他想出風頭，純粹只是想贏得比賽的念頭促使他這麼做。即便那只是練習賽。須玖是個非常認真的傢伙。

須玖是我隔壁班的。我利用這個地利之便，下課時經常去須玖的班上窺視。須玖大抵保持和在球隊同樣的態度。他望著吵吵鬧鬧的眾人，偶爾會笑出聲。我猜想，他應該不是為了避免遭到霸凌才這麼做。須玖絕對不是那種會被霸凌的人。雖然他的個子矮小又駝背，不知怎地，就是有種讓人無法隨便搭訕的氛圍。或許那是只有對須玖另眼相看的我才有這種感覺，但我的確從未見過須玖被誰嘲笑或欺壓。

有一天我探頭朝他們教室一看，須玖正在看書。

他坐在自己的位子上看文庫本。我嚇了一跳。在我的班級也有幾個會看書的傢伙，但那多半是藝文社團的人，再不然就是不起眼的傢伙。至少，運動社團的人在下課時間看書是絕對無法想像的事。但須玖看得很專心，完全不在意周遭。定睛注視久了，不知不覺我開始好奇須玖看的書。我心想，能夠讓他看得那麼入神，想必有甚麼格外有趣之處。

於是有一天練習結束後，我對須玖如此發話：

「你在看甚麼書？」

須玖在一瞬間，露出聽不懂我在說甚麼的表情。這幾個月觀察須玖已讓我知道他不是那種會打馬虎眼裝傻的人。

「就那個嘛，你在教室不是在看甚麼書嗎？」

須玖聽了，恍然大悟地啊了一聲，這才笑出來。他看起來笑得太開心，我也不由笑了。

足球隊的人總是一起回家。騎腳踏車來的人各自離去，而離學校最近的兩個車站之中，和我利用同一個車站的有七人。當然溝口也在其中，我們以溝口為中心，總是一邊聊著沒營養的話題，一邊和樂融融地踏上歸程。

須玖總是走在最後面，對大家的發言點頭同意，不時笑出聲，但他從來不會自己主動開口。他看起來絲毫不覺勉強，真的是個像空氣一樣的傢伙。

「是講美國某個家族的故事。」

須玖告訴我的書名，是《新罕布夏旅館》。約翰．厄文這個作家的名字，我好像在哪兒見過。不過，對於只有暑假作業規定要寫讀書報告時才看書的我而言，須玖居然在看美國作家的書，而且已看到下冊，實在令人驚異。而且須玖是足球隊的！

「那個家族，是美國家族？」

「對。」

「人物的名字你記得住？」

「名字啊？起初會想：『咦，這是誰來著？』但是專心投入那個故事後就完全記住了。」

須玖用「專心投入」這種說法，令我有點感動。須玖能夠毫不羞愧，用坦蕩蕩的目光稱讚自己喜歡的事物，看起來很酷。

「內容有趣嗎？」

「嗯，超級有趣。我下次拿上冊給你看。」

從此，須玖就像是成了我的老師。

不僅是小說，須玖對音樂和電影也如數家珍。我在須玖的推薦下，第一次閱讀以前只知其名的太宰治與坂口安吾的作品，也看了從沒聽說過的外國翻譯小說。而且不久就開始去須玖家玩，學會用轉盤轉唱片，從黑白電影到電影院沒有上映的電影，看到各式各樣的片子。

對我而言，須玖是個驚奇。他明明有這麼多知識，卻完全不炫耀，而且雖有這麼高的造詣卻還努力投入足球。須玖的家和我家是反方向，但我練球結束就去須玖家，在他家待到深夜。而須玖也開始來我家玩。正確說來，是外婆家。

我一直在思考，和須玖在一起時為何會感到難以言喻的舒適感。有一天才赫然發現，須玖很像夏枝姨（當然不是指外型）。

阿姨熱愛藝術的樣子，那種決不向人炫耀、只是出於喜愛才被打動的樣子，真的和須玖很相似。

須玖很高興認識我的阿姨。對須玖而言，阿姨的唱片櫃子是座寶山，書櫃也有許多他尚未見識過的世界。須玖兩眼發亮，在阿姨的房間流連忘返。挑選一本書時的須玖就像小孩，發現罕見唱片時的須玖，宛如遇見神明顯靈的信徒。

後來須玖待在外婆家的時間，比我在須玖家的時間還長。須玖沒有我們這個年紀常有的靦腆與羞澀，他與阿姨沒完沒了地聊天。他不是把阿姨當成友人的阿姨看待，而是幾乎當成同志。這也是我尊敬須玖的原因之一。

阿姨好像也是第一次遇見這麼談得來的對象。她與須玖促膝長談，流露出不曾對我們姊弟展現的熱情。後來須玖開始在我家過夜，彷彿很自然地成為今橋家新的一分子。

對我來說當然也很高興。陰盛陽衰的今橋家，終於有了男性生力軍。當然，其實在那之前朋友也可以來我家過夜。反正我家很寬敞，況且我媽交了男友後，不在家的時間也變得更多，如此一來我其實可以為所欲為。

問題是，我家有我姊在。

我不想讓任何人見到我姊。對於父母離婚我不以為意，也不覺得單親家庭有何羞恥。但是，我唯獨討厭我姊。坦白講，我認為她是形成今橋步這個人的種種要素中唯一的汙點。

但是我坦然地邀請須玖到我家，連我自己都感到驚訝。

因為我認為若是須玖，就算見到我姊想必也不會有任何意見，實際上也的確如此。他第二次來我家過夜時，見到了姊姊。姊姊穿著全身漆黑的衣服，那時頭髮已長及腰部。她的身材瘦弱臉色蒼白，一看就是個怪胎。然而，須玖看到姊姊後，彬彬有禮地打招呼：

「妳好。我是阿步的朋友，我叫須玖。」

姊姊也許很不知所措，啊了一聲，立刻躲回房間。即便姊姊的反應如此失禮，須玖還是神色如常。須玖之後也沒有特別提及我姊，在我家的客廳開始觀賞他向阿姨借來的錄影帶（我記得是伍迪．艾倫的《我心深處》）。

須玖有兩個姊姊，一個住在神戶的哥哥，另外，還有奶奶。據說是父親那邊的祖母，但是好像沒有父親。

須玖在那樣的環境下，為何可以成為在各方面都造詣頗深的人是個不解之謎。他奶奶像陳年舊米，母親也看起來像個老太太，和我那個仍在享受戀愛的媽媽簡直不能比。兩個姊姊是標準的小太妹，住在神戶的哥哥據說在當板金工人。和須玖的房間格格不入的唱片轉盤，據說也是以幾乎等同報廢的低廉價格買來，再由他哥出面請朋友修理好的。而且他哥當時還說：

「這玩意是用來幹嘛的？」

在我看來，他家是和文化距離遙遠的環境，但須玖健全長大，成為我認識的人之中文化造詣最深的人。

「或許是當成逃避場所。」

有一次，我問他為何會那麼了解藝文知識，須玖如此回答。

「我並不討厭我家，但我爸是那種只要喝了酒就會發酒瘋的人。和我哥經常大打出手，我姊姊也動不動就發飆。家裡殺伐之氣很重，但在那種環境中看書，該怎麼說，我很驚訝世上居然還有這樣的世界。只要在家裡打開書本，就能一下子前往另一個世界。」

須玖說著，用手掌拍打手裡的文庫本。那是查爾斯．狄更斯的《遠大前程》。

「不只是小說。音樂和電影也是。」

須玖愛憐地看著文庫本。

「那讓我感到在我現在置身的世界之外，還有別的世界。」

須玖的那句話，影響了日後的我。影響極大。

但是，當時的我，只想知道須玖為何不肯炫耀自己的知識。

對須玖來說，電影和音樂、小說，並非知識。也不是用來裝飾自己的東西。對須玖來說，那些是依靠。是更加切實的東西。所以他沒必要向任何人炫耀。只要與那些東西在一起，須玖便已得到救贖。

所以，須玖和夏枝姨非常相似。

我和須玖，在學校也開始毫不忌憚地大聊書籍和電影。

曾幾何時，須玖在足球隊和班上都成了人氣王。是我和須玖聊得太起勁，令大家對須玖產生興趣。大家都和我一樣，為須玖的博學多聞而驚嘆，為他毫不炫耀的態度而感動。

最重要的是，須玖不管是對我們這種運動社團或藝文社團那些不起眼的傢伙，都一律平等對待。須玖不知不覺被大家稱為「菩薩須玖」。而且，須玖非常幽默。雖然他不會主動發言，但在某人搞笑耍寶之後，須玖的一句點評，總是帶有令人驚豔的靈氣，爆炸性地有趣。當然，所有的一年級學生都很仰慕須玖。

老實說，我很嫉妒。我並不是嫉妒須玖的高人氣，我嫉妒的是，發掘須玖的明明是我。但是，那種心思我當然沒有放在臉上。最主要的是，須玖很喜歡我家，一個星期有一半時間都會來我家過夜。我就像是擁有高人氣男友的女生。

所以直到高一結束，我都沒有和女生接觸。我對須玖雖然沒有那種同性戀的感情，但我想的確有種類似的心情。我衷心享受能夠獨占須玖的時光。

32

我和須玖的蜜月時光，到了高二我倆同班後，變得更加濃密。下課時間自然不用說，如果換位子時有人坐到須玖隔壁，我還會去找那傢伙商量請他跟我換位子，上課時間也像國中女生一樣交換小紙條。

在男子高中做那種事，肯定會引起某種傳聞——說那些傢伙肯定是同性戀之類的。但是，在我與須玖之間不用擔心那些傳聞。那完全是因為須玖的人緣太好。須玖與我雖然很要好，但他對其他同學也一視同仁地相處。那時，我已能夠全然相信須玖的關愛，因此即便須玖和其他男生親密地說話，我也可以從容旁觀。

有件事讓我再次覺得須玖真的很了不起。

雖然這是男校照例會有的傳聞，但也有某些傳聞是真的。換言之，有人是真正的同性戀。在我們這屆，就我所知，的確有兩個人。

那是吉行與林這兩個學生。

吉行與林看起來弱不禁風，是非常好認的學生。我和兩人都不曾同班，但是一入學就立刻聽說兩人的傳聞。比方說吉行走在走廊時，就會有人不知從哪起鬨說：

「林到哪去了！」

林上體育課時，

「吉行在看你喔！」

這樣的聲音會在校園回響。

但是，實際上，誰也沒有親眼見過吉行與林在一起。吉行和林，在內心都是女生。他倆就算熟識，也是互相商量戀愛煩惱的姊妹淘，如果我沒猜錯，兩人並不僅沒有互相吸引，甚至還有點互相迴避對方。

幼稚的高中男生，不明白這些。他們想必壓根沒思考過，不應該只因為他們都是同性戀就把兩人送作堆。

吉行與林安靜地承受大家的謾罵。他們沒有反駁對自己的嘲笑，也沒有試圖隱瞞自己真正的性向。換言之，吉行與林對同學和學長果敢地告白。每次，流言蜚語都會傳遍校內，再化為不經大腦的謾罵（有時甚至是暴力）回到兩人的身上。

至於我，對於他倆一貫採取旁觀的態度。我沒有積極地欺負他們，也沒有跟著大家一起議論他們，但是，我也無意袒護或幫助他們。老實說，我也覺得他倆很噁心。對於動員腦海能夠想到的所有可愛女生偷偷自慰的我而言，完全無法想像自慰的對象若是男的會是甚麼心情。

那和我與姊姊的初戀對象牧田相處時截然不同。當時的我，畢竟還年幼，而且也無法理解同性戀是怎麼回事（高中這時的我其實也還是無法理解）。但是對於十七歲的我，同性戀已經不是當初我對牧田所想的那樣純粹只是那種人。同性戀，是可能對我造成災害的人種（說來可恥，我竟然認為那是災害！）。

沒有和兩人同班令我鬆了一口氣，也盡量避免進入兩人的視野。因為他倆喜歡的，好像不是藝文社團的學生而是我們這些運動社團的人，而且我很不要臉地對自己的俊俏臉蛋頗為自負。

但是，他們的受害人，不是別人正是須玖。

林喜歡須玖的消息傳開時，我在絕望的同時，心裡對林也有點刮目相看。

我和須玖都沒有女朋友，但我認定會喜歡須玖的女生必然是好女生。我想受到女生歡迎，迫切地想受到歡迎，但自己若是女的，我想我大概會更喜歡須玖甚於喜歡自己。所以對於林以女人的立場對須玖產生好感，我雖然覺得噁心，同時也不免產生「我完全能夠理解」的共鳴。

林開始每天來我們班上看須玖。班上同學對林冷嘲熱諷甚至罵他，但林毫不氣餒。因為須玖還是正常對待林，因此林很開心地來我們班，繼續看須玖。

須玖的反應令人驚異。如果林對我表示好感、果敢地向我搭訕，我肯定會逃之夭夭，搞不好還會像大家一樣痛罵他一頓。因為在這個學校，和林傳出緋聞比死更痛苦。

但是，須玖知道林的好感後，即便林向他打招呼、找他說話，他也依然和顏悅色。即便如此，並沒有傳出流言說須玖是那種人，簡而言之，還是因為須玖的人品太好。

須玖真的是個好人，簡直是活菩薩。

有一天，須玖來我家玩時，我向他問起林的事。

「林那樣每天來報到。須玖你是怎麼想的？」

「甚麼怎麼想？」

須玖正在翻閱他向夏枝姨借來的墨西哥攝影家的攝影集。

「不是啦，我是說，你也知道的，林不是很喜歡你？」

「嗯——」

須玖躺在我的房間，簡直像是在自己房間般輕鬆隨意。對此我一直都很高興。

「你應該也知道吧？」

「嗯，對呀。」

「你不覺得噁心？」

「一點也不噁心。」

須玖說著，合起攝影集。

「騙人。」

「是真的。說真的，我很尊敬他。」

「真的？為什麼？」

「因為要誠實面對自己想做的事情或感情，那很不容易吧？尤其，是像林這種人。」

須玖說著眨眨眼。須玖的眨眼，總是比我們慢半拍，那帶給觀者一種泰然自若的印象。我看著須玖眨動的眼睛，一邊思考林的事。

「他被大家那樣說三道四，不時還被推打。就算這樣，他還能堅持自己的意志，我認為真的很了不起。」

我已開始認為，我覺得「了不起」的須玖口中「了不起」的林，真的是個了不起的傢伙了。我很單純。

「那麼，如果林向你告白你會怎樣？」

「我會拒絕。」

「你會怎麼說？」

「我會說，我無法愛上林。」

不說「不喜歡男人」或「沒那種嗜好」的須玖，果然是個大好人。

「我會說清楚的。」

須玖說著，再次眨眼。不知怎地我忽然有點不好意思，連忙撇開目光。

「小步，須玖！吃飯了！」

樓下，傳來我媽的呼喚。我倆一起去餐桌吃飯。須玖簡直像是我的雙胞胎兄弟。

幾天後，林終於向須玖告白。須玖就像他對我說的那樣清楚拒絕了林。聽說林哭了，但他說這下子更加喜歡須玖，令須玖很困擾。

我與須玖的友情，在我交到女友之後也沒改變。

雖然我講得輕描淡寫，是的，我也有女朋友了。是來參加我們高中校慶園遊會的女校學生。

我們班在園遊會的攤位是模擬夜店。這是須玖提議的。把教室的桌子全都收起來，放上須玖帶來的唱片轉盤，玻璃窗用瓦楞紙遮住，弄得大白天也很暗。然後再掛上用班費買來的小型旋轉鏡球，就搖身一變成了標準的夜店。DJ當然是我和須玖，還有幾個毛遂自薦聲稱想試試的男同學，也有樣學樣地跟著玩起我們帶來的唱片。

要接上音樂節拍很難，因此我只會最基本的重複淡入淡出（fade-in fade-out）的技巧。但是，須玖就像是真正的DJ。舉凡嘻哈或靈魂、雷鬼這些黑色音樂須玖都很喜歡。

「你們不覺得他好像在吶喊『用全身活著！』嗎？」

從未聽過那種音樂的同學們，當下緊盯著須玖的表演。我們班上掀起一陣DJ熱潮。在男同學之間都造成轟動了，來自校外的女學生自然更激動。女生們對其他班級的攤位不屑一顧，爭相湧入我們的教室。當然校方不准我們提供酒類，所以大家都是喝在其他攤位買來的可爾必思調芬達橘子汽水，或是蘆薈優格調蘇打水這類瞎唬弄的雞尾酒。

女生起初還很害羞，但是漸漸開始大膽地搖擺身體。男生們看了很興奮，自己也跳起亂七八糟的舞步。大家簡直像喝了酒似地為音樂沉醉。在體育館演出的樂團成員甚至因為觀眾太少，氣得跑來我們班上，可見我們班的生意有多麼興隆。

我就是在這時發現了她。

當我扮演拙劣的DJ時，那個女生一直看著我。她是個髮尾微微燙捲的文靜女生，看起來就像是女校的學生。教室裡很暗，但是不時被轉動的鏡球照亮的那張臉孔，眼睛又圓又大，想必非常可愛。更重要的是，來到班上的男學生紛紛向她搭訕，所以肯定不會錯。

那個女生是和朋友一起來的。另一個女生，甩動著鮑伯頭跳得很嗨。那個女生也有很多男生過去搭訕，所以也很可愛。

我當完DJ，走出放音樂的地方後，鮑伯頭的女生主動找我說話。

「超好玩的！」

被女生這樣坦然搭訕，是我有生以來第一次。我差點一不小心就喜歡上那個女生，叫做明日香。

但是，後來與我交往的是長頭髮的女生，她叫裕子。日後聽裕子說，當時是因為她想找我說話卻又不敢，所以才拜託明日香。

「那時候阿步你看起來超帥的。」

如此笑言的裕子，真的很可愛。

我想，裕子八成也知道自己很可愛。她對我展現的表情，帶有精心計算過的味道。而且，她其實並不是那種會害怕對我搭訕的個性。裕子是個可以完美扮演自己心目中「希望看起來是這個樣子」的女生。

不過，我已不打算再重蹈有島那次的覆轍。女生其實都對自己的容貌有某種自負，而且永遠希望別人看著可愛的自己。我應該擺脫自己那種家庭環境的邪惡詛咒。

裕子很可愛。光是那樣不就夠了？

實際上，溝口與大津，還有其他誠實的男生全都異口同聲說裕子「很可愛」。

「如果能和那種女生交往，簡直太棒了！」

當時，溝口和大津都有女朋友。兩人都是很可愛的女生，但和裕子比起來，的確略遜一籌。

「你女朋友好像挺性感的耶！」

裕子的確擁有高二學生不該有的性感。

雖然制服穿得中規中矩，但她好像化了淡妝。如今對我來說，那樣反而讓我更輕鬆自在。與其標榜自己是素顏卻塗抹有顏色的護唇膏，還不如理直氣壯地化妝，抱著「我要在別人面前美麗動人」的想法，反而更自然。每當裕子對我拋媚眼，在我嗤之以鼻之前身體已做出反應；對我的要求，裕子也極為爽快地回應。

因此，我在高二那年的冬天失去童貞。地點是裕子家。裕子家是單親家庭，她母親白天都要出門工作，是標準的女強人，就連星期天都得去陪客戶打高爾夫球。裕子家就是我與裕子的天堂。幸好裕子是獨生女，我覺得，所有的一切好像都在支持我們，尤其是支持我們的性交。

我與裕子，唯有在沒有社團活動的週日才能見面，那樣的關係也讓我很安心。裕子雖然提出「想更常見面」，但我想守住自己的日常生活。如果和裕子同校，就得在意周遭的眼光，很多事都會變得複雜。還是只有週日能見面的關係對我更方便。

更何況，我想珍惜與須玖共度的時光。即便與裕子交往後，平日還是我與須玖的寶貴時光。之所以不讓裕子去我家，不僅是因為顧忌我媽與我姊的眼光，也是因為我不想用我的房間與裕子性交。我的房間，是用來加深我與須玖的交情，很重要的神聖場所。

當然，我很在乎須玖對裕子的看法。

當我告訴須玖我和裕子交往時，須玖說：

「真的啊！太好了！」

對，他很替我高興。

「你真的這麼認為？」

「甚麼？」

「真的覺得很好？」

「對呀，幹嘛這麼問？難道今橋你不這麼認為？」

「不是，我當然也很高興。你覺得那傢伙怎樣？」

「你說的那傢伙，是指裕子？」

「對。」

「哎，我跟她不熟，頂多只覺得她很漂亮。」

「也是啦。」

「今橋，你喜歡裕子吧？」

「啊？你說甚麼啊！」

「你害羞了？是因為喜歡，才跟她交往吧？」

「……嗯，對呀。」

「那就好，只要是你喜歡的那就好。」

須玖就是這種傢伙。

說到這裡才想起，裕子曾對我說過想把明日香介紹給須玖。

「須玖也很帥。明日香超欣賞他。」

明日香和裕子是不同的類型，但也很可愛。迥異於笑得靦腆的裕子，明日香總是張大嘴巴笑，總之給人的感覺是個很開朗的女孩子。與適合用美麗來形容的裕子相比，明日香是真正適合可愛這個形容詞的人。

對這個提議，我欣然接受。雖說只有星期天，但是撇開須玖和裕子玩（我倆除了性交當然也會做別的）令我很苦惱。如果須玖與明日香交往，我們就可以四個人一起玩。對我來說也是個非常棒的點子。

可是，我告訴須玖後，須玖不情願的程度令我詫異。

「怎麼，你不喜歡？」

我把從裕子那裡拿到的明日香照片（是超級可愛的照片）給他看，

「人家說你很帥耶。」

即便我這麼說，

「那八成是因為裕子和你在交往，所以明日香也受到影響。」

須玖如此表示，始終不肯相信。打從須玖開始當DJ，他在外校女生之間的人氣就迅速攀升。那也是當然的。須玖稱職地扮演正統派的DJ，把未知的音樂帶給大家。拜須玖所賜，大家學會用De La Soul和珍娜·傑克森的音樂來跳舞，在艾爾·格林（Al Green）甜蜜的歌聲中，有生以來第一次體驗到渾身酥麻的感覺。基本上，須玖本就有俊俏的臉蛋，高中又是以足球推甄入學極有實力，怎麼可能不受女生歡迎。

我們的對外比賽，也開始有許多女生來觀戰。每當我們踢球，就會響起歡呼，最後甚至出現須玖的粉絲團。

須玖對這種狀況純粹只感到羞澀、困擾。當溝口和其他隊員爭相起鬨：

「須玖，你太厲害了！」

「須玖你很紅喔！」

須玖會靦腆地低著頭，喃喃嘀咕：

「大家肯定搞錯了。」

因此，須玖遭到大批女生的告白攻勢。但須玖客氣地拒絕了所有的女孩。和他拒絕林時的態度完全一樣。

在喜歡須玖的女生當中，明日香應該算是領先群雌。畢竟，她的好姊妹可是我這個須玖死黨的女朋友。明日香算是普通可愛，而且她不像裕子，也有很多姊妹淘。長得可愛個性又好，這樣的明日香，想當然耳，在男生當中很受歡迎。

可是，須玖對於明日香，

「雖然非常可愛，但不是我喜歡的類型。」

他如此表示。我對須玖不受周遭影響的意志力再次刮目相看。結果，在高中期間，我與須玖之間一次也沒有女生介入，始終維持健全的友誼。

但在翌年的冬天，我與須玖的友情卻有了變化。

（接下冊）

莎拉巴！ 上

致失衡的歲月

2016年10月1日初版第一刷發行

著　　者　西加奈子
譯　　者　劉子倩
特約審稿　李秦
編　　輯　劉皓如
美術編輯　鄭佳容
發 行 人　齋木祥行
發 行 所　台灣東販股份有限公司
<地址>台北市南京東路4段130號2F-1
<電話>(02)2577-8878
<傳真>(02)2577-8896
<網址>http://www.tohan.com.tw
郵撥帳號　1405049-4
法律顧問　蕭雄淋律師
總 經 銷　聯合發行股份有限公司
<電話>(02)2917-8022

國家圖書館出版品預行編目資料

莎拉巴!：致失衡的歲月 / 西加奈子著；劉子倩譯. -- 初版. -- 臺北市：臺灣東販, 2016.10
冊；　公分
ISBN 978-986-475-126-6(上冊：平裝). --
ISBN 978-986-475-127-3(下冊：平裝). --
ISBN 978-986-475-128-0(全套：平裝)

861.57　　105014320